古典文斅研究輯刊

十九編

曾永義 主編

第33冊

杜貴晨文集（第十二卷）：
宋遼金詩選注

杜貴晨 著

國家圖書館出版品預行編目資料

杜貴晨文集（第十二卷）：宋遼金詩選注／杜貴晨 著 — 初版
— 新北市：花木蘭文化事業有限公司，2019〔民 108〕
目 12+234 面；19×26 公分
（古典文學研究輯刊 十九編；第 33 冊）
ISBN 978-986-485-666-4（精裝）
1. 中國詩 2. 詩評
820.8   108000855

ISBN-978-986-485-666-4

9 789864 856664

古典文學研究輯刊
十九編　第三三冊
　　　　　　　　　　　ISBN：978-986-485-666-4

杜貴晨文集（第十二卷）：宋遼金詩選注

作　　者　杜貴晨
主　　編　曾永義
總 編 輯　杜潔祥
副總編輯　楊嘉樂
編　　輯　許郁翎、王筑　美術編輯　陳逸婷
出　　版　花木蘭文化事業有限公司
發 行 人　高小娟
聯絡地址　235 新北市中和區中安街七二號十三樓
　　　　　電話：02-2923-1455／傳眞：02-2923-1452
網　　址　http://www.huamulan.tw 信箱 hml 810518@gmail.com
印　　刷　普羅文化出版廣告事業
初　　版　2019 年 3 月
全書字數　171543 字
定　　價　十九編 33 冊（精裝）新台幣 64,000 元

杜貴晨文集（第十二卷）：
宋遼金詩選注

杜貴晨　著

作者簡介

　　杜貴晨，字慕之。山東省寧陽縣人。1950 年 3 月 25（農曆庚寅年二月初八）日生於寧陽縣堽城鄉（今鎮）堽城南村。六歲入本村小學，從仲偉林先生受業初小四年；十歲入堽城屯小學讀高小二年；十一歲慈母見背；十二歲入寧陽縣第三中學（初中，駐堽城屯）；十五歲入寧陽縣第一中學（駐縣城）高中部；文革中 1968 年畢業，回鄉務農。歷任村及管理區幹部。1978 年高考以全縣第一名考入中國人民大學中文系；1979 年 10 月作爲學生代表列席全國第四次文代會開幕式；1980 年開始發表文章，1981 年參加《文學遺產》編輯部舉辦的青年作者座談會；1982 年七月大學畢業，畢業論文《〈歧路燈〉簡論》發表於《文學遺產》（1983 年第 1 期）。

　　1982 至 1983 年短暫在全國人大常委會法制工作委員會辦公室工作。1983 年 3 月調入曲阜師範學院中文系（今曲阜師範大學文學院），先後任講師、副教授、教授、碩士生導師，教研室主任；2000 年 10 月調河北大學人文學院，任教授、博士生導師、教研室主任；2002 年 7 月調山東師範大學文學院，任教授，古代文學、文藝學博士生導師、博士後合作導師，學科負責人。2015 年 4 月退休。兼任中國《三國演義》學會副會長，《歧路燈》研究會副會長，羅貫中學會副會長，中國水滸學會、中國《儒林外史》學會（籌）常務理事，中國《金瓶梅》學會理事等；創立山東省水滸研究會並擔任會長；擔任山東省古典文學學會副會長兼秘書長。

　　先後出版各類著作 19 部；在《中國社會科學》《文學評論》《文學遺產》《北京大學學報》《中國人民大學學報》《復旦學報》《清華大學學報》《明清小說研究》《河北學刊》《學術研究》《齊魯學刊》《山東師範大學學報》《南都學壇》等刊，以及《人民日報》（海外版）、《光明日報》等報發表學術論文、隨筆等約 200 篇。多種學術觀點在學界以至社會有一定影響。

提　　要

　　五代末至元朝建立之間宋朝時的中國，實際是一個分裂的時代，這一時代以宋朝爲主體，同時或先後有與遼、金的對立，形成中國歷史上又一個「三國」時期。這一時期的中國文化以宋朝最爲繁盛堪稱主要代表，但實事求是則無論如何也不能把遼、金的成就排除在外，更不可一概抹殺了。故本卷作爲這一時期中國詩歌的選本，以宋詩爲主，兼收遼、金之作；選讀固然皆以名家名作爲主，但亦兼收作者雖非名家，而孤篇秀句膾炙人口，或認爲堪可標榜者。而自出手眼，簡注精鑒，注析或有與古人並當世諸賢不得不同，但也頗多同中有異，乃至大相徑庭者，可爲閱讀研究宋、遼、金三國詩之一助。

目

次

前　言

　　唐亡以後是五代十國的亂世。當時中原「置君猶易吏，變國若傳舍」(《新五代史·序》)，「五十三年之間，易五姓十三君，而亡國被弒者八」(《歐陽文忠全集》卷五九《本論》)，「禮崩樂壞……先王之制度文章，掃地而盡於是矣」(《新五代史》卷十七《晉家人傳論》)。這箇舊來傳統遭受巨大破壞的時期，給了晚唐以來文人就已染指的詞以絕好的興起機會，從而文人較少措意於詩歌，即有作者也不過在晚唐風習的籠罩下徘徊，成就略無可稱述。正如五代的亂世被有人看作是趙宋王朝新的統一的歷史序幕，這一時期詩壇的蕭條也是在等待新的歷史條件的出現，爲其提供發展和變革的動力。

　　公元 960 年宋朝的建立爲中國古代詩歌的新變和又一次繁榮創造了條件。這不僅指它結束了五代分裂混亂的局面，基本實現了國家的統一和社會安定，人民生產生活又能較爲正常地進行，從而爲文學包括詩歌的發展提供了物質的保證，而且是說宋朝的政治和社會狀況比較唐代也有了重大的變化。

　　首先，宋太祖以兵變得國，又懲於唐末藩鎮割據之害，政治上忌防武人而注重文治，比較倚重和優待文人，影響推動了文化的普及與提高，使有宋一代詩人輩出。據有的統計，宋代有詩人一萬一千多人，存詩二十餘萬首 (郭預衡《中國文學史長編》)。這個數字高出於唐詩四五倍。作家也是高產的，「少者千言，多者萬首」(劉克莊《竹溪詩序》)，亦前代之所無。

　　其次，宋朝外患嚴重，不斷的割地賠款使國家積貧積弱，在加重人民負擔激起反抗的同時，也引發統治集團內部黨爭不已。當時詩人，特別是許多高官兼政治家的詩人，置身局內，往往比前代作家更具社會的責任心和政治的敏感，而集中表現爲強烈的憂患意識。范仲淹所謂「進亦憂，退亦憂……

先天之憂而憂」（《岳陽樓記》），是有宋一代作家思想的主流。這決定了宋代的詩歌多時事詩、政治詩，能及時而尖銳地表現政治鬥爭，廣泛而深入地反映社會矛盾與民生疾苦，特別南渡以後突出了愛國主題，形成愛國主義詩歌的潮流。

第三，宋代又是學術發達的時代，特別是儒學復興、禮教重整並最終導致新儒學——理學出現，加以科舉考試改重經義策論的刺激，也引導和助長了詩歌向學者化與議事、議政甚至說理方向發展，從而形成「以議論爲詩」「以文爲詩」「以才學爲詩」的傾向，這成爲宋詩評價中一個有爭議的特點。

第四，宋朝國土比較漢唐局縮了許多，又內憂外患嚴重，更加以「文字之禍亦他代之所無」（王士禎《居易錄》），壓迫文人少了許多外在的自由，在某種程度上成爲了重體驗、重內省的深思的一代，養成量情體物的縝密深細的態度。故宋詩一面幾乎無事不可入詩，無意不可入詩，又每能曲折新異，刻抉入理，求細、求透、求活、求精，形成內斂深沉的特點，人稱「宋調」。

第五，唐詩的榜樣，特別是杜甫、韓愈、白居易及賈島、姚合等人的詩，啓發了「宋代作者在詩歌的『小結裹』方面有了很多發明和成功的嘗試……」（錢鍾書《宋詩選注·序》）

總之，宋人當唐詩高峰之後，窮則思變，刻意爲詩，雖未能後來居上，但是一代詩人的努力，仍然留下了光輝的業績，做出了獨特的貢獻。

宋詩的發展因「靖康之變」而有北、南宋兩大階段，進一步可分爲六個時期，即北宋初期（960～1021）、北宋中期（1022～1062）、北宋後期（1063～1100）、北南之際（1101～1162）、南宋中期（1163～1207）、南宋後期（1208～1279）。

北宋初期的六十年間，詩壇尚沿襲唐風，相繼出現的主要有白體、晚唐體和西崑體。白體詩人因宗白居易而得名，主要作者有李昉、徐鉉、王禹偁等。他們作詩務求平易淺俗，其佳作流麗清新、平淡自然，但有失於「流易有餘而深警不足」。李、徐都是由五代入宋的高官和著名文人，因其地位使白體在當時影響很大。但白體詩人中最有成就的是王禹偁。其詩有白體之淺切明暢，又自格高意遠，清而不俗，論者稱其「獨開有宋風氣之先，而後歐公得以承流而接響」（吳之振《宋詩鈔》）。稍後於白體流行的是晚唐體，主要作者有林逋、魏野、寇準及所謂「九僧」等。他們除寇準是高官外，其餘大多爲隱士和僧人。其詩欲矯白體之俗，乃以賈島、姚合爲宗，作風清苦，刻意

鍛鍊，務求幽峭出奇，時有精巧的構思和清雅超俗的意境，但有失之小巧破碎、單調乏味。西崑體因楊億所編《西崑酬唱集》而得名，主要作者有楊億、劉筠、錢惟演等。這些人都是館閣重臣和飽學之士，作詩專學李商隱，但是缺乏李商隱的情懷氣格，偏於以才學爲詩，好用典故，喜尙辭采，組織富麗精工，其詠史、交遊贈別之類題材作品有一些較好的詩篇，而風格卻是太貴族化了，其失在堆砌典故，晦澀難懂。不過，西崑體的出現對救正白體及晚唐體之弊有一定作用，「五代以來蕪鄙之氣，由茲盡矣」（田況《儒林公議》卷上）。

　　北宋中期的四十餘年即仁宗朝，是整個宋代的全盛時期，無論政治、經濟、學術文化都在這一期達到繁榮或變革出新。當時伴隨儒學復興而來的文學復古運動，有力地衝擊著詩壇機械模擬唐人的風氣，並孕育形成了宋詩獨特的風貌。在所謂「宋調」形成過程中，起到重要作用的作者有歐陽修、梅堯臣、蘇舜欽、石延年等。其中歐陽修是集詩人、學者、重臣爲一身的人物，他不僅以自己的詩歌和詩論影響一代，而且團結支持了梅、蘇等，爲創建「宋調」的實際的領袖；同時他還提攜了王安石、曾鞏、三蘇等，爲下一階段宋詩的發展達到高峰作了人才的準備。但這一時期詩歌創作成就最高者當推梅堯臣。他的詩多能反映重大現實問題，關心民生疾苦，對於宋初詩歌從偏重辭藻和形式的西崑體中解放出來起了積極的作用。梅堯臣詩歌注重題材的開拓，最喜以別人未寫過的題材入詩，在描寫瑣碎平常的生活現象中寄含哲理；又爲詩精苦，學韓愈，詩風有古硬雄健的一面，而更爲自覺地追求古樸平淡，由此形成他突出的個人特色。當時蘇舜欽與梅堯臣並稱「梅蘇」，梅詩以「古淡」名世，蘇詩以「豪放」著稱，意新語奇，熱情奔放，氣象開闊，但有時失之於率意。石延年是比歐陽修和梅、蘇更早而較有成就的一位詩人，其詩勁語盤泊，氣橫意舉，爲歐陽及梅、蘇等所激賞，可惜作品存世甚少。應當指出的是，這一時期的幾位重要詩人已經共同地顯露了以議論爲詩、以文爲詩的傾向，這當然有唐詩影響的因素，但在整體上是宋學繁榮影響於宋詩形成的特點。而理學詩派是宋詩學問化的典型，邵雍堪稱這一派詩人的代表；此外，范仲淹、韓琦、司馬光等一批名臣也都有優秀的詩作，成爲歐陽修等人詩歌復古運動的重要輔翼和補充。

　　北宋後期，從仁宗朝就已積聚起來的政治和社會危機日益嚴重並尖銳化起來。社會的動蕩、王安石變法的失敗及由此而起的黨爭，嚴重地動搖了北

宋王朝的統治，使之急劇衰敗下來。但這一時期，詩歌卻達到了有宋一代極盛的高峰，不僅大家繼出，名家雲集，而且各種個人的風格也都得到了充分的發展。王安石、蘇軾、黃庭堅、陳師道四家是這一高峰期傑出的代表，並且是決定了宋詩整體面貌和宋詩發展主要過程的關鍵人物。四家中王安石、蘇軾都由歐陽修親自賞拔脫穎而出，他們代表了這一高峰期與北宋中期詩歌復古運動的密切聯繫；而黃、陳皆出蘇門，黃詩的巨大影響輔以陳師道之力而形成的江西詩派，成爲此後宋詩的主潮，餘波及於元、明以至清末。所以，四家爲代表的北宋後期詩歌有承前啓後、繼往開來的意義。王安石是中國近古偉大的政治改革家，他早期作有大量的政治詩，表現了憂國憂民的情懷和銳意改革的精神，往往直陳其事，質樸無華，議論風發，氣格硬健，而未能含蓄。其詠古詩常於古人未到處立論，或作翻案語。晚年罷相後傾心杜甫，詠懷寫景，刻意爲詩，風格一變爲深精簡淡，尤工絕句，有千錘百鍊而又渾然如天成之妙，世稱「王荊公體」。蘇軾幾乎爲文藝的全才，其詩無境不至，無意不精，而最重自我。無論述事抒懷、寫景狀物，每隱約曲折，有必達之隱，無難顯之情，又繼承發展了歐陽修以來以文爲詩、以議論爲詩、以才學爲詩的傾向。蘇軾詩諸體皆工，富於聯想，尤長於比喻，代表了宋詩的最高成就，給黃庭堅等蘇門詩人以重大影響。黃庭堅與蘇軾並稱「蘇黃」，他於蘇軾之後，刻意學韓（愈）、學杜（甫），最重獨創，又最講法度，慣師古人意，用古人語，謂之「奪胎換骨」「點鐵成金」，把以才學爲詩發展到極致；其詩造語生新，氣象森嚴，格韻高絕，當時學者甚眾，遂開江西一派詩風。陳師道爲蘇門六君子之一，爲詩初無師法，後學黃庭堅，後又學杜，「閉門覓句」，苦心孤詣，其詩瘦硬勁峭，自成一家；當時與黃庭堅並稱「黃陳」，後來被尊爲江西詩派三宗之一。四家之外，北宋後期詩壇尚有蘇轍、孔平仲、程顥、秦觀、郭祥正、道潛、晁補之、張耒等，名家薈萃，群星燦爛。

北宋滅亡至南宋高宗末的半個多世紀，是宋代歷史也是當時漢民族命運的一大轉折。但是，與世事滄桑、社會動盪不同的是，這一時期的詩壇近乎平靜。詩人很多，卻沒有大家，甚至也較少有才氣的名家。值得提到的詩人有惠洪、韓駒、江端友、呂本中、曾幾、陳與義等數人。他們大都是江西詩派中人，尤其呂、曾、陳三人更是江西詩派進一步發展的關鍵人物。呂本中論詩推重杜甫與黃庭堅，又提倡「活法」，以輕快圓轉的詩風救正江西派末流生澀之弊。與之同調呼應的曾幾進一步變化出清新活潑的風格，稍後的陳與

義詩則是呂、曾二人詩風的發展。陳詩意境宏闊，風格多樣，晚作寫南渡亂離之苦，有蒼涼悲壯之致，人稱「陳簡齋體」，為江西詩派範圍內又一座藝術的高峰。呂、曾、陳等人的努力幾乎使江西派佔領了當時的整個詩壇，但他們在時代感召下所寫出的為數不少的愛國詩，又超出了江西派的範圍，遙啓下一階段宋詩的中興。此外，宗澤、李綱、岳飛等名臣以及李清照等詞人也有詩作，為此期的詩壇增添了靚麗。

孝宗朝至寧宗開禧的幾十年間，南宋與金國雖時有戰和，但總的說來是南宋朝廷忍辱得以偷安的時期。此間經濟得以發展，國力有所恢復，以至於韓侂胄能興兵北伐，可見形勢的好轉與兵民愛國熱情的高漲。隨這一形勢而來的是宋詩的中興，其代表人物是尤（袤）、楊（萬里）、范（成大）、陸（游），或以蕭德藻易楊萬里而稱「中興四大詩人」。其實尤、蕭都遠不如楊、范、陸三家，其中又以陸游成就最高。三家詩均出江西詩派，又都能越其藩籬，自成一家，推動宋詩進入新的發展階段。楊萬里詩師法自然，專寫性靈，把呂本中所提倡的「活法」付諸創作的實踐並有拳特點和成就。其詩長於描寫山川風光、自然景色及日常瞬間的感受，體物精巧，立意新奇，深婉細膩，曲折多變，常於幽默風趣中寓以哲理，人稱「楊誠齋體」。范成大則發展了陶淵明、王維以來田園詩的傳統，把對田園風光的描繪與反映民生疾苦結合起來，為田園詩開了新生面，注入了新的生命力，同時他也寫了很多很好的抒發愛國之情的詩。其詩師法廣泛，兼眾長而成一家，風神秀麗，奔逸雋偉，而又自然精工。陸游是一位長壽而多產的偉大詩人，其詩題材廣泛，內容深厚，亦幾乎無境不到，政治詩、農村詩及愛情詩最為精工。其為抒發愛國之情的政治詩的創作能持之以恒，數量之豐，品格之高，為中國文學史上所僅見。又各體皆工，尤長於七言律絕；風格多樣，尤富於激昂慷慨、豪邁悲壯之作，亦不乏俊逸清新、閒雅優美之什；想像奇瑰，氣象壯偉，有強烈的抒情性，且使事必切，屬對必工，韻律精整。陸游當代與蘇軾並稱「蘇陸」，但實在說他是中國古代最後一位偉大的詩人。此外，這一時期興起的理學詩雖非主流，但是二程、朱熹、邵雍等倡為理學的同時，也不廢吟詠。朱熹能以清麗之詩筆，寫自然之化景，明理學之心志，佳者「寓物說理而不腐」（陳衍《宋詩精華錄》），誠理學家中一位大詩人。

嘉定元年（1208）以後，南宋敗亡之勢已成，江河日下，此後苟延殘喘幾十年，終於亡於蒙古。按說這國破家亡的時期，應當能聽到詩人的吶喊，

但統治者的腐敗無能和各種詩禍的影響使詩人的精神麻木，噤若寒蟬，詩歌對國事的危急表現了出奇的冷漠與旁觀。詩人仍然很多，當時著名的有徐照、徐璣、翁卷、趙師秀合稱「永嘉四靈」。四靈學晚唐體，苦吟爲詩，風致小巧而氣格寒窘。又有「江湖詩派」，主要作者有戴復古、劉克莊、方岳等。他們的作品還較多關懷國事民生，表現平民的意識與趣味，風格也較爲多樣。但在南宋末足爲宋詩增輝的是文天祥等愛國志士的詩歌，其同時及稍後汪元量、謝翱等遺民詩人也表現了傷時憫亂、思念故國的情懷。他們的詩除了強烈的愛國精神之外，都有顯著的紀實特點，堪稱詩史。

　　先後與北、南宋對峙的遼、金都是北方少數民族建立的政權。遼代詩人不多，值得一提的僅趙延壽、蕭觀音數人而已。相對說來金詩堪稱一代繁榮。金初的詩人大多爲趙宋入金者，其詩固然寫在金的生活，但思想情感與筆致情調仍不脫宋人作風。此後百年化育，乃有金詩自己的風格。金詩比較宋詩更爲自然拙樸，眞率任情，有清勁剛方之美。我們選了宇文虛中、劉迎、党懷英、王庭筠等十餘人之作，大致代表了金詩各個時期的成就。其中元好問是金元最重要的詩人，堪稱金詩的代表。他難能可貴處是在詩歌的理論與創作上都有很高成就。他的《論詩三十首》有許多眞知灼見，同時發展了論詩絕句的形式。他的詩繼承了唐宋，特別是杜甫、蘇軾的傳統，反映現實，關愛人生，內涵豐腴，情韻深長。尤其顛沛流離中喪時憫亂之作，慷慨悲歌，感人至深，論者以爲有「老杜（甫）」風格。其詩各體皆工，七古、七律成就尤爲突出。元好問詩是唐、宋兩個詩歌高峰過後一個引人注目的突起，他的詩深刻影響了元代詩歌的進程，在中國詩歌史上有承前啓後作用。

　　由於時間的不豐和水平所限，本書的選、注、評，也會有不當、不確或錯誤之處，謹請讀者批評指正。

杜貴晨

（1996 年 12 月 4 日）

宋　詩

趙匡胤　一首

趙匡胤（927～976），即宋太祖。涿州（今河北涿縣）人。後唐天成二年生於河南洛陽夾馬營（相傳即今洛陽東關爽明街）。後周初從郭威爲部屬，世宗顯德六年（959）官至殿前都點檢，掌兵權。七年初，發動陳橋兵變，建立宋朝。此後約十年間，南征北戰，掃蕩群雄，使天下初定。他是《水滸傳》所謂「一條杆棒等身齊，打四百座軍州都姓趙」的「九朝八帝班頭，四百年開基帝主」。

趙匡胤自己靠兵變起家，最怕人搞他的兵變，所以即位後不久即有「杯酒釋兵權」之事，從此種下有宋一朝片面抑制武人的怪胎。同樣是由於他靠兵變起家，以爲書生「何能爲也」（無能師他故伎），所以能放心地依靠文人爲他治理家天下，甚至立下密誓碑，文曰：「不得殺士大夫及上書言事人」（王君玉《國老談苑》）。他的這一遺訓，雖然骨子裏有看不起「書生」的成分，卻使有宋一代文人減少了因爲舞文弄墨而腦袋搬家的危險，其中包括詩人，儘管宋代的詩禍也並不少。這給詩歌的發展與繁榮帶來好處。另外，據《古今詩話》載：「太祖嘗謂近侍曰：『五代干戈之際，猶有詩人，今太平日久，豈無之也。』」對詩歌的繁榮也曾有過關心。

這裡以他爲宋詩打頭，並非認爲他是詩的保護神，而是因爲他也能詩，儘管也如項羽《垓下》、劉邦《大風》一樣，存世僅僅一首。

詠初日

太陽初出光赫赫，千山萬山如火發〔1〕。一輪頃刻上天衢，逐退群星與殘月〔2〕。

〔注釋〕

〔1〕赫赫：光華奪目的樣子。發（bo 波）：入聲，與月同韻。意謂發生。

〔2〕天衢：天街。

〔品鑒〕

此詩錄自宋陳巖肖《庚溪詩話》，是作者未發跡時所作。宋陳郁《藏一話腴》引作：「欲出未出光辣達，千山萬山如火發。須臾走向天上來，逐卻流星趕卻月。」比較而言，此文本略雅致，似後來經文臣潤色者，而仍不掩其粗豪闊大氣象，混一天下之志，登峰造極之意。往好處說是壯志宏圖，往壞處說是野心勃勃，總是「詩言志」，把要「打四百座軍州都姓趙」的心情衝口道出。又據《庚溪詩話》載：「藝祖（太祖）嘗有《詠月》詩曰：『未離海底千山暗，纔到中天萬國明。』大哉言乎！撥亂反正之心，見于此詩矣。」與本詩意旨相通。「暗」，《宋詩紀事》作墨。

曹翰　一首

曹翰（924～992），大名（今屬河北）人。後周時官至樞密承旨、宣徽使等。入宋，隨太祖攻伐西蜀、太原等地，屢建功勳；平定江南之役，嘗為先鋒，為宋朝開國名將，官至右千牛衛上將軍。當時名將多不能文，至有党進官至太尉，卻因為不識字常常鬧出笑話來。而曹翰卻能武能文，寫得很好的詩，有《玉關集》，已佚。今存詩一首，見《宋詩紀事》。

內宴奉詔作〔1〕

三十年前學六韜，英名常得預時髦〔2〕。曾因國難披金甲，不為家貧賣寶刀〔3〕。臂健尚嫌弓力軟，眼明猶識陣雲高〔4〕。庭前昨夜秋風起，羞睹盤花舊戰袍〔5〕。

〔注釋〕

〔1〕《宋詩紀事》卷二引宋吳處厚云：「曹翰嘗平江南有功，後歸環衛，數年

不遷。一日，内宴賦詩，翰以武人不預。乃自陳曰：『臣少亦學詩，亦乞應詔。』太宗笑而許之，曰：『卿武人，宜以刀字爲韻。』翰援筆立進。太宗覽之惻然，即自環衛驟遷數級。」即此詩。内宴，皇帝於宮廷舉行的宴會。詔，皇帝的命令。

〔2〕六韜：古代兵書名。以全書包括《文韜》《武韜》《龍韜》《虎韜》《豹韜》《犬韜》六部分，故稱。傳爲周朝呂尚所作，實爲漢人依託。預：此指列入；時髦：指一時傑出人物。

〔3〕不爲句：説自己地位雖低，卻一心準備爲國出力，再建功勳。

〔4〕陣雲：戰地煙塵。

〔5〕盤花：一團一團的花紋。

〔品鑒〕

　　這首七律，《宋史・曹翰傳》題作《退將詩》，底蘊是空懷武藝韜略不被重用的苦悶。宋代重文抑武，將軍們「曾因國難披金甲」後仍不免「家貧」，所以這種苦悶在「退將」中乃至現役軍人中都有典型性。但是作者之苦悶僅以「羞睹盤花舊戰袍」委婉出之，字面洋溢一片盡忠報國之心，躍躍欲試之情。若曰功高不封也罷，只可惜身份低微，年華暗老，無由爲國家出力。明是獻忠心，暗是要官；而明言暗意，語語眞誠，發自肺腑，所以感動「太宗覽之惻然，即自環衛驟遷數級」。這是獻詩得官的顯例。然而詩確實寫得好，英風豪氣，骨力勁健，慷慨中略帶英雄失路之凄涼。武人能詩，儒雅如此，「即自環衛驟遷數級」，不爲過也。

李昉　一首

　　李昉（925～996）字明遠，深州饒陽（今屬河北）人，後居正定（今屬河北）。五代後晉時以廕補齋郎，後漢乾祐進士，後周顯德中爲記室，從征淮南，擢知制誥，判史館，翰林學士。入宋，歷官至參知政事、拜平章事。昉歷仕四代，三入翰林，兩在相位，爲宋初名臣。太宗朝初爲相，主與契丹修好，以弭兵息民，時論稱之。性和厚，太宗曰：「李某可謂善人君子矣。服待朕二十年，兩在相位，未曾有傷人害物之事，餘可知也。」（《宋人軼事彙編》卷四）昉又爲宋初著名學者，曾先後同修《太祖實錄》，監修國史，主編《太平御覽》《太平廣記》《文苑英華》等大型類書，對文化傳播卓有貢獻。

　　昉爲文慕白居易，淺近易曉，有文集五十卷，已佚。王禹偁《司空相公輓歌》云「須知文集裏，全似白公詩」，可知其成就平平。宋初士大夫唱和之

風甚盛，昉與李至有《二李唱和集》，其自序云：「昔樂天、夢得有《劉白唱和集》，流佈海內，爲不朽之盛事。今之此詩，安知異日不爲人之傳寫乎？」此集今存，被他言中了。然集中一百五十餘首，皆依韻唱和的應酬之作。雖屬對工切，然遣意空虛，造語淺俗，近乎文字遊戲，即昉自稱「唱酬聊取樂，不覺又盈箱」者，不足爲重。讀此等詩，可以想見宋初唱和詩風之大概。然韓昌黎曰：「和平之音淡薄，而愁思之聲要眇；歡愉之辭難工，而窮苦之言易好也。」（《荊潭唱和詩序》）昉爲太平宰相，其詩固「淡薄」而「難工」，卻未必盡拙也。

禁林春直〔1〕

疏簾搖曳日輝輝，直閣深嚴半掩扉〔2〕。一院有花春晝永，八方無事詔書稀。樹頭百囀鶯鶯語，梁上新來燕燕飛〔3〕。豈合此身居此地？妨賢尸祿自知非〔4〕。

〔注釋〕

〔1〕禁林：本指帝王的園囿，此指宮庭。直：同「值」，值班。
〔2〕直閣：大臣值班的居室。
〔3〕樹頭二句：化用唐杜牧詩《爲人題贈》之二：「綠樹鶯鶯語，平江燕燕飛。」
〔4〕尸祿：居官受祿而不能盡職。

〔品鑒〕

宋初承五代亂世之後，人心思治，天下太平。禁林春直，一院有花，八方無事，聽鶯鶯百囀，看燕燕新飛，想身爲閣臣，飽食終日，無所用心，轉覺不安。作者以朝事之閒靜，烘托天下之太平，可謂得體。元方回曰：「李昉此詩，合是宋朝善言太平第一人。」（《瀛奎律髓彙評》卷五）清馮班云：「宋初氣象如此。」（同上）又清紀昀曰：「三、四眞太平宰相語，其氣象廣大，太和之意盎然，此故不在語言文字之間。」（同上）從來論詩，多貴「愁思之聲」「窮苦之言」，至於詩人「爲賦新詞強說愁」（辛棄疾《醜奴兒 少年不知愁滋味》）。其實「詩緣情而綺靡」（陸機《文賦》），詩人之事，當「隨時憂樂以詩鳴」。當太平之世，爲和平之音，詩家快意於此，讀者有何不快？讀者愉快了，就是好詩，此作有焉。

柳開　一首

　　柳開（947～1000）字仲塗，大名（今屬河北）人。幼穎異，有膽勇。十三歲，有盜入室，揮刃逐之。及長，尚氣自任，不顧小節，所交皆一時豪俊。性暴躁，好大言凌物，有許多關於他橫行不法、驚世駭俗的傳說。後就學，喜討論經義。當時文風衰弊，慕韓愈、柳宗元爲古文，乃名肩愈，字希元（一說字紹先），力圖振之。著書自號東郊野夫，又號補亡先生，作《東郊野夫傳》及《補亡先生傳》以見意。後又以弘揚孔孟之道自任，「易名曰開，字曰仲塗。其意謂將開古聖賢之道於時也，將開今人之耳目使聰且明也，必欲開之爲其塗矣」（《補亡先生傳》）。開寶六年（973）進士，曾隨宋太宗攻太原。眞宗時加如京使，歷官忻州刺史，知全州、潤州等，徙滄州，途中發病卒。有《河東先生集》。《宋史》說「自唐末歷五代，文格卑弱，至宋初，柳開始爲古文」（《尹洙傳》）。他是公認的北宋古文運動的先驅。詩非其所長，但寫過膾炙人口的作品。《全宋詩》輯存八首。

塞上

鳴骹直上一千尺，天靜無風聲更乾〔1〕。碧眼胡兒三百騎，盡提金勒向雲看〔2〕。

〔注釋〕

〔1〕鳴骹（xiào 哮）：響箭，又稱鳴鏑。射出帶響聲，故名。可用作指揮號令。乾這裡指鳴骹發聲尖利響亮。

〔2〕碧眼胡兒：指塞外少數民族；騎（jì 寄）：一人一馬的合稱。盡提句：都勒住馬仰望雲端。金勒：金製的馬絡頭。《史記・匈奴傳》：「冒頓乃作爲鳴鏑，習勒其騎射。」

〔品鑒〕

　　這是柳開的名作，明楊愼《升菴詩話》卷十三說此詩「宋人盛稱之，好事者多圖爲屏障，今猶有其稿本。」詩寫北方游牧民族健兒演武時一刹那的情狀，動靜中節，聲態並作，讀之如見其驃悍強鷙之姿。起句寫「鳴骹直上」，結句寫胡騎勒馬「向雲看」，縮合一篇，令行禁止的演武景象躍然紙上，境界全出。「一千尺」及「三百騎」分別形容高與多，而非實指；「天靜」句觀察細緻，體會眞切。用物體的「乾」，形容聲音的響亮，化聽覺形象爲觸覺形象，

給人以新異的感受。與此類似的如《佩文韻府》卷十四《乾》字《摘句》有「鵲聲乾」「窗冷竹聲乾」，《永樂大典》卷三五七九《村》字引《馮大師集黃沙村》：「殘照背人山影黑，乾風隨馬竹聲焦。」但是，這一句似乎還是從駱賓王《在獄詠蟬》「風多響易沈」句的反面去理解，更容易把握。

鄭文寶　一首

鄭文寶（953～1013）字仲賢，一字伯玉。寧化（今屬福建）人。初仕南唐至校書郎，入宋登太平興國八年（983）進士第，補修武縣主簿。淳化二年（991）授陝西轉運使，對西北地區經濟頗多策劃。累官至兵部員外郎，以病退居襄城別墅。有集二十卷，早佚。

文寶多才藝，工篆書，善鼓琴，詩歌負盛名。《東都事略》說「文寶以詩名家，多警句」，文瑩《續湘山野錄》說他詩「可參二杜（杜甫、杜牧）之間」，歐陽修《六一詩話》稱其警絕處「不減王維、杜甫也」。據說他是宋初「獨知愛尚」杜甫詩歌的一個人，因而「往往造語警拔」（《蔡寬夫詩話》）。然而其集早佚，甚至歐陽修亦「不多見鄭詩」（《竹莊詩話》引《詩事》），以是後世聲名不彰。《全宋詩》收其詩十六首，吐屬風流，輕盈柔軟，有晚唐韻致。句如「百草千花路，華風細雨天」「杜曲花光濃似酒，灞陵春色老於人」等，皆精絕，當時膾炙人口。

柳枝詞〔1〕

亭亭畫舸繫春潭，直待行人酒半酣〔2〕。不管煙波與風雨，載將離恨過江南。

〔注釋〕

〔1〕柳枝詞：本古曲《折楊柳》或稱《折柳枝》，唐白居易、劉禹錫翻爲新詞，遂名《楊柳枝》或《柳枝》。七言四句，爲詠柳抒懷之體。

〔2〕亭亭：高聳的樣子；畫舸：繪有花紋圖案裝飾的船；繫春潭：謂畫船繫在春天潭邊的柳樹上。行人：此指即將啓程遠行的人。

〔品鑒〕

何汶《竹莊詩話》卷十七引《詩事》說：「古今柳詞，惟鄭文寶一篇有餘意也……終篇不道著柳，惟一『繫』字是工夫，學者思之。」近人陳衍《宋

詩精華錄》評曰：「首句一頓，下三句連作一氣說，體格獨別。」都發其奧妙。
然而不僅此也。詩從「畫舸」著眼寫人之「離恨」，以「畫舸」待人催發之無
情，襯出「行人」別離之多情，接以「不管」句，使詩意轉深，亦屬巧思；
尾句自然流出，不說「離人」而說「離恨」，遺貌取神，把無形的「恨」化作
有形可載之物，意象生新，後世模仿者眾。

王禹偁　二首

　　王禹偁（954～1001）字元之。濟州鉅野（今屬山東）人，世代務農。九
歲能文，中太宗太平興國八年（983）進士，授成武縣主簿，端拱元年（998）
應中書試，擢直史館。次年遷知制誥。他是北宋著名的直臣，數以直言敢諫
得罪。後三任知制誥，三遭貶黜外放。初貶商州（今屬陝西），再貶滁州（今
屬安徽），最後一次以預修《太祖實錄》，直筆犯諱，降知黃州（今屬湖北），
世又稱王黃州。嘗作《三黜賦》以明志，其卒章云：「屈於身兮不屈於道，雖
百謫而何虧！」後移知蘄州（今屬湖北），卒於任所。有《小畜集》《小畜外
集》。《全宋詩》錄存十三卷。

　　王禹偁在宋初詩文負盛名。其文簡雅古淡，「全變五季雕繪之習」（《四庫
全書簡明目錄》），為一時之冠，開宋文之先，卻不大為後人所注重；其詩出
入白居易、杜甫之間。早年詩學白居易，「國初沿襲五代之餘，士大夫宗白樂
天詩，故王黃州主盟一時」（《蔡寬夫詩話》），但「王禹偁秀韻天成……雖學
白樂天，得其清而不得其俗」（賀裳《載酒園詩話》），其詩有白居易之淺易暢
達而未至於流滑。尤為可貴的是他繼承白居易「歌詩合為事而作」「惟歌生民
病」的傳統，寫了不少關心民瘼、憂患國事之作，故在宋初學為「白體詩」
作家中成就獨高。

　　王禹偁初貶商州，由學白進而學杜（甫），曾有詩道：「本與樂天為後進，
敢期子美是前身。」（《前賦村居雜興詩二首……聊以自賀》）又曰：「子美集
開新世界。」（《日長簡仲咸》）此後漸不為「白體」所縛，專心學杜，「為杜
詩於人所不為之時」（吳之振《宋詩鈔·騎省集鈔序》），形成個人的風格。這
個轉變不僅使他個人詩境更上一層，而且開有宋一代作者研習、宗法杜詩的
風氣，對宋詩風格的形成有先導作用，所謂「獨開有宋風氣，於是歐陽文忠
（修）得以承流接響」（吳之振《宋詩鈔·小畜集鈔序》）。

　　王禹偁詩內容深摯，語言警秀明淡，細緻工整，一時名家無不推重。林

逋《讀〈王黃州詩集〉》云：「放達有唐惟白傅，縱橫吾宋是黃州。」歐陽修《書王元之畫像側》詩曰：「想公風采常如在，顧我文章不足論。」黃庭堅《王元之眞贊》云：「學問文章……許以獨步。」清厲鶚《宋詩紀事》則以王禹偁打頭，與晏殊、歐陽修、蘇軾並許爲「一代龍門」。

春居雜興二首（其一）〔1〕

兩株桃杏映籬斜，妝點商山副使家〔2〕。何事春風容不得，和鶯吹折數枝花。

〔注釋〕

〔1〕雜興：雜作。

〔2〕商山：一本作「商州」。商山在今陝西商縣東，這裡代指商州。副使：即團練副使，宋代常用來安置被貶的官吏，名義上爲主管一州軍事的副官，其實掛名閒住而已。

〔品鑒〕

太宗淳化二年（991），王禹偁因論妖尼道安事爲徐鉉辨誣，被貶爲商州團練副使。這是他到商州後第二年春天所作。團練副使是閒官，更是窮官，加以貶謫的處境，越發顯得冷落和凄涼。詩說在這大好春光裏，家居只有「兩株桃杏映籬斜」的妝點，又被春風吹折了花枝，枝上歌喉婉囀的黃鶯也被驚飛了。於是詩人責問春風：爲什麼連這一點可憐的安慰也不給留下、必摧折之而後快呢？以此寄寓無辜遭貶的憤慨。語淺意深，委婉有致，已見宋詩以筋骨見勝之跡。《蔡寬夫詩話》載王禹偁的兒子嘉祐以爲本詩末二句與杜甫「恰似春風相欺得，夜來吹折數枝花」語頗相近，因請易之。王元之欣然曰：「吾詩精詣，遂能暗合子美邪？」更作詩自賀，卒不易。論者以此爲王禹偁學杜之始。

村行

馬穿山徑菊初黃，信馬悠悠野興長〔1〕。萬壑有聲含晚籟，數峰無語立斜陽〔2〕。棠梨葉落胭脂色，蕎麥花開白雪香〔3〕。何事吟餘忽惆悵，村橋原樹似吾鄉〔4〕。

〔注釋〕

〔1〕信馬：任馬隨意行走。野興長：野遊的興趣很濃。

〔2〕壑（hè 鶴），山溝。籟（lái 賴），從孔穴中發出的聲音。

〔3〕棠梨：即杜梨，一種落葉喬木，其葉經霜變紅。白雪：比喻蕎麥的花。

〔4〕原樹：原野上的樹。

〔品鑒〕

　　這首詩是淳化三年秋在商州所作。作者忠而見棄，不免失意和牢騷，但是離開喧囂的朝廷，外地州郡佐貳的閒職，對他又是一種解脫，所以有「村行」的機會和興趣。詩的首句點出行程和季節，「穿」字和「初」字給人以輕鬆的快感；三、四是名句，寫遠景，暮色中的山壑因野風吹動而成秋聲，幾座山峰彷彿能語而無語地立於斜暉的拂照之中。聲、默相對，有、無相通，作者的心與大自然融合了，這意趣微有禪味。五、六兩句寫近景，「胭脂色」與「白雪香」把樸素的「棠梨」和「蕎麥」寫得如少女弄姿，嬌媚豔發。村落山野的美，使作者詩興大發。然而吟詠之餘，作者卻感到惆悵，──第七句「忽」字使詩意陡轉，結以「村橋」句，一問一答，全詩思念家鄉的眞正旨趣就在其中了。詩的風格飄逸淡遠，出語似平易而實精工，此正是他學爲白詩的獨到處。

魏野　三首

　　魏野（960～1020）字仲先，號草堂居士。先世蜀人，徙居陝州（今河南陝縣），隱州之東郊，景趣幽絕，名樂天洞。眞宗大中祥符四年（1011）被薦徵召，辭不赴。有《草堂集》，其子重編爲《鉅鹿東觀集》，《全宋詩》錄其詩十卷。

　　魏野一生不仕，終老山林，是宋初著名的隱士。但是他的交遊很廣泛，不僅和僧道隱者往還，而且與達官名流唱酬過從甚密。死後朝廷還贈他秘書省著作郎，免其家差役，後世就有的不把他作眞正隱士看待。其實這只是他做隱士的一種方式：不刻意求隱，隱不避世，然而絕不做官。而能夠拒絕出仕，也就可以算作隱士了。他不同人處只在自己不做官，卻不絕棄做官的人，樂與周旋，初意可能是要活得自然而然，結果不免邀名的嫌疑。

　　魏野當時與林逋並稱，名重天下。陸游《跋林和靖帖》云：「祥符、天禧

間，士之風節、文學名天下者，陝郊魏仲先、錢塘林君復二人，又皆工於詩。方是時，天子修封禪、告太平，有二人在，天下麟鳳芝草，不足言矣。」野詩名遠播，至契丹使入朝求其詩。其生宋初白（居易）體詩流行之後，唱和詩風昌熾之時，集中不免有些應酬、閒適之作，略染白體作風。但數量既少，又以長在山林，追步姚（合）、賈（島），精思苦吟，故其詩幽峭清逸，冷麗工整。《宋史》本傳謂「爲詩精苦，有唐人風格，多警策句」，後世論宋詩的則以他與林逋並稱爲宋初晚唐體的代表。

書友人屋壁

達人輕祿位，居處傍林泉。洗硯魚吞墨，烹茶鶴避煙。閒惟歌聖代，老不恨流年[1]。靜想閒來者，還應我最偏[2]。

〔注釋〕

〔1〕聖代：指當時宋朝。流年：光陰、年華，以易逝如流水故稱。

〔2〕偏：暗指淡於功名富貴，遠離塵俗的隱士心境。本陶淵明《飲酒》其二：「結廬在人境，而無車馬喧。問君何能爾，心遠地自偏。」

〔品鑒〕

本詩寫隱者淡薄功名富貴的幽居生活與閒靜心情，如莊生世外之想。三、四爲名句，《古今詩話》：「章聖（宋眞宗）遣使召魏野，仲先聞使至，留詩一聯於壁，而遽去，云：『洗硯魚吞墨，烹茶鶴避煙。』使還，以壁間詩對。章聖曰：『野不求仕矣。』遂不召。」五句敷衍當道，意謂不矯情迕世。「第六句是高人語」（陳衍《宋詩精華錄》卷一）。七、八句卒章見志。全詩意象清奇，風格淡遠，筆致空靈，爲典型晚唐風味。

登原州城呈張賁從事[1]

異鄉何處最牽愁？獨上邊城城上樓。日暮北來唯有雁，地寒西去更無州。數聲塞角高還咽，一派涇河凍不流[2]。君作貧官我為客，此中離恨共難收。

〔注釋〕

〔1〕原州：舊治在今甘肅原縣，北宋爲邊境城市，即詩中所說的邊城。張賁

（fén芬）：一作張賁，作者友人，生平不詳。從事：這裡指州郡長官的
　　　僚屬，如通判、參軍之類雜職。
〔2〕塞角：邊塞駐軍的號角。高：高亢。咽：幽咽，聲因阻塞而低沉。一派：
　　　一道。涇河：水名，源出寧夏六盤山，流經甘肅鎮原、涇川一帶，至陝
　　　西中部入渭河。

〔品鑒〕

　　這是一首贈別友人的詩，寫羈旅愁情，同時寫友朋別離之苦。起句拈出
「異鄉」，客居的愁情已油然而生。又不料這「異鄉」還有一個去處最能牽動
愁腸，那就是「獨上邊城城上樓」──登高望遠，滿目荒涼，此身漂泊，鄉
關何在？更增這「獨在異鄉爲異客」的孤獨。二、三聯寫目見耳聞的邊塞景
象：「日暮」「地寒」、雁南飛，「塞角」亦不能嘹亮；涇河冰封，似已停止了
流動。這一切染了作者愁情的所見所聞，又反過來加強作者的愁情。陳衍評
此詩說：「仲先隱人，能作第二聯壯闊語，較爲難得。」這也許因爲他不是那
種爲隱而隱的人，以達觀的態度處世，故能作此壯闊語。但是詩是贈人的，
寫自己的愁，更要體貼友人獨在邊城的愁；加以本來「貧官」「異客」，應該
在此相互慰藉，卻又不得不分手──在相互最爲需要的時候與地方分手，所
以就「此中離恨共難收」了。這首詩由羈旅的愁寫到朋友別離的恨，前者烘
托後者，轉換自然，一往情深，極盡他鄉別故知的悲涼。

題僧寺

世情冷暖由分別，何必區區較異同。但得常將紅袖拂，也應勝似碧紗籠
〔1〕。

〔注釋〕

〔1〕碧紗籠：用碧紗籠罩。碧紗，青綠色的紗布。

〔品鑒〕

　　《古今詩話》載：「寇萊公典陝日，與處士魏野同遊僧寺，觀覽舊遊，有
留題處，公詩皆用碧紗籠之，至野詩則塵蒙其上。時從行官妓之慧黠者輒以
紅袖拂之。野顧公笑，因題詩」云云，即此詩。但是，類似的故事早在唐代
已經有過了。五代王定保《唐摭言》載，王播少孤貧，嘗寄食僧院，寺僧厭
之。後二十年，王播自重位出鎮揚州，因訪舊遊，見以往之舊題皆已碧紗籠

之，因題二絕句，中有句云：「二十年來塵撲面，如今始得碧紗籠。」一般認爲，魏野詩的末句用這個典故，其實爲眼前景。只是他與王播的態度不同，在王播至爲感慨的地方，魏野能淡然置之，而且以調笑的口吻嘲弄了世態的炎涼，胸襟氣度已高一籌。詩中以紅袖拂塵傲視碧紗籠詩，已自風流不群。但是若以爲作者果然爲紅袖拂塵而得意，那就大錯了。其實作者明白，「碧紗籠」獻媚權勢是不久的事，「紅袖拂」看眼前情面，也不過逢場作戲，不得「常將」，所以作者說「但得」。這裡就有了某種理趣，或者說幽默感。

寇準　二首

寇準（961～1023）字平仲，華州下邽（今陝西渭南）人。太平興國五年（980）進士，授大理評事，知巴東縣（今屬湖北）。太宗朝官至參知政事。眞宗朝官同中書門下平章事、尚書右僕射，封萊國公，世稱寇萊公。準爲北宋名臣，景德元年（1004），契丹入侵，他力排眾議，堅請眞宗渡河親征，至澶州迫成和議，是爲「澶淵之盟」，河北因此罷兵。準立朝剛正，能斷大事，不拘小節，面折廷爭，素有風采，因此觸小人嫉。丁謂本出準門下，及任參知政事與準同進食，羹污準髭鬚，丁謂起而拂之，準笑曰：「參政國之大臣，乃爲長官拂鬚耶？」丁謂聞而慚，由是傾構日深，致寇準貶雷州司戶參軍，萬民爲之不平，時有歌謠曰：「欲得天下寧，須拔眼中丁（指丁謂）；欲得天下好，無如召寇老。」然寇準終卒於戍所。有《忠愍公詩集》三卷，《全宋詩》收作四卷。

寇準是北宋著名政治家，不以詩名，卻曾愛好作詩，與魏野等唱和甚密，論者以他爲「晚唐體」中人。當時學爲晚唐體者，有所謂「九僧」及林逋、魏野等一班在野的文人，像寇準這樣的高官實屬不多。其詩得姚（合）、賈（島）之趣而有王（維）、韋（應物）之致，有清寂之意而無寒窘之態。五律頗有佳作，七絕尤爲精工，風神秀逸，婉轉淒迷。南宋胡仔云：「忠愍詩思淒惋，蓋富於情者。如《江南春》云……」（《苕溪漁隱叢話後集》卷二十）

江南春

波渺渺，柳依依〔1〕。孤村芳草遠，斜日杏花飛〔2〕。江南春盡離腸斷，蘋滿汀州人未歸。〔3〕

〔注釋〕

〔1〕依依：輕柔的樣子。《詩經・小雅・采薇》：「昔我往矣，楊柳依依。」本此。

〔2〕芳草遠：喻歸期未卜。芳草，春草，古代詩歌中常用來表現歸思，如《楚辭・招隱士》：「王孫遊兮不歸，春草生兮萋萋。」漢樂府《飲馬長城窟》：「青青河畔草，綿綿思遠道。」這裡也表現同樣的意思。

〔3〕「蘋滿」句：即白蘋，水生植物，浮於水面，暮春時開白花。古代詩歌中常用作表達相思和別愁的意象，如南朝梁柳惲《江南曲》：「汀州採白蘋，日落江南春。」本句即由此化出。汀州，古州名，治在今福建長汀。

〔品鑒〕

　　這是寇準的名作。胡雲翼《宋詞選》收錄，但是注說「這個詞調沒有別人塡過，可能是作者的自度曲」，而多數學者視爲是一首雜言詩。這首詩表達懷人之愁思。首兩句「波渺渺，柳依依」，寫景中已透出無限的愁思──像煙波一樣浩遠，如楊柳一般柔長。接下來「孤村」二句，進一步寫詩人在春景中的孤獨落寞：所處既已是一個孤零零的小村莊，可藉以寄愁思的芳草也遠離此間，又值這暮春日斜杏花飄落之際，流光飛逝，紅顏易老，春盡江南，蘋滿汀州，而遠人未歸，其愁何以堪？由遠及近寫景，由「斜日」而「春盡」寫時序，數層出落，創造出暮春花落，人在異鄉，淒涼酸楚的朦朧意境，懷人之愁思就表現得淋漓盡致，富於感染力。

追思柳惲汀州之詠，尚有遺妍，因書一絕〔1〕

杳杳煙波隔千里，白蘋香散東風起〔2〕。日落汀州一望時，愁情不斷如春水。

〔注釋〕

〔1〕柳惲：字文暢，南朝梁詩人。汀州之詠：指柳惲《江南曲》（詳下引）。遺妍：遺美，這裡指尚未道盡的美好心曲。

〔2〕杳杳：深遠的樣子。

〔品鑒〕

　　這首詩是柳惲《江南曲》的續作，詩意又與上錄《江南春》相近，所以宋人詩話筆記常把兩篇合稱《江南春二首》。末句「愁情」一作「柔情」，結

合全篇，作前者似更爲恰當。這首詩應聯繫柳惲之作理解。柳詩曰：「汀州採白蘋，日暖江南春。洞庭有歸客，瀟湘逢故人。『故人何不返？春花復應晚。』不道新知樂，只言行路遠。」寫的是妻子向客打聽丈夫何以遠遊不歸，客沒有把她丈夫在外有了「新知（外遇）」的眞實情況相告，只是說路遠一時來不了。詩到此而止，這位妻子聽了後是怎麼個反映，柳惲沒有說，這便是「遺妍」。寇準的詩補足這一點，對少婦的心思作進一步抒寫。首句接柳詩說她由客言因爲路遠想到與丈夫相隔確實水路迢迢，有「所謂伊人，在水一方」（《詩經‧秦風‧蒹葭》）和「相去萬餘里，各在天一涯」（《古詩十九首‧行行重行行》）之致，一時令人近乎絕望；接寫東風驟起，白蘋的香氣被風吹散，照應前句，象徵婦人渴盼之心爲之一涼，情緒驟然煩亂，進而不由得舉首望遠。其時正當汀州日落時分，春水無際，婦人的愁情也就如同這春水一樣浩杳了。寇詩說她相信了客的話，一如既往地癡心等待著他，但這是一種多麼無望地等待啊！內中最可悲的，是她絲毫未曾懷疑丈夫對她的忠誠，結合柳詩來讀，一個癡情女子的形象就更加躍然紙上了。寇準是一代名相，作此柔婉語，前人多所不解，或以爲有所寄託。其實古來人有至性者，必有至情，寇公「蓋富於情者」，當能有此詩。

蒨桃　二首

　　蒨桃是寇準的侍妾，生平不詳。唯《湧幢小品》記傳說云：「蒨桃隨南遷，再移光州，蒨桃泣曰：『妾前世師事仙人爲俠，今將別去，敢有所託：願葬杭州天竺寺。吾向不言，恐泄陰理，今欲去，言亦無害。公當爲世主者閻浮提王也。』公不久亦亡。」又《北軒筆記》：「萊公謫嶺過杭州，妾蒨桃疾作，謂公曰：『妾必不起，幸葬我天竺山下。相公宜自愛，亦非久居人世者。』」其中宿命迷信的成分固爲荒誕，但蒨桃先寇公過世，卒葬杭州，較爲可信。存詩僅以下二首。

呈寇公二首〔1〕

其一

一曲清歌一束綾，美人猶自意嫌輕〔2〕。不知織女螢窗下，幾度拋梭織得成〔3〕。

其二

風勁衣單手屢呵，幽窗軋軋度寒梭〔4〕。臘天日短不盈尺，何似妖姬一曲歌〔5〕！

〔注釋〕

〔1〕寇公：即寇準。

〔2〕「一曲」句：歌者每唱一支歌，就賞一匹綾子。猶自，還是。意嫌輕，認爲賞賜的東西太少。

〔3〕螢窗：光線微弱的窗口。拋梭：織綾時將梭穿過來拋過去。

〔4〕幽窗：深暗的窗口。

〔5〕臘天：臘月天，即農曆十二月，一年中白晝最短的一個月。妖姬：豔麗媚人的歌女。妖，一作燕。燕姬，燕地（今河北北部與遼寧南部）美女。

〔品鑒〕

　　本詩出《苕溪漁隱叢話後集》卷四十引《翰府名談》：「公自相府出鎮北門，有善歌者，至庭下，公取金鐘獨酌，令歌數闋，公贈之束綵，歌者未滿意。蒨桃自內窺之，立爲詩二章呈公云……」即此二首。詩以美人「清歌」重於織女「拋梭」爲價值的顛倒，用織女寒夜拋梭的辛苦，反襯「妖姬」得綾的輕易，間接批評了寇公肆意揮霍的生活作風，可當諫章。

　　詩歌作這類抨擊的，還可以舉出白居易的《紅線毯》。但是「一曲清歌」與「一束綾」孰爲輕重，看法並不容易一致。例如還是白居易的詩《琵琶行》中就曾寫道：「五陵少年爭纏頭，一曲紅綃不知數。」當今名歌星的紅火也還如此。大約窮人要溫飽，富人要消遣。立場不同，看法便不一樣。所以當時寇公有和詩曰：「將相功名終若何？不堪急景似奔梭。人間萬事君休問，且向樽前聽豔歌。」寇公居相位，不肯以「人間萬事」易「聽豔歌」，倩桃便拿他沒有辦法。

林逋　一首

　　林逋（968～1028）字君復，杭州錢塘（浙江杭州）人。少孤力學。恬淡好古。早歲放遊江淮間，後隱居杭州西湖之孤山，二十年足跡不入城市，人稱西湖處士。終生不娶，植梅養鶴，人言其「梅妻鶴子」。以布衣終，仁宗賜諡「和靖先生」，有《林和靖先生詩集》四卷。

　　林逋爲隱士，當世有高名。眞宗聞之，曾賜粟帛，許多士大夫也邐繹至西湖拜訪他，以此聲聞愈遠。但是也有記載說他曾致書杭州知州王濟求薦爲官，而王濟看他不起，僅「以文學保薦，詔下，賜粟帛而已」（《宋人軼事彙編》卷七引《西湖遊覽志餘》等）。這不一定是事實，但是宋初林逋等一班隱士樂與士大夫往來唱酬，卻是一時風氣。

　　林逋工詩善畫。詩學晚唐，爲宋初晚唐體代表人物之一。其詩多寫隱居生活和閒逸心情，清幽淡逸，構思細密，刻畫精工。而實傷於詩境狹小和雕琢過甚。林逋因爲久居西湖，性愛梅花，寫了不少關於西湖山水景物的詩，尤以詠梅之作最爲人傳誦，以至後人提到梅花，便不能不想到他。南宋吳錫疇《林和靖墓》詩就寫曰：「遺稿曾無封禪文，鶴歸何處認孤墳。清風千載梅花共，說著梅花定說君。」歐陽修感歎自林逋去世後，「湖山寂寥，未有繼者」（《歸田錄》卷二）。

山園小梅二首（其一）

眾芳搖落獨暄妍，占盡風情向小園〔1〕。疏影橫斜水清淺，暗香浮動月黃昏〔2〕。霜禽欲下先偷眼，粉蝶如知合斷魂〔3〕。幸有微吟可相狎，不須檀板共金尊〔4〕。

〔注釋〕

〔1〕「眾芳」二句：搖落，凋謝，被風吹落。暄妍：鮮麗明媚的樣子。二句說小園裏眾花凋零，只有梅花獨自開放，一切風采就都在它身上了。

〔2〕「疏影」二句：上句寫梅花的體態。疏影：稀疏的枝影。橫斜：斜躺（在水面上）的樣子。下句寫梅花的韻味。暗香：幽香。浮動：這裡寫梅花香氣在空中飄動，陣陣襲人。月黃昏：月色朦朧，與上句「水清淺」相對，並且補足「疏影」的來歷。

〔3〕「霜禽」二句：上句從鳥的觀感寫梅花高潔絕塵。偷眼，偷看，不敢正眼看。下句從蝴蝶的角度設想，寫梅花的韻致非凡。粉蝶，白色的蝴蝶。斷魂，銷魂。梅花開時已無蝶，所以這裡用了「如」「合」兩個表推想的字。

〔4〕「幸有」二句：上句說幸虧有詩人閒雅的吟詠可以與之相伴，言外之意若不然梅花就眞正太孤獨了。微吟：低聲吟詠。相狎，相親昵。下句伸足上句，說世俗美酒歌舞的飲宴都配不上它。檀板：檀木做的拍板，泛

指樂器。金尊，「尊」通「樽」，金質的酒盅。「檀板」「金尊」合起來泛喻世俗功名富貴。

〔品鑒〕

　　林逋以詠梅著稱，一生寫有八首詠梅花的詩，稱「孤山八梅」，但使他得享盛名的，實際只是這一首。而此詩著名，又只在三四兩句。南宋黃徹《碧溪詩話》說「其卓絕不可及專在十四字耳」，周紫芝《竹坡詩話》也說這兩句詩「膾炙天下殆二百年」。似乎這首詩只是有名句而當不得名篇。不過，這兩句詩的妙絕處也要結合了全篇特別是首二句去看才好。首二句寫小梅所處山園內的環境季候，從「眾芳搖落」的時空遠景中，把小梅一花獨放的秀逸風采推入讀者眼簾，這一鮮明形象奠定了下文具體描寫的基礎，「疏影」「暗香」二句才能翻空鑄奇，出神入化。三、四句的妙處，在於極為簡潔而凝煉地畫出了陂塘月色之下梅花「占盡風情」的意態神韻，不僅「桃杏李不敢承當」（蘇軾語，見《王直方詩話》），而且別一種環境下的梅花也不便承當，這就有了典型性。換句話說，此詩把特定情景下梅花最美的那一種狀態畫了出來，故能妙絕百代。以下頸聯、尾聯以假託之辭，感受之情，從側面烘托梅花孤芳自賞的精神，表現出作者輕視世俗榮華富貴以隱逸恬淡為高的情懷。蘇軾《書林逋詩後》說：「先生可是絕倫人，神清骨冷無俗塵。」後一句也可說道出此詩風韻。

劉筠　一首

　　劉筠（971～1031）字子儀。大名（今屬河北）人。真宗咸平元年（998）進士，授館陶尉。五年，入為大理評事、秘閣校理，後預修《冊府元龜》，遷知制誥，進翰林學士。真宗末，丁謂專權，筠歎曰：「奸人用事，安可一日居此！」乃自請外放，以右諫議大夫出知廬州。仁宗即位，復召為翰林學士，拜御史中丞。前後三入翰林，頗不悅，有詩云：「蟠桃三竊成何味，上盡鼇峰跡轉孤。」稱病不出。官至翰林學士丞旨兼龍圖閣直學士判尚書部省，卒謚「文恭」。有《冊府應言集》《榮遇集》《肥川集》等，《全宋詩》收詩三卷。

　　劉筠「居文翰之選，其文辭善對偶，尤工詩，初為楊億識拔，後遂與齊名，時號『楊劉』。凡三入禁林，又三典貢部，以策論升降天下士，自筠始」（《宋史》本傳）。他是西崑體代表詩人之一，對於西崑體的形成起了重要作用。《西崑酬唱集》收錄他的詩達七十一首，數量僅次於楊億。他的詩聲律謹

嚴，豐贍精整，用典使事，組織縝密，歐陽修稱讚「其雄文博學，筆力有餘，故無施而不可」（《六一詩話》）。然而常常以詞害意，氣韻不暢。魏泰《臨漢隱居詩話》謂其「作詩務積故實，而語意輕淺」。後世較爲推重的是他的詠史詩。

南朝〔1〕

華林酒滿勸長星，青漆樓高未稱情〔2〕。麝壁燈回偏照畫，雀航波漲欲浮城〔3〕。鐘聲但恐嚴妝晚，衣帶那知敵國輕〔4〕。千古風流佳麗地，盡供哀思與蘭成〔5〕。

〔注釋〕

〔1〕南朝：南北朝時的宋、齊、梁、陳四代，都建都於建康（今江蘇省南京市），史稱南朝。這裡實際是從東晉說起。

〔2〕「華林」二句：上句事本《晉書·孝武帝紀》載：「（東晉）太元末，長星見，帝心甚惡之，於華林園舉酒祝之曰：『長星，勸爾一杯酒，自古何有萬歲天子邪！』」華林：南朝建康城內的名苑，舊址在今南京雞鳴山南古臺城內。長星：即彗星，古人迷信，以爲長星出現主遭災亂。下句事本《南齊書·東昏侯紀》載，齊武帝建興光樓，以青漆塗之，世謂之青樓。東昏侯還看著不夠華麗，曰：「武帝不巧，何不純用琉璃？」稱情：稱心如意。

〔3〕「麝壁」二句：上句事本《南齊書·東昏侯紀》載，東昏侯在位時，大起宮殿，「麝香塗壁，錦幔珠簾，窮極綺麗」。本句說東昏侯宮中飲樂，夜間燈光照耀，如同白晝。晝：《宋詩紀事》作「畫」。下句事說南朝時建康秦淮河上，有用船舶連成的浮航（即浮橋）二十四座，其中朱雀門外一座最大，稱朱雀航即雀航。這些浮橋平時用於通行，有兵臨城下，便撤橋憑秦淮河水障禦敵。隋滅陳朝以後，浮航遂廢。本句說河水高漲，朱雀航浮起要和建康城一樣高了。

〔4〕「鐘聲」二句：上句事本《南齊書·裴皇后傳》載，武帝時，「上數遊幸諸苑圃，載宮人從后車，宮內深隱，不聞端門鼓漏聲，置鐘於景陽樓上，宮人聞鐘聲，早起妝飾」。嚴妝：整齊的妝束。下句事本《南史·陳後主紀》載，陳後主在位時，以爲有長江天險可恃，終日逸樂，不修武備。禎明二年（588），隋文帝將伐陳，曰：「我爲百姓父母，豈可限一衣帶水不拯之乎？」遂舉兵滅陳。衣帶：即一衣帶水，謂河流像一條衣帶那

樣狹窄，不足爲險阻，這裡指長江。敵國：指與陳對峙之隋朝。

〔5〕「千古」二句：上句指南朝歷代都城建康。建康又名金陵，謝朓《入朝
　　曲》曰：「江南佳麗地，金陵帝王州。」本此。下句承上說作爲南朝歷
　　代興亡歷史見證的建康，處處都啓詩人的哀思和感慨。蘭成：北周詩人
　　庾信小字蘭成，他作有《哀江南賦》，這裡泛指後世詩人。

〔品鑒〕

　　這是《西崑酬唱集》中的名篇，當時西崑體主要作家錢惟演、楊億等都
有同題之作，而以此篇立意較高，諷諭深切。首句以東晉孝武帝故事領起全
篇，讓人想到「自古何有萬歲天子」的名言，透露出南朝各亡國之君共有的
醉生夢死的沒落精神狀態，爲以下詠歷代亡國事布下背景，釀成氣氛。六朝
接踵敗亡的教訓很多，遺事也很不少，全篇涉及到的有三個朝代四位君主，
而側重齊、陳二代予以揭露。關於前者，寫了齊武帝「青漆高樓」的大興土
木和耽於冶遊，特別是東昏侯更有過之而無不及的荒淫；關於後者，側重寫
了陳後主的縱情聲色，荒淫誤國、時空交錯。大開大合，高度概括，結末收
束以後人憑弔的哀感，發人深思。

楊億　一首

　　楊億（974～1020）字大年。建州浦城（今屬福建）人。七歲能屬文，年
十一，太宗召試詩賦，下筆立成，即授秘書正字。十八歲進士及第，二十四
歲超拜左正言。曾預修《太宗實錄》《冊府元龜》及國史等，於體例裁定、篇
序撰作等貢獻最多。景德三年（1006）召爲翰林學士，又同修國史。億立朝
剛直，曾勸阻眞宗封禪，不奉詔爲冊封劉后草制。熱心獎掖後進，同時文士，
多賴其品題。億天資穎悟，著書勤奮，自幼及老，不離翰墨，文格雄健，才
思敏捷，略不凝滯。歐陽修謂其「與門人賓客飲博，投壺弈棋，笑語喧嘩，
而不妨構思，以小方紙細書，揮翰如飛，文不加點……頃刻數千言，眞一代
文豪也」（《歸田錄》）。博聞強記，尤長於典章制度。又喜集當世述作，留心
釋氏之學，各類著述近二百卷。

　　宋初酬贈唱和詩風甚盛，「楊億在兩禁，變文章之體，劉筠、錢惟演輩皆
從而崇之，時號楊、劉。三公以新詩更相屬和，極一時之麗。億復編敘之，
題曰《西崑酬唱集》，當時佻薄者，謂之西崑體」（田況《儒林公議》）。《西崑
酬唱集》共收楊億、劉筠、錢惟演、李宗諤、陳越、李維、丁謂等十七人相

互酬唱之作五七言律二百五十首。其中楊億七十五首首，劉筠七十一首，錢惟演五十首，三人之作佔了全集的五分之四多。所以這三個人成了西崑體的代表，而楊億作為第一位的作者和主編自然成了西崑體的主帥。當宋初詩苑白（居易）體盛行淺陋易見之後，晚唐體蔚起小巧呻吟方張之時，「《西崑酬唱集》主旨華麗，蓋一變晚唐體、香山詩體而效李義山」（方回《瀛奎律髓》卷三），以才學為詩，以形式格律相尚，不失為一種革新，諸人亦各有較好的詩作。《四庫總目提要》云：「其詩之精工穩切者自不可廢歟。」然而酬贈唱和本不易出好詩，又其學義山專在詞藻、對偶，音節、用典等形式上下工夫，所以往往生吞活剝，內容空乏，雕飾過甚，艱澀浮豔，以至真宗下詔「戒其流宕」（《西崑酬唱集》注引李燾《續資治通鑑長編》），優人有做戲諷刺者（吳枋《宣齋野乘》）。

西崑詩人中，楊億成就較高，並且所作不盡是一般所說的西崑體，例如下面所選的一篇，風格獨別。

傀儡 [1]

鮑老當筵笑郭郎，笑他舞袖太郎當 [2]。若教鮑老當筵舞，轉更郎當舞袖長 [3]。

〔注釋〕

〔1〕傀儡：土木製作的偶像，這裡指演劇的木偶。

〔2〕鮑老：宋代戲劇角色名，出場跳足攜大鑼，故又名「抱鑼」。郭郎：宋代戲劇角色中丑角，禿髮，善笑。舞袖：古代劇妝袖身肥長，便於起舞時甩開，所謂長袖善舞。郎當：衣服寬大不合身的樣子。

〔3〕轉：反而。

〔品鑒〕

這當是一首觀傀儡劇的即興之作。詩中說郭郎舞袖郎當，是因為被幕後人所操縱，身不由己；鮑老未能設身處地，笑郭郎舞袖郎當，是不應該的。假如鮑老與郭郎換一個位置，恐怕會把舞袖甩得更加郎當。作者藉此慨歎了做官或一切為人所制處境的難堪——未必不是有難言之隱，也諷刺了鮑老一類人的淺薄不通世情。但是，若以為世情如此，可以聽天由命，甘當傀儡，那就不對了。用語俚俗，風趣中寓哲理，是這位西崑體主帥的獨別之作。

司馬池　一首

司馬池（980～1041）字和中，陝州夏縣（今屬山西）人。景德二年（1005）進士，授永寧主簿，入朝爲侍御史知雜事，更三司副使。知河間府，徙知同、杭、虢、晉等州。知鳳翔府日，曾置石鼓於府學門外，以木柵護之。他是司馬光的父親，能詩文，魏野《貽司馬池》詩稱他「文雖如貌古，道不似家貧」。詩人張耒也說他以文學風節爲一時名臣。今存詩僅下面一首。

行色

冷於陂水淡於秋，遠陌初窮到渡頭〔1〕。賴是丹青不能畫，畫成應遣一生愁〔2〕。

〔注釋〕

〔1〕「冷於」二句：上句說行色比池水更清冷，比秋景更淡漠。陂（bēi 杯），池塘。下句遠陌，漫長的路。初窮，剛剛走完。渡頭，渡口。到，司馬光《溫公續詩話》引作「見」。

〔2〕賴是：幸好，虧得。丹青：紅色和青色的顏料，這裡泛指繪畫的各種顏料。上句《溫公續詩話》引作「猶賴丹青無處畫」。遣：使。

〔品鑒〕

本詩爲司馬池監安豐（今屬安徽）酒稅赴官途中作，寫遠行之人風塵僕僕、孤獨落寞的意態。首句互文見義，與「秦時明月漢時關」（王昌齡《出塞其一》）句法相同，說的是行人一路感到的淒涼比秋水還要清冷淡薄。下句「遠陌初窮」說迢迢旱路好不容易走完，而「到渡頭」接下來又是水路，山一程，水一程，似乎沒完沒了，其間奔波勞頓的苦況就可以想見了。後兩句是伸足之辭，說幸虧畫家無法把行色畫出，如果畫成了，掛在牆上，使人面對，這一輩子就休想有高興的日子了。張耒《記〈行色〉詩》曾說這首詩「甚工」，以致其子司馬光「不敢以父子之嫌廢也」，其孫司馬宏刻石於安豐，又說「詩之工者，狀難寫之景，如在目前；含不盡之意，見於言外。此詩有焉。」所言極是。而刻畫細微，已然初見宋詩的特點。

范仲淹　二首

范仲淹（989～1052）字希文，吳縣（今屬江蘇）人。幼孤貧，力學有大

志。眞宗大中祥符八年（1015）進士。天聖初任泰州興化縣令，修海堰，世稱范公堤。天聖六年（1028），任秘閣校理，每感激論天下事，奮不顧身，一時士大夫矯厲尙風節，自仲淹倡之。仁宗親政，擢右司諫等，屢以事忤宰相呂夷簡，出知州郡，所至多善政。又與韓琦同官陝西經略副使，兼知延州。雖以文臣領武職，而爲將號令明白，愛撫士卒，軍中稱「韓范」，西夏謂「小范老子腹中有數萬甲兵」，相戒不敢犯邊。仁宗慶曆三年（1043），入爲樞密副使，旋拜參知政事，與富弼、歐陽修等推行新政，爲人中傷而罷，出知汾州兼陝西四路安撫使等。性豁達寬仁，以言事三被黜，而不改其常，有名言曰：「士當先天下之憂而憂，後天下之樂而樂」；知杭州時，兵官皆被薦，獨巡檢蘇麟未得用，乃上詩曰：「近水樓臺先得月，向陽花木易爲春。」仲淹即薦之；歸蘇州日，有絹三千匹，盡散與親朋，又於鄉里設義莊，捐地建府學；而自奉儉樸，非賓客不重肉，妻子衣食，僅能自充，其風義如此。卒諡文正，有《范文正公集》。《全宋詩》存詩六卷。

仲淹爲北宋一代名臣，職兼文武，歷官內外，政務繁忙，文學乃其餘事，然天賦之才，有時揮翰，造詣亦高。其散文、詩、詞皆有佳作。散文如《岳陽樓記》、詞如《漁家傲》（塞下秋來風景異）等，至今膾炙人口。詩則意境闊大，氣勢逸放，流麗清新而內蘊深沉，有名臣氣象。雖詩作不多，然當時西崑體餘風未歇，仲淹能不隨波逐流，作詩有自家面目，影響所及，至於歐陽修等人，對後來宋詩風會轉移，有潛在作用，論宋詩者不可忽也。

江上漁者

江上往來人，但愛鱸魚美[1]。君看一葉舟，出沒風波裏[2]。

〔注釋〕

〔1〕但愛：只愛。一作「盡愛」。鱸魚：又名銀鱸，以肉味鮮美著稱。

〔2〕風波：一作「風濤」。

〔品鑒〕

詩從人愛鱸魚之美說到漁者之艱危辛苦，表達了對世人「但愛鱸魚美」而不知漁者之苦的遺憾，充滿對漁者的同情。寫景、議論、抒情渾然一體，二十字，說盡憂國憂民之心。平易中見構造功力，淺顯處寄託良深。

野色

非煙亦非霧，羃羃映樓臺〔1〕。白鳥忽點破，夕陽還照開。肯隨芳草歇，疑逐遠帆來〔2〕。誰會山公意？登高醉始回〔3〕。

〔注釋〕

〔1〕羃羃：色濃而深的樣子。

〔2〕「肯隨」句：說野色隨芳草遠去，芳草隱沒處，野色仍在前行。「疑逐」句：說遠方的野色映入眼簾，好像是隨遠帆歸來，忽然而至。逐：追隨。

〔3〕「誰會」二句：山公，指晉朝名臣征南將軍山簡，他曾在與敵軍對峙時，為安定軍心，特意去野外張宴飲酒。這裡以山公自比，微顯對邊防事胸有成竹之意。

〔品鑒〕

　　這首詩所寫「野色」，不是山林草澤的實景，而是它的朦朧韻致，與司馬池《行色》詩之寫情狀命題略同。所以論者常以二詩並舉，如吳子良《荊溪林下偶談》云：「范文正此詩，不下司馬池《行色》之作。梅聖俞所謂『狀難寫之景如在目前』也。」其特點在於不作直接描繪，而以實景烘托出之。起句說「非煙亦非霧」，以否定狀肯定，實際是說野色有如煙如霧之處，讓讀者往這個方向上想像其情狀。二句表面上注目於樓臺，實則藉樓臺顯野色羃羃之狀，不是雲托月，而是月襯雲。三、四、五、六句四面下筆，寫開闊遠近之狀。尾聯點破，野色乃作者登高而飲，醉眼所見，以醉眼之迷離，觀野色之朦朧，情致雖佳，而「山公意」固不在此，在彼守土戍邊之責。結末含蓄，與《行色》詩婉道中把意思說盡明顯不同。

晏殊　二首

　　晏殊（991～1055），字同叔，撫州臨川（今屬江西）人。七歲能文，景德初，以神童召與進士千餘人並試朝廷，殊神氣不懾，援筆立成，真宗嘉賞，賜同進士出身。授秘書正字，久而擢翰林學士。預修《真宗實錄》，進禮部侍郎，拜樞密副使，改參知政事。先後出知應天、江寧、湖南府及亳、陳、潁、許、永興等州軍。仁宗慶曆中，拜集賢殿學士，同平章事，兼樞密使。卒諡元獻。原有集，已佚。僅存《珠玉詞》，清人輯有《晏元獻遺文》。今《全宋詩》輯有三卷。

殊當北宋承平時期，久居相位，多進賢才，如范仲淹、韓琦、富弼等皆因其力進用，至於臺閣。又「喜賓客，未曾一日不宴飲」，飲酒歌樂畢，「相與賦詩，率以爲常。前輩風流，未之有比也」（葉夢得《避暑錄話》）。亦因此生活面狹窄，文學多應答酬唱、賞玩風態、流連光景之作。晏殊文學以詞著稱，王灼《碧雞漫志》云：「晏元獻公長短句，風流蘊藉，一時莫及，而溫潤秀潔，亦無其比。」尤其善言富貴之態和男女之情，詞史上與其子晏幾道並稱「二晏」。

然而晏殊文學其實以詩聞名當世。《宋史》本傳說他「文章贍麗，應用不窮，尤工詩，閒雅有情致」。歐陽修《六一詩話》云：「晏元獻公文章擅天下，尤善爲詩。」宋人甚至有人說他的「詩篇過於楊大年（億）」。宋祁《筆記》曰：「天聖初元以來，縉紳間爲詩者益少，惟丞相晏公殊、錢公惟演、翰林劉公筠數人而已……晏丞相末年詩見編集者，乃過萬篇，唐人以來未有。然晏不自貴重其文，凡門下客及官屬解聲韻者，悉與之酬和。」其詩大部分可能就是這種酬和之作，遂不如他的詞集盛傳，後世詩名也就被詞名所掩。

晏殊於楊億實爲後進，爲詩也屬西崑體中人。不過他不像典型的西崑體詩人那樣堆砌典故，雕琢句律，而以清辭麗句、典雅華美見長。其纏綿盡致，音聲諧婉，一往情深，猶如其詞，甚至有的句子也是相同的，因此有人譏其詩爲「詩餘聲口」。其實到底是詩抄襲了詞，還是詞掠奪了詩，如今誰也不能清楚。

寓意〔1〕

油壁香車不再逢，峽雲無跡任西東〔2〕。梨花院落溶溶月，柳絮池塘淡淡風〔3〕。幾日寂寥傷酒後，一番蕭索禁煙中〔4〕。魚書欲寄何由達，水遠山長處處同〔5〕。

〔注釋〕

〔1〕本題一作《無題》，又作《寄遠》。古代詩歌中這一類題目一般都寫男女私情。

〔2〕油壁香車：用香木製成又油漆過的車子，古代女子所乘。這裡代指那乘車的女子。峽云：指所鍾愛的女子。峽，巫峽。宋玉《高唐賦》說巫山有神女，朝則爲雲，暮則爲雨，故稱。

〔3〕溶溶：水流狀，形容瀉地的月光。

〔4〕傷酒：一作「中酒」，謂飲酒過度。蕭索：冷落的樣子。禁煙：古代風
　　俗，清明前一天或兩天禁火，吃冷食，謂之寒食。此指清明節。

〔5〕魚書：即書信。語出古樂府《飲馬長城窟行》：「呼兒烹鯉魚，中有尺素
　　書。」

〔品鑒〕

　　這首詩寫對一位女子的愛戀與懷念。從「油壁香車」「峽雲無跡」等語看，
她地位不高，或者竟是一位歌妓。詩首聯寫不得再見的遺憾，隱隱中有對她
漂泊無跡的擔憂。次聯追憶當時歡會的情景，上句點月夜，下句敘地點風物，
寫景中透露當時兩情依依的和諧與美好。腹聯寫別後的傷感，舉杯澆愁，傷
酒的結果倍增了數日的寂寥，又值這寒食冷落之際，就更使人銷魂般地孤獨
和淒涼了。尾聯作假設之辭，宕開一筆，略謂寄書傳意如何呢？又是不能——
—「水遠山長處處同」。結句的決絕，加重了失戀的痛感，使詩意更轉深摯。
清吳喬云：「題曰『寓意』，而詩全不說明，尚有義山《無題》之體。」（《圍
爐詩話》卷五）又清馮班曰：「次聯自然富貴，妙在無金玉氣。腹聯清怨，妙
在無脂粉氣。此豔體中之甲科也。」（《瀛奎律髓彙評》）吾謂此詩風與晏殊為
人謹厚誠篤，「雖早富貴，而奉養極約」（《宋人遺事彙編》卷七）的性情大有
關係。

假中示判官張寺丞、王校勘〔1〕

元巳清明假未開，小園幽徑獨俳徊〔2〕。春寒不定斑斑雨，宿醉難禁灩
灩杯〔3〕。無可奈何花落去，似曾相思燕歸來。遊梁賦客多風味，莫惜
青錢萬選才〔4〕。

〔注釋〕

〔1〕這首詩寫於作者罷樞密使出為南京（今河南省商丘市）留守期間。假中：
　　假期。判官：宋代官名，地方州府長官的幕僚。示：給人看。張寺丞：
　　張亢，字公壽，曾任大理寺丞。王校勘：王琪，字君玉，曾任館閣校勘。
　　這兩個人當時是晏殊的幕僚兼好友，常聚會飲酒賦詩。

〔2〕元巳：上巳，農曆三月的第一個巳日，後專指三月初三，為古代傳統假
　　日。假未開：假期已到而尚未開始。

〔3〕斑斑：雨點稀疏之狀。宿醉：隔夜猶存的醉感。灩灩：水光閃動的樣子，
　　這裡指滿杯的酒。

〔4〕「遊梁」句：梁，指梁園。漢代梁孝王建，故名。舊址在今開封東南。
梁孝王好賓客，當時名士司馬相如、枚乘等常應邀遊園作賦。風味，風
采、情趣。全句以梁園賦客比王寺丞、張校勘，稱讚他們的文采風流。
莫惜句：希望他們能來聚會，大展詩才。青錢萬選才，超常的文才。事
本《新唐書·張薦傳》載，張文成文章出眾，「凡應八舉，皆登甲科……
員外郎員半千曰：『張子之文如青錢，萬簡萬中，未聞退時。』時流重
之，目爲『青錢學士』。」

〔品鑒〕

　　這首詩是約會朋友來飲酒作詩的，可說是詩體的請柬。首句點明假期已
至，接句寫自己的孤獨寂寞，百無聊賴。頷聯寫雨天獨酌，借酒澆愁愁更愁
的苦況。頸聯爲千古名句，寫景中寄至理，謂大化流轉，如花開花落，燕去
燕來，無往不復，暗示人生之短暫。這一聯與首聯第二句又見於他的《浣溪
沙》詞，順序組成那首詞的下闋，惟「小園」句的「幽徑」作「香徑」。《四
庫總目提要》說：「今復填入詞內，豈自愛其詞語之工，故不嫌其復用耶？」
應當說頸聯不過晏殊這種富貴人精緻的閒愁，但其對人生的感傷體味確有深
刻的一面，故千百年傳誦不衰。但此作終究是詩代簡性質，所以尾聯承上歸
結到請友人來小園雅會，大展詩才，消此假日。前六句敘事、寫景、抒情，
流麗宛轉，尾聯見意，作達觀語。使人想到他曾說過的話：「人生行樂耳，何
自苦如此？」（《宋人遺事彙編》卷七引《道山清話》）

石延年　三首

　　石延年（994～1041）字曼卿，一字安仁。先世幽州（治在今北京市）人，
遷居宋城（今河南商丘）。屢應科舉不中。眞宗時選三舉進士不中者授三班奉
職，就任右班殿直，後知金鄉縣。官至太子中允、秘閣校理。曼卿氣貌雄偉，
豪情壯志，磊落不群，吳安道以爲「天下奇才」（王辟之《澠水燕談錄》），然
好酒使氣，放意而爲，乃至狎妓宿娼，販賣私鹽（同上）。卒於京。有《石曼
卿集》，《全宋詩》收詩一卷。

　　延年狂放爲文，書法名當世，大字愈妙。詩歌負盛名，石介曾以其詩與
歐陽修之文、杜默之歌並稱「三豪」。同時范仲淹稱他的詩「氣雄而奇」（《竹
莊詩話》引），歐陽修稱其「詩格奇峭」（《六一詩話》），乃至後來朱熹等都推
重他在詩歌方面的成就，當非虛譽。但是也有人說「石延年長韻律詩善敘事，

其他無大好處」（魏泰《臨漢隱居詩話》）。今已無從論定，但如《事實類苑》云「石曼卿天聖、寶元間，以詩歌豪於當時」，即說當時影響很大，乃爲可信。大約當時西崑體盛行，爲詩堆砌故實，雕琢句律，成一時風會，而曼卿詩以意氣自豪，不拘一格，蘇舜欽所謂「勁語蟠泊」「氣橫意舉，灑落章句之外」（《石曼卿詩集序》），故能使人耳目一新。其精神則直接影響後來詩文革新運動，故爲石介、歐陽諸公見重。

金鄉張氏園亭〔1〕

亭館連城敵謝家，四時園色鬥明霞〔2〕。窗迎西渭封侯竹，地接東陵隱士瓜〔3〕。樂意相關禽對語，生香不斷樹交花。縱遊會約無留事，醉待參橫月落斜〔4〕。

〔注釋〕

〔1〕金鄉：縣名，今屬山東濟寧。此詩是作者仁宗天聖四年（1026）爲金鄉令遊張氏園亭所作。張氏，名不詳。

〔2〕連城：說亭館之多，錯落勾連如城。敵：匹敵，不相上下。謝家：指謝家園亭。晉代謝安好築園圃，居處「樓館竹林甚盛」，見《晉書·謝安傳》。四時：四季。

〔3〕西渭封侯竹：《史記·貨殖列傳》舉各地富厚之家，曾說到「渭川千畝竹……此其人皆與千戶侯等」，本此。東陵隱士瓜：《史記·蕭相國世家》說召平在秦爲東陵侯，秦亡後隱於長安城東種瓜，瓜甜美，人稱「東陵瓜」。這裡雅言瓜田。隱，一作「處」。

〔4〕「縱遊」句：說應約來會一定要遊賞盡興。留事，遺留之事，這裡指牽掛、拘束。事，一作「意」。參橫：言午夜。參（shēn身），星宿名，二十八宿中西方白虎七星之一，當它偏西橫列時就是午夜了。

〔品鑒〕

　　此詩寫園亭不停留於形似的刻畫，而是於亭館竹樹、鳥語花香的描繪中屬意在園亭的主人，表現對主人的敬重和會約縱遊的樂趣。以物見人，詩中有我，故能有新意，開新境，成名篇。首聯自外觀內寫園亭概貌，次聯自內觀外寫園亭方位，第三聯狀園中實景，前句寫鳥語，後句寫花香，不僅巧擬物態，而且以我觀物，物皆著我「樂意」，逗出尾聯，是名句。尾聯上句寫此時之樂，下句馳想夜飲之樂，把此間快意翻進一層，興會飆舉，餘味無窮。

代意寄師魯〔1〕

十年一夢花空委，依舊山河損桃李〔2〕。雁聲北去燕西飛，高樓日日春風裏。眉黛石州山對起，嬌波淚落妝如洗〔3〕。汾河不斷天南流，天色無情淡如水〔4〕。

〔注釋〕

〔1〕代意：代人口氣而爲之。師魯：尹洙，字師魯，石延年的好友，時在陝西涇原秦鳳經略安撫司判官任上。作者當時在山西平陽，以思婦口吻寫下這首詩寄尹洙，故題。

〔2〕花空委：喻年華虛度。損桃李：喻容顏已衰。損，一本作「換」。

〔3〕眉黛：用黛（一種顏料）描畫過的眉。黛，一本作「背」。石州：宋代州名，治在今山西離石縣。上句說雙眉緊鎖愁對遠山。可參看石延年《燕歸梁》詞：「春山總把，深勻翠黛，千疊在眉頭，不知供得幾多愁。」嬌波：喻指目光，這裡代指眼睛。妝：女子的裝飾。

〔4〕汾河：水名，源出山西平武，流經平陽、曲沃，西折入黃河。天：一本作「水」。

〔品鑒〕

　　這是石延年的名作。《宋人遺事彙編》引《事實類苑》稱讚此詩「詞意深美」（又見王辟之《澠水燕談錄》卷七、《詩話總龜》前集卷三十三引《古今詩話》等）。詩寫十年別離，「爲伊銷得人憔悴」；高樓佇望，雁燕都回，而郎君不歸；愁對遠山，終日以淚洗面；這愁情如「汾河不斷天南流」，又連蒼天也無半點可憐之色，眞是太慘了。句語奇峭，風力勁健，而詩意流暢，一往情深。尾聯上句仿李後主「問君能有幾多愁，恰似一江春水向東流」而不露痕跡，下句自李賀「天若有情天亦老」句翻出有新意。

南朝〔1〕

南朝人物盡清賢，不事風流即放言〔2〕。三百年間卻堪笑，絕無人可定中原〔3〕。

〔注釋〕

〔1〕南朝：歷史上的南朝一般指東晉以後的宋、齊、梁、陳四代，這裡包括了東晉。

〔2〕清賢：清高賢貴之士。這裡有諷刺意。清，一作「情」。事：做，從事。
　　風流：這裡指越禮放誕的生活作風。放言：放縱之言。這裡指空話。
〔3〕三百年：從東晉偏安江南算起，至隋滅陳統一，共二百七十三年，這裡
　　舉其成數。堪笑：可笑。定中原：收復北朝所佔的地方，即黃河中下游
　　地區。

〔品鑒〕

　　石延年是個關心國事而又有務實精神的人。這首詩就從務實的角度，總
結南朝歷代相繼敗亡的教訓，那就是後世史家常議論的清談誤國。這是個士
風問題，卻關係國家命運安危。這個問題到北宋中葉已經又有所表現。及至
北宋滅亡南宋偏安，石延年這首詩所慨歎的「絕無人可定中原」的歷史悲劇，
又一定程度地重演了。前選劉筠《南朝》側重從君王無道下針砭，這一首專
從士大夫風習作諷議，都借古諷今，發人深思。

宋祁　一首

　　宋祁（998～1061）字子京，開封雍丘（今河南省杞縣）人，後徙安陸（今
屬湖北）。仁宗天聖二年（1024）與兄庠同舉進士，禮部奏名第一。章獻太后
以為弟不可先兄，乃擢庠第一而置祁第十，兄弟聲譽鵲起，時號「大小宋」，
齊名天下。初仕復州軍事推官，歷任國子監直講、三司度支判官、知制誥、
翰林學士、史館修撰。預修《唐書》，十餘年間出入內外，以史稿自隨，成列
傳一百五十卷。又歷知壽、陳、許、亳等軍州，官終翰林學士承旨，卒諡景
文。有集，已佚。傳世有清人輯《景文集》《景文集拾遺》《筆記》等。《全宋
詩》收其詩二十二卷。

　　宋祁是北宋著名史學家，兼擅詩文詞，文學成就亦頗可觀。其《玉樓春》
詞有句曰「紅杏枝頭春意鬧」，為人傳誦，因稱「紅杏尚書」。祁生活奢侈，
日常燈紅酒綠，珠圍翠繞，擁妓醉飲。他的詩也就多寫此種生活，且不免西
崑餘習，當然也有些寫豔情而不失清麗柔婉的詩作。同時宋祁與楊億等專學
李商隱有異，甚喜杜（甫）詩，《竹坡詩話》記其手抄杜詩一卷，可見對杜詩
下過工夫。大約因此受杜詩影響，寫有一些關切現實之作，立意深警，風格
勁健。名句如「人間底事最堪恨，絡緯啼時無婦驚」（《秋夜》），陸游稱「其
妙於用事如此」（《老學庵筆記》卷七），其實更以感慨深沉見勝。但是他的詩
整體成就不高，所以論宋詩的不經常提到他。

落花

墜素翻紅各自傷，青樓煙雨忍相望〔1〕？將飛更作廻風舞，已落猶成半面妝〔2〕。滄海客歸珠迸淚，章臺人去骨遺香〔3〕。可能無意傳雙蝶，盡付芳心與蜜房〔4〕。

〔注釋〕

〔1〕墜素：墜落的白花。翻紅：凋謝的紅花。青樓：牆的外壁塗以青色的樓房，漢唐時貴夫人所住，後世漸成妓院的代稱。這裡仍用本義。

〔2〕廻風舞：《洞冥記》：「武帝所幸宮人名麗娟，於芝生殿唱《廻風》之曲，庭中花皆翻落。」又李賀《殘絲曲》：「落花起作廻風舞。」本此，寫花落之狀。半面妝：只在半邊臉上化妝。事本《南史·梁元帝徐妃傳》載，梁元帝眇一目，徐妃知元帝將至，必作半面妝以待，帝見則大怒而出。

〔3〕滄海句：言落花流淚成珠。事本張華《博物志》載，南海之外有鮫人，眼能泣珠。又，李商隱《錦瑟》詩：「滄海月明珠有淚。」章臺句：喻花雖委地而美質仍存。事本唐許堯佐《柳氏傳》載，韓翊得愛姬柳氏，復於安史亂中失散。亂平，韓使人寄書求之，題詩曰：「章臺柳，章臺柳，昔日青青今在否？縱使長條似舊垂，也應攀折他人手。」而實際上柳流落寺院，削髮為尼以待韓。章臺，漢代長安街名，柳氏在長安，故稱章臺柳。柳氏「豔絕一時」，這裡故以「章臺人」喻花的美豔。骨遺香，喻花香猶存。

〔4〕可能句：李商隱《小園獨酌詩》：「空餘雙蝶舞，竟絕一人來。」本此化出，說落花殞沒，不能復生。芳心：花心，喻美好的心意。

〔品鑒〕

此詩是作者二十四歲與兄庠謁見安州知州夏竦時所作。當時夏竦以為此詩有「臺輔氣」，必中甲科，祁因此在文壇嶄露頭角。可以說這是他的成名作，也是古代詠落花最負盛名的詩作之一。其好處一在前四句著眼「落」字，刻畫工豔。特別以落花擬美人，極寫其殞落薄命的感傷及與命運的抗爭，纏綿悱惻中有驚心動魄的力感。後四句寫落花之品格，從而全詩寫落花形神兼備境界全出。二在它詩中有我，寫落花實借落花自喻，抒發懷抱。前人評此詩說「收干乞之旨」，考慮到寫作背景，大約是不錯的。然而旨在干乞的詩能寫得格調高雅，無卑酸相，不作乞憐語，尤為難得，所以夏竦說「有台輔氣」。詩學李商隱，得其神髓。

梅堯臣　六首

　　梅堯臣（1002～1060）字聖俞，宣城（今安徽宣城）人。宣城古稱宛陵，世因稱宛陵先生。累舉進士不第，以父廕補太廟齋郎。歷任河南、河陽等縣主簿，知建德、襄城等縣，困頓州縣十餘年。仁宗皇祐三年（1051）賜進士出身。嘉祐元年（1056），侍從官列薦入館閣，僅得國子監直講，累官至尚書都官員外郎，世又稱梅都官。有《宛陵集》四十卷，今存。《全宋詩》收其詩三十一卷。

　　堯臣仕宦不達，家居貧困，有時至於「妻餓兒啼無一錢」（《回自青龍呈謝希直》）的地步，卻一生苦吟不掇。「寢食遊觀，未嘗不吟詠。時於座上忽引去，奮筆書一小紙，納算袋，同人竊取視之，皆詩句也。或一聯，或一句，他日作詩或有可用者入之」（孫陞《孫公談圃》）。「工爲詩，以深遠古淡爲意，間出奇巧。初未爲人知……歐陽修與爲詩友，自以爲不及，堯臣益刻屬，精思古學，由是知名於時」（《宋史》本傳）。仁宗皇帝能誦其詩句，皇太后、國戚、貴族、武夫、兒童、野叟皆知其名，西南有少數民族把他的詩句織於布弓衣上，其名重於時如此。卒後貢奎有詩論定云：「詩還二百年來作，身死三千里外官。知己若論歐永叔，退之猶自愧郊寒。」（吳之振《宋詩鈔・宛陵詩鈔序》）後來司馬光、蘇軾、王安石等皆知敬重。王安石《哀挽詩》云：「我得聖俞詩，於身果何如？留爲子孫寶，勝有千金珠。」南宋末劉克莊稱他爲宋詩「開山祖師」（《後村詩話》），元代方回許爲「宋人……第一」（《瀛奎律髓》卷一），明胡應麟稱他爲「宋詩之冠」。雖不免過譽，然其成就確實不同尋常。龔嘯之言曰：「去浮豔之習，超然於崑體極弊之際；存古淡之道，卓然於諸大家未起之先。」（《宛陵先生集・附錄》引）最有分寸。然其爲之也難。歐陽修能爲復古運動的領袖，固然由於文學的造詣，但與他達官的地位也不無關係。相比之下梅堯臣名重天下，只是由於他的詩，《宋史》本傳所謂「宋興，以詩名家爲世所傳如堯臣者，蓋少也。」其難能更過於歐陽，至於歐陽修歎爲「非詩之能窮人，殆窮者而後工也」（《梅聖俞詩集序》）。此論一出，「天下皆言聖俞以詩窮」（曾敏行《獨醒雜志》），「窮而後工」也成爲詩論重要命題，影響深遠，至於今世。

　　堯臣論詩推崇《詩經》現實主義精神，反對晚唐雕琢浮豔風氣，嘗曰：「我於詩言豈徒爾，因事激風成小篇。辭雖淺陋頗克苦，未到二雅安忍捐。安取唐季二三子，區區物象磨窮年。」風格以平淡爲宗，曰「作詩無古今，惟造

平淡難」（《讀邵不疑學士詩卷》），又常語曰：「必能狀難寫之景如在目前；含不盡之意見於言外，然後爲至矣。」（歐陽修《六一詩話》），世以爲名言。其詩則力能如此，清吳之振云：「其初喜爲清麗閒肆平淡，久則涵演深遠，間亦琢剝以出怪巧，然氣完力餘，益老以勁。」（《宋詩鈔·宛陵詩鈔序》）但某些詩作也有欲平淡而流於枯槁、求奇巧而失之雕琢之弊。

陶者〔1〕

陶盡門前土，屋上無片瓦。十指不沾泥，鱗鱗居大廈。

〔注釋〕

〔1〕陶者：燒製陶器的人。

〔品鑒〕

前兩句說陶者之勞而無獲，後兩句說富人之獲而不勞。簡潔畫出，形成對照，無一字議論，而詩意自然鮮明。是詩人所謂「含不盡之意，見於言外」的典型之作。

悼亡三首〔1〕

其一

結髮爲夫婦，於今十七年〔2〕。相看猶不足，何況是長捐〔3〕？

我鬢已多白，此身寧久全？終當與同穴，未死淚漣漣。

其二

每出身如夢，逢人強意多〔4〕。歸來仍寂寞，欲語向誰何〔5〕？

窗冷孤螢入，宵長一雁過。世間無最苦，精爽此消磨〔6〕。

其三

從來有修短，豈敢問蒼天〔7〕！見盡人間婦，無如美且賢。

譬令愚者壽，何不假其年〔8〕？忍此連城寶，沉埋向九泉〔9〕。

〔注釋〕

〔1〕悼亡：本指悼念死者，但自晉潘岳賦《悼亡》詩追念他故去的妻子以後，

「悼亡」在詩歌中成了悼念亡妻專用的題目。

〔2〕結髮：古代男二十束髮而冠，女十五束髮而笄，表示成人，這裡指年青
　　　時。《文選》卷二十九蘇武《詩四首》之三：「結髮爲夫妻，恩愛兩不疑。」

〔3〕長捐：指去世。

〔4〕強意：情緒消沉，勉強打起精神。

〔5〕誰何：什麼人。

〔6〕精爽：精神。

〔7〕修短：長短，此指壽命而言。

〔8〕假：借給。

〔9〕連城寶：即連城璧，價值連城的美玉。

〔品鑒〕

　　梅堯臣家貧，天聖五年（1027）二十六歲時與謝氏結婚，婚後仍然貧困。
慶曆四年（1004）秋，作者攜眷返汴京（今開封市），七月七日，船至高郵三
溝，謝氏病卒。因貧不能歸，葬於潤州。此詩即作於當年。有人認爲詩中「見
盡人間婦，無如美且賢」有語病，屬過情之譽。其實是愛極語，痛極語，一
切不顧的癡情語。全詩風格一如此聯，如泣如訴，最平淡，也最深情。陳衍
《宋詩精華錄》以爲「從《詩經·碩人》中來」，未必是有意的模仿，卻眞正
有《詩經》的遺韻。

小村

淮闊洲多忽有村，棘籬疏敗謾爲門〔1〕。寒雞得食自呼伴，老叟無衣猶
抱孫。野艇鳥翹唯斷纜，枯桑水齧只危根〔2〕。嗟哉生計一如此，謬入
王民版籍論〔3〕。

〔注釋〕

〔1〕「淮闊」二句：上句說淮河泛濫，在一塊塊未被淹沒的陸地上，忽然見
　　　有一小村莊。淮：淮河；洲：水中的陸地。下句寫村戶籬笆門的破敗相。
　　　謾爲門，不成其爲門而權當作門。謾，欺詿。

〔2〕野艇：被棄置的船。鳥翹：雀鳥站立時尾巴翹起，這裡喻指船頭翹起的
　　　棄置之狀。齧：咬。這裡指水的浸蝕。危根：被水沖蝕暴露而鬆動的樹
　　　根。

〔3〕嗟哉：表感歎，無義。一如此：竟然到了這種地步。

〔4〕「謬入」句：說這樣窮困的住戶也算作王者之民，列入繳納租稅攤當徭
　　役的戶籍，應是弄錯了。言外之意是說，對如此窮困的百姓還要加以盤
　　剝的政治，根本就不是王道。

〔品鑒〕

　　這首詩作於仁宗慶曆八年（1048），寫淮河水災百姓的苦況。首句大處落
墨，畫出災後一片澤國、田園荒蕪之狀，生民流離即在不言中；而「忽有村」
一轉扣題，透出得見吾民之喜，逗出以下「小村」的具體描寫。第二句寫村
落房舍之破敗。三、四句寫村民生活的艱難、相互的愛以及生活下去的堅強
信念。五、六句寫生產的破壞：船破了，桑枯了……引出尾聯對淮民生計的
總體考量。七、八句議論，先直說，後婉道，所謂「怨而不怒」，得詩人含蓄
之旨。這固然有政治壓力不便直說的原因，然而即使只從藝術上看，也是直
說易盡，而婉道無窮，為詩家妙筆。

東溪〔1〕

行到東溪看水時，坐臨孤嶼發船遲〔2〕。野鳧眠岸有閒意，老樹著花無
醜枝〔3〕。短短蒲茸齊似剪，平平沙石靜於篩〔4〕。情雖不厭住不得，薄
暮歸來車馬疲〔5〕。

〔注釋〕

〔1〕東溪：即作者家鄉宣城的宛溪。
〔2〕孤嶼：孤島。
〔3〕野鳧：野鴨。
〔4〕蒲茸：初生的蒲草。
〔5〕不厭：不滿足，即留戀不捨。

〔品鑒〕

　　這首詩是仁宗至和二年（1055）作者家居時所作。詩的風格閒適平淡，
刻畫精工而有韻致，讀來如臨其境，有物我兩忘、心曠神怡之感。詩的首句
用散文句法，情調舒緩，平鋪直敘，一起即有「閒意」；對句寫因為要登臨一
座孤島，所以開船晚了，伸足前句，更於「閒意」中加一絲懶散氣息。三、
四是名句，胡仔說：「似此等句，須細味之，方見其用意也。」（《苕溪漁隱叢
話》後集卷二十四）方回說是「當世名句，眾所膾炙」，紀昀說：「此乃名下

無虛。」（《瀛奎律髓彙評》卷三十四）陳衍說：「的是名句。」（《宋詩精華錄》卷一）都是對的，然皆葫蘆提，讀者難得要領。竊以爲這兩句的好處，只是由於它選取並創造了「野鳧」「老樹」的意象，從而於上聯的閒淡中更加了一種樸茂古野的生氣，詩意翻出新境。五、六句對仗工穩、刻畫細緻。結束二句寫留連之意，雖以委婉含蓄出之，但是於詩的整體還嫌言之太盡。

歐陽修　五首

　　歐陽修（1007～1072）字永叔，號醉翁，晚號六一居士，廬陵（今江西吉安）人。幼孤，母鄭氏撫之成立。家貧，至「以荻畫地學書」。仁宗天聖八年（1030）進士。初仕西京（今河南洛陽）留守推官，後召試學士院，充館閣校勘。立朝剛正，論事切直，見義勇爲。因支持范仲淹「慶曆新政」等事兩度被貶，又兩度起復。歷官內外，至和五年（1058）拜樞密副使。六年，進參知政事。後爲人造謗劾貶，罷爲觀文殿學士、刑部尚書知亳州，徙青州；以反對青苗法再徙蔡州，放逐流離，至於再三，而志氣自若。神宗熙寧四年（1071），以太子少師致仕。卒諡「文忠」。有《歐陽文忠公集》《六一詩話》，又撰有《新唐書》《新五代史》等。《全宋詩》收其詩二十二卷。

　　歐陽修是北宋一代名臣，晚雖不滿於王安石變法，而觀其平生，實銳意進取，勇於改革。他的許多改革主張體現了積極而又務實的精神。忠于職守，勤於政事，「學者求見，所與言，未及於文章，惟談吏事，謂文章止於潤身，政事可以及物」（《宋史》本傳）。但他學問文章，成就又不在政績之下。他於經學、史學多所貢獻，又是著名金石學家，更因力矯晚唐五代及宋初西崑體之弊、倡導詩文革新爲北宋中期文壇領袖。《宋史》本傳曰：「始從尹洙遊，爲古文，議論當世事，迭相師友；與梅堯臣遊，爲歌詩相唱和，遂以文章冠天下。」及以翰林學士知貢舉，以黜陟士人之權，裁抑險怪奇澀的「太學體」，提倡平實爲文，一時蘇軾、蘇轍、曾鞏及理學家程顥、張載等俱出其門，此後文風爲之一變。

　　歐陽修爲一代文學全才，蘇軾《居士集序》曰：「歐陽子論大道似韓愈，論事似陸贄，記事似司馬遷，詩賦似李白。」其實歐陽修古文學習韓愈，詩似李白，亦師韓，但其論詩更崇尚「古淡」，於本朝推重梅（堯臣）、蘇（舜欽），序梅詩有「詩窮而後工」之說，影響深遠。題材廣泛，大約隨事運筆，緣情而發，「具體百氏，自成一家」（蔡絛《西清詩話》）。其詩風有韓愈之奇

峭而無其險澀，兼西崑之綿麗而未至於浮豔，「以文爲詩」而能挾情韻以行，總之「蓋欲自出胸臆，不肯蹈襲前人」（胡仔《苕溪漁隱叢話後集》卷二十三）。故儀態萬方，風格多樣，而以詩思邃密、情韻幽遠、流麗平淡見長，以故清袁枚曰：「歐公詩，如閨中嬌婦，終身不見華飾。」（《隨園詩話》五）當時歐陽修與石延年、蘇舜欽、梅堯臣等爲親密詩友，交遊唱和，同氣相求，對宋代詩歌的發展起了關鍵作用。而在這一詩人群中，歐陽修以其地位聲望、理論與創作爲實際的領袖。正是由於他的主導，推動了宋代詩風的形成。

戲答元珍 [1]

春風疑不到天涯，二月山城未見花 [2]。殘雪壓枝猶有橘，凍雷驚筍欲抽芽 [3]。夜聞歸雁生鄉思，病入新年感物華 [4]。曾是洛陽花下客，野芳雖晚不須嗟 [5]。

〔注釋〕

〔1〕元珍：丁寶臣字。丁寶臣是作者的友人，這時他任陝州（今湖北宜昌西北）軍事判官，歐陽修爲陝州夷陵（今湖北宜昌）縣令。戲：嘲弄。這裡是作者自嘲。

〔2〕天涯：和下句的山城都指夷陵。夷陵在宋時雖屬偏僻，卻還說不上是「天涯」，但作者是被貶至此，出了朝廷，可以說門外即天涯。

〔3〕凍雷：初春的雷聲。據說筍經春雷後才出芽。

〔4〕物華：物色，美好的景物。

〔5〕洛陽花下客：作者曾任洛陽留守推官，洛陽牡丹最盛，曾作有《洛陽牡丹記》和《洛陽牡丹圖》詩。野芳：野花。嗟：感歎。

〔品鑒〕

　　這首詩是仁宗景祐三年（1036）歐陽修被貶夷陵時所作，詩以自嘲的口吻排遣心中的鬱悶，又以往時的經歷聊以自慰，曠達中流露了政治鬥爭失敗後無可奈何的心情。首聯是作者得意語，有自嘲逐臣生涯、君恩不到、處境寒遠之意，與「春風不度玉門關」同一怨旨。二、三句寫初春勃然生機，於夷陵風物刻畫工切。四、五句結合寫景敘事，直抒此際心情，說的是離愁別恨、光陰易逝、人生苦短一類老話，但「病入」語加重了詩情的傷感。七、八句一轉，說既有過去在洛陽看盡天下名花——牡丹的經歷，此間花開得遲

一點，況且又是野花，就無須嗟歎了。陳衍評曰：「結韻用高一層意自慰」（《宋詩精華錄》）。氣韻高華，詩思綿密，婉轉流麗，有一唱三歎之致。

春日西湖寄謝法曹歌〔1〕

西湖春色歸，春水綠於染。群芳爛不收，東風落如糝〔2〕。參軍春思亂如雲，白髮題詩愁送春〔3〕。遙知湖上一樽酒，能憶天涯萬里人〔4〕。萬里思春尚有情，忽逢春至客心驚。雪消門外千山綠，花發江邊二月晴。少年把酒送春色，今日逢春頭已白。異鄉物態與人殊，惟有東風舊相識〔5〕。

〔注釋〕

〔1〕 西湖：指潁州（今河南許昌）西湖。謝法曹：指謝伯初，字景山，晉江（今屬福建）人。他當時在潁州任司法參軍。參軍屬曹官，故稱法曹。

〔2〕 爛不收：花開濃麗怒放的樣子。糝（san 傘）：飯粒，這裡用作比喻被東風吹落的花瓣。

〔3〕 「參軍」二句：歐陽修《六一詩話》說，他謫官夷陵時，謝伯初寄詩給他，「頗多佳句，有云：『長官衫色江波綠，學士文華蜀錦張。』余答云：『參軍春思亂如雲，白髮題詩愁送春。』蓋景山詩有『多情未老已白髮，野思到春亂如雲』之句，故余以此戲之也」。

〔4〕 「遙知」二句：說雖然離得很遠，但我知道你在西湖上飲酒，還想著我這個天涯萬里淪落的老朋友。天涯，這裡指作者謫守的夷陵。

〔5〕 殊：不同，引申為陌生。

〔品鑒〕

　　這首詩是景祐四年（1037）二月在夷陵作，當時謝伯初寄詩安慰他被貶官，因此有這首答詩。開頭四句是想像中潁州西湖暮春的景色——綠水如染，落紅成陣——為「參軍」二句設色。「參軍」二句為復述之辭，復述中有同情。接下來七、八句一轉，從來詩表達的友誼說到自己逢春有同樣的感受。「雪消」二句對仗工整，刻畫鮮明。「少年」二句寫歲月不居，此身易老。尾聯寫遷謫客居的寂寞，更加強了全篇春愁的渲染。這是一首古體詩，四句一換韻，詩情婉轉，銜接無跡，流麗跌宕，有李太白飄逸之致。

別滁〔1〕

花光濃爛柳輕明，酌酒花前送我行〔2〕。我亦且如常日醉，莫教絃管作離聲〔3〕。

〔注釋〕

〔1〕滁：滁州，今屬安徽。

〔2〕濃爛：濃麗燦爛。

〔3〕且：一作「只」。離聲：感傷別離的悽楚之音。

〔品鑒〕

慶曆五年（1045），歐陽修謫官知滁州，在任三年，勤政愛民，多有建樹，盡山水之樂，得滁民之心。這首詩是慶曆八年他徙官離別滁州時所作。作者是舊時百姓難得的一位循吏，一旦離去，滁人於花前酌酒，爲他送行，讀者當能想知此時必有一些世俗的應酬客套，也必有一些眞正的惜別感傷，這都關係他爲官一任的聲譽。然而作者一切不顧，只作尋常飲酒，「莫教管絃作離聲」，使我們想到《醉翁亭記》所寫「蒼顏白髮，頹然乎其間者，太守醉也」的情景。這是爲什麼呢？一言以蔽之曰不好虛名而已。然而「莫教絃管作離聲」，也有不忍聞離聲的一面，於滁人滁地的留戀之情也就於無聲處透出，眞委婉之至。

夢中作

夜涼吹笛千山月，路暗迷人百種花。棋罷不知人換世，酒闌無奈客思家〔1〕。

〔注釋〕

〔1〕棋罷句：任昉《述異記》卷上載，晉代王質入山砍柴，見童子數人下棋，一童子與他一枚像棗核似的東西含之，就不覺得飢餓。不一會他們下完了棋，催王質回去時，斧柄都爛了，「既歸，無復時人」。這個故事說世事變幻之速，人生百年，不過一局棋而已。人換世：即世人都換過了。酒闌：酒喝盡了。

〔品鑒〕

這首詩是作者在潁州任上所作，表現羈宦思歸、百無聊賴的心情。詩的深層義在第三句，說世事（主要是政事）無常，然後有結句無奈的「思家」。

唐杜甫《秋興》：「聞道長安似奕棋，百年世事不勝悲。」許渾《送宋處士歸山》：「世間甲子須臾事，逢著仙人莫看棋。」第三句似即由此化出。全詩寫法前人曾指出與杜甫《絕句》「兩個黃鸝鳴翠柳」一首相同，「一句一絕」，以四個獨立的意象表現同一個主題。但是，顯然杜詩四句全用景物，只寫懷鄉之情，而且意在言外；歐陽修詩則有景有事有議論，懷歸之情深植於宦海浮沉的厭倦感受之中，所以能自爲名篇。陳衍說：「此詩當眞是夢中作，如有神助。」（《宋詩精華錄》）

唐崇徽公主手痕和韓內翰

故鄉飛鳥尚啁啾，何況悲笳出塞愁〔2〕。青冢埋魂知不返，翠崖遺跡為誰留〔3〕？玉顏自古為身累，肉食何人與國謀〔4〕。行路至今空歎息，岩花澗草自春秋。

〔注釋〕

〔1〕嘉祐四年（1059）作，時作者在汴京任上。崇徽公主：唐僕固懷恩之女。代宗時，以與回紇和親，於大曆四年五月封爲崇徽公主，出嫁回紇可汗。手痕：指崇徽公主的手痕碑，在今山西靈石縣。相傳公主出嫁回紇，道經靈石，以手掌托石壁，遂留下手痕，後世稱手痕碑。宋董逌《廣川書跋》有記載。韓內翰：指韓絳，字子華，時任翰林學士，故稱。韓曾作《手痕碑》詩，此詩是和作。

〔2〕故鄉二句：啁啾，鳥鳴聲。笳，胡笳，古代一種樂器，其聲悲咽，故曰悲笳。

〔3〕青冢：相傳塞外昭君墓上草長青，故稱「青冢」，這裡指崇徽公主墓。杜甫《詠懷古蹟》其三詠王昭君有「懷佩空歸月夜魂」之句，這裡反用其意。翠崖遺跡：指手痕碑。

〔4〕玉顏：指美人。肉食：指權貴。《左傳》莊公十年：「齊師伐我，公將戰。曹劌請見，其鄉人曰：『肉食者鄙，未能遠謀。』」

〔品鑒〕

　　中國歷史上「和親」之事，大約始於漢高祖被匈奴王冒頓圍於平城，賄賂了冒頓的夫人，使其向冒頓吹了枕邊風，冒頓才網開一面，放漢高祖衝出重圍，後來高祖「使劉敬結和親之約」（《史記·匈奴列傳》）。從此戰場上輸了就送公主與人做老婆，換取休兵，成了一個小小的傳統。這從民族和睦的

大局，也許算得上良策。但是苦了那公主，也使血性男兒蒙受恥辱。李山甫《陰地關崇徽公主手跡》詩即云：「誰陳帝子和番策，我是男兒爲國羞。」本詩即承李詩議論而來，但換了一個角度，從同情和親美人的不幸，激射出對當權者的鞭撻，立意更高，辭鋒更利。五、六爲名句，朱熹曰：「以詩言之，是第一等好詩；以議論言之，是第一等議論。」（《朱子語類》卷一三九）清趙翼則贊曰：「此何等議論，乃鎔鑄於十四字中，自然英光四射。」（《甌北詩話》卷十一）

蘇舜欽　五首

蘇舜欽（1008～1049）字子美，原籍梓州銅山（今四川中江東南）人，移家開封（今屬河南）。仁宗景祐二年（1035）進士，歷官蒙城、長垣縣令。范仲淹薦其才，召試，爲集賢殿校理、監進奏院，以秋賽祀神，循例賣故紙聚飲，未請李定願與宴，爲李所謗，遂興大獄，以監守自盜罪減死一等，削職爲民，同時得罪者十餘人。舜欽被罪，曾致書歐陽修辯其冤，歐公書其後曰：「子美可哀，吾恨不能爲之言。」（費袞《梁溪漫志》）舜欽既放廢，寓於吳中（1045），築滄浪亭，讀書其中，寄情詩歌。慶曆八年（1048），復爲湖州長史，未赴而卒，有《蘇學士文集》十六卷，《全宋詩》收詩九卷。

舜欽爲人慷慨有大志，論政敢於直言，爲文不趨時流。早在天聖年間文人競爲駢儷之時，舜欽即與穆修等致力古歌詩雜文的創作，歐陽修稱其爲「特立之士」（《蘇學士文集序》）。舜欽爲歐陽修詩文革新運動重要成員，論詩主張略同歐陽修、梅堯臣，詩與後者並稱「梅、蘇」。而梅、蘇爲人「放檢不同調」（梅堯臣《偶書寄蘇子美》），故詩歌「齊名於一時，而二家詩體特異：子美筆力豪雋，以超邁橫絕爲奇；聖俞覃思精微，以深遠閒淡爲意，各極其長，雖善論者不能優劣也」（《六一詩話》）。蘇舜欽也說「平生作詩，被人比堯臣……良可笑也」（《臨漢隱居詩話》引）。大約子美獨慕陶淵明（《答新長老詩編》云：「唯詩獨慕陶彭澤。」），舜欽更好杜甫，早年即曾搜求杜詩，二十九歲編有《杜甫別集》，對杜詩由研究而效法，故其詩「壯麗頓挫，有老杜之遺味」，「蘇子美不早卒，其詩入老杜之域矣」（《瀛奎律髓彙評》卷二十二方回語）。

舜欽詩對宋詩風格的形成和發展有重要貢獻，宋犖《蘇子美文集序》云：「子美獨崛興於舉世不爲之時，挽楊、劉之頹波，導歐、蘇之前驅，其才識尤有過人者。」但是，舜欽爲詩，超邁橫絕，豪縱奇壯，卻「不肯低心事鐫鑿」，僅憑興會，有時不免構思平俗，語言粗放，也是明顯的不足。

中秋夜吳江亭上對月，懷前宰張子野及寄君謨蔡大〔1〕

獨坐對月心悠悠，故人不見使我愁〔2〕。古今共傳惜今夕，況在松江亭上頭〔3〕。可憐節物會人意，十日陰雨此夜收〔4〕。不惟人間重此月，天亦有意於中秋。長空無瑕露表理，拂拂漸漸寒光流〔5〕。江平萬頃正碧色，上下清沏雙璧浮〔6〕。自視直欲見筋脈，無所逃遁魚龍憂〔7〕。不疑身世在地上，只恐槎去觸斗牛〔8〕。景清境勝返不足，歎息此際無交遊。心魂冷烈曉不寢，勉為筆此傳中州〔9〕。

〔注釋〕

〔1〕吳江亭：指吳江縣（今屬江蘇）吳江之濱如歸亭。張子野：名先，著名詞人，曾任吳江縣令，故稱爲前宰。宰是縣令的古稱。君謨蔡大：即蔡君謨，名襄，行一，著名書法家。北宋康定元年（1040）張先在吳江任縣丞，曾修茸如歸亭，蔡襄題壁記其事。

〔2〕故人：指張、蔡二人。

〔3〕松江亭：松江：即吳淞江，又名吳江，松江亭就是吳江亭。

〔4〕節物：季節風物。

〔5〕瑕：玉上的疵點，這裡指浮雲。拂拂：風吹動貌。這裡指形容月光閃動的樣子。漸（chán 蟬）漸：麥芒秀出的形狀，這裡形容月色的光芒。漸漸：一作「漸上」。寒光：指月光。

〔6〕雙璧：喻指空中的月和水中的月影。

〔7〕自視二句：說月光明亮，使人幾乎可以看到自己的筋脈，水中的魚龍更可以看得清清楚楚。

〔8〕槎：古代傳說中可以從海裏乘坐上達天河的木筏。斗牛：斗和牛，均星座名。

〔9〕景清：即清景。清：一作「情」。返：反而，一作「反」。勉爲：勉爲其難，謙辭。筆此：寫這首詩，一作「此筆」。中州：指汴京，此時蔡襄在那裡。

〔品鑒〕

　　這是一首中秋賞月寄懷友人的詩。中秋之夜，於友人修茸題壁的如歸亭上，臨流獨坐，賞此江月，得無浩茫之思乎！所以詩起句即曰「獨坐對月心悠悠」，領起全篇，對句一轉扣題，點出懷人之思。以下六句寫中秋之重，乃「古今」重、「人間」重、「天意」重——以中秋之重烘托友情之重，以此間

中秋之幸襯出不得與故人共此良宵的遺憾，意在言外，誠神來之筆。「長空」以下八句寫中秋之江月，筆勢跳躍，騰挪跌宕，誇張而又不失眞實地把江水、明月寫得流光溢彩、美不勝收。「景清」二句又一轉，仍歸到懷友人上來，往復回還，末句照應點題。全篇把懷人和賞月揉和如水乳交融，轉接處圓如轉環，語言清麗俊爽，正所謂「豪雋」風調。

淮中晚泊犢頭〔1〕

春陰垂野草青青，時見幽花一樹明〔2〕。晚泊孤舟古祠下，滿川風雨看潮生〔3〕。

〔注釋〕

〔1〕淮：淮河。犢頭：地名，或疑爲今江蘇省淮陰縣犢頭鎮。
〔2〕春陰：春天的陰雲。垂野：籠蓋原野。
〔3〕川：這裡指河流。

〔品鑒〕

這是一首佇興之作，寫淮中晚泊一時見聞感受，情景眞實而獨特。但是前人總愛把它與唐代韋應物《滁州西澗》詩相比論，認爲取景與韋詩相近。其實區別很大。韋詩曰：「獨憐幽草澗邊生，上有黃鸝深樹鳴。春潮帶雨晚來急，野渡無人舟自橫。」是信步徐行、閒覽旁觀之辭，所以儘管「春潮帶雨晚來急」，他仍能悠然地欣賞「野渡無人舟自橫」的孤寂景象。本詩則不然，晚泊犢頭的勝景固然使作者賞心悅目，但是孤舟晚泊，風雨潮生，不能不使人念及此間安危、明日征程，心緒已逐風雨潮生不復平靜。所以這首詩前半寫靜觀的優美，但「春陰垂野」經「晚泊」句的過渡，已遙啓末句，全詩中心就在這「晚泊」孤危難堪的表現上，與韋詩重點不同，詩境亦大異。

對酒〔1〕

丈夫少也不富貴，胡顏奔走乎塵世〔2〕！予年已壯志未行，案上敦敦考文字〔3〕。有時愁思不可捼，崢嶸腹中失和氣〔4〕。侍官得來太行顛，太行美酒清如天〔5〕。長歌忽發淚迸落，一飲一斗心浩然〔6〕。嗟乎吾道不如酒，平褫哀樂如摧朽〔7〕。讀書百車人不知，地下劉伶吾與歸〔8〕！

〔注釋〕

〔1〕對酒：樂府相和曲名。通常作《對酒行》《對酒歌》。

〔2〕胡顏：有什麼臉面。

〔3〕壯：古人三十曰壯。敦（dún 屯）敦：勤勉不息貌。考文字：泛指下級
官員案牘簿書之事。

〔4〕掇：通「輟」，停止。崢嶸：高峻的樣子，這裡形容胸中塊磊不平之氣。

〔5〕巔：通「巔」，山頂。

〔6〕浩然：盛大的樣子。這裡形容感慨之大而多。

〔7〕褫（chǐ 尺）：剝奪。

〔8〕百車：一百輛車。古代以竹簡著書，攜書出行常以車載，此言書之多。
劉伶：字伯倫，魏晉間沛國（今江蘇省沛縣）人。「竹林七賢」之一，
以嗜酒放誕著稱。與歸：引爲同調。

〔品鑒〕

　　這首詩作於寶元元年（1038）四月，時作者任長垣縣令。舜欽「少慷慨
有大志」（《宋史》本傳），及至壯歲，仍處於這樣一個「芝麻官」的地位，簿
書鞅掌，少不了有「壯志未行」的鬱悶。這首詩即自敘借酒澆愁情狀與感受
之作。詩題曰「對酒」，全篇即以「酒」字貫串，圍繞「酒」字展開。先寫愁，
再寫借酒澆愁，再寫醉酒後盡情渲瀉、一切忘懷之趣，感慨平生所志之「道」
竟不如酒力，結以「地下劉伶吾與歸」之句，憤激不平之氣噴薄而出。此詩有
李白之豪放，而不見飄逸，鬱怒轉至於頹傷，生涯坎坷中讀者或心有戚戚焉。

夏意

**別院深深夏簟清，石榴開遍透簾明〔1〕。樹陰滿地日當午，夢覺流鶯時
一聲〔2〕。**

〔注釋〕

〔1〕別院：正宅以外的居處。猶別墅、別館。簟（diàn 電）：篾席。

〔2〕當午：一作「亭午」，又作「卓午」，即正午。流鶯：飛著的黃鶯。

〔品鑒〕

　　詩寫夏日別院午休夢醒後的感受，即所謂「夏意」。首句寫清涼，二句寫
明豔，三、四句寫靜，有悠然自得之意，蕭閒散淡之致。

和《淮上遇便風》[1]

浩蕩清淮天共流，長風萬里送歸舟[2]。應愁晚泊喧卑地，吹入滄溟始自由[3]。

〔注釋〕

〔1〕《淮上遇便風》：詩題，作者不詳。便風：順風。

〔2〕天共流：當自王勃《秋日登洪府滕王閣餞別序》「秋水共長天一色」句化出。長風句：當自李白《宣州謝朓樓餞別校書叔雲》「長風萬里送秋雁」句化出。長風：去向遼遠的風。

〔3〕喧卑地：喧囂卑濕之地。滄溟：大海。

〔品鑒〕

詠「淮上遇便風」之事，抒寫廣闊胸懷，遠大志向，以及欲衝破一切滯礙與羈絆，大展才華的強烈願望。內有對現實處境的不滿，但更多自由意志的表達。氣象雄渾，音韻諧和，一瀉千里，讀來令人鼓舞。

韓琦　一首

韓琦（1008～1075）字稚圭，相州安陽（今屬河南）人。天聖進士，初授將作監丞、通判淄州，歷遷至陝西安撫使。久在兵間，功績卓著，與范仲淹並稱「韓范」。當時邊上有民謠云：「軍中有一韓，西賊聞之心膽寒。」慶曆中，與范仲淹等主持新政失敗，出知揚州等州軍，後入為樞密使，拜同中書門下平章事。英宗時為相，封魏國公。神宗立，堅辭相位，出為相州通判，不久經略陝西。還朝，仍請歸相州。凡三次通判相州，熙寧八年（1075）卒於此，諡「忠獻」。有《安陽集》五十卷，《全宋詩》收詩二十一卷。

韓琦輔弼三朝，立英宗、神宗二帝，勳業彪炳，一代重臣，作詩乃其餘事。然好為吟詠，「詩率臆得之，而意思深長，有鍛鍊所不及。理趣流露，皆賢相識度」（吳之振《宋詩鈔・安陽集鈔序》），風格則近於歐陽修、梅堯臣「古淡」一路。其詩取材廣泛，隨手拈來，草木蟲魚多所寄託；佳篇名句，頗可諷詠。當時雖不以詩名，然亦不得不謂之詩人也。

種樹

一守中山四載餘，栽成芳樹滿街衢[1]。州民如有甘棠念，惜取清陰萬

萬株〔2〕。

〔注釋〕

〔1〕中山：即定州，治在今河北省定縣。當時作者知定州，故曰「守」。街
　　　衢：街道。衢（qú 渠），四通八達的道路。

〔2〕甘棠念：即甘棠之思，對地方官德政的紀念。甘棠：木名，即棠梨。相
　　　傳西周召伯南行宣揚文王的德化，曾在甘棠樹下休息，後因以「甘棠」
　　　作爲對地方官的政績頌辭。

〔品鑒〕

　　這首詩所寫的事情是常見的。地方官率民種樹，是中國政治的一個傳統。
但是也有只說不做的，也有勞而無功的，所以「年年植樹不見樹」的情況古
今都不少見。究其原因，從地方官本身說，大約只在應付以邀名譽、顯政績、
圖升遷，並無眞心爲民造福。這首詩淺淺道來，表現了一個地方官的良心。
他四載種樹，不是爲著州民將來有「甘棠念」，而是爲了萬民能得「清陰」；
百姓將來能好好愛護這「萬萬株（樹）」，他就心滿意足了，「皆賢相識度」。

趙抃　三首

　　趙抃（1008～1084）字閱道，號知非子。衢州西安（今浙江省衢縣）人。
仁宗景祐元年（1034）進士，仕州縣，以治績遷殿中侍御史。彈劾不避權倖，
人稱「鐵面御史」。歷官內外，一身清正，知成都府，以一琴一鶴自隨，匹馬
入蜀。爲政簡易，所至多有建樹，韓琦贊爲「眞世人標表」，葉夢得《石林詩
話》說他「以清德伏一世」。神宗時官至參知政事，以反對王安石變法罷知杭
州等。元豐二年（1079）致仕。七年，卒，諡「清獻」。有《清獻集》十卷，
《全宋詩》收詩六卷。抃亦一代名臣，詩爲余事，皆「觸口而成，工拙隨意」
（《宋詩鈔·清獻集鈔序》）。然而性情所之，大都質樸渾成，而又諧婉多姿，
有「工麗妍妙」之致。（王士禎《帶經堂詩話》卷九）之致。

次韻孔憲蓬萊閣〔1〕

山巓危構傍蓬萊，水閣長風此快哉〔2〕。天地涵容百川入，晨昏浮動兩
潮來。遙思坐上游觀遠，愈覺胸中度量開〔3〕。憶我去年曾望海，杭州
東向亦樓臺〔4〕。

〔注釋〕

〔1〕次韻：和別人的詩並依原詩用韻的次序而作。孔憲：指孔延之，字長源，新淦（今江西新幹）人。這時孔延之任越州知州。憲是官場中對上級或同級的尊稱。蓬萊閣：這裡指越州（今浙江紹興）鑒湖之濱的蓬萊閣。

〔2〕山：指臥龍山，今名府山，在紹興城西。危構：高聳的建築物，這裡指蓬萊閣。傍：靠近。蓬萊：指蓬萊仙山，傳說中海上三神山之一。宋王十朋《會稽風俗賦》說越州「直海中之蓬萊」，下注云：「舊志，蓬萊山正偶會稽。沈紳《蓬萊閣》詩云：『三山對峙海中央。』」水閣：指蓬萊閣。因在湖濱，故稱。

〔3〕坐上：代指孔延之及與他同遊的人。暗用孔融「坐上客恒滿」（《後漢書·孔融傳》）的典故，說孔延之交遊廣泛，高朋滿座。遊觀：縱目觀賞。

〔4〕原注：「杭（州）有望海樓。」

〔品鑒〕

　　熙寧三年（1070），趙抃因與王安石政見不合，出知杭州，這首詩是在杭第二年所作。詩的首句寫蓬萊閣的方位形勢，第二句寫登閣的感受，入題漸深。三、四句寫閣上遊觀所見，是名句。陳衍《宋詩精華錄》評說比孟浩然「氣蒸雲夢澤，波撼岳陽樓」兩句，「似乎過之」；杜甫的「吳楚東南坼，乾坤日夜浮」一聯與此相比，「尚不知鹿死誰手」。其實只是氣勢相近，若論詩的形象性，這兩句比孟、杜都遜一籌，並且後句明顯從杜詩後句化來。五、六句是應酬話，但是承上寫望海而來，又以孔姓事說孔延之，用典不露痕跡，所以仍有滋味。七、八句說自己去年到任後，曾登杭州望海樓，有過類似的經歷，就完全是應酬了。次韻詩常不免削足適履，很少做得好的。這一首至多也是有名句而當不得名篇。不過，在遭受政治上的挫折之後，詩中顯露的作者的胸襟氣度，還是很值得讚賞並且能給人以感染的。

漁父五首（選二）

其三

莫笑生涯一葉舟，江湖來往自悠悠〔1〕。絲頭漫有潭中意，逐浪魚兒不上鈎〔2〕。

其五

輕波拍岸琉璃碧，落日銜山玳瑁紅〔3〕。一曲漁歌人不會，蘆花飛起渡

頭空〔4〕。

〔注釋〕

〔1〕生涯：生活、生計。一葉舟：一隻小船。唐李商隱《無題》：「憶歸初罷
更夷猶，萬里風波一葉舟。」

〔2〕「絲頭」二句：說漁父垂釣船頭，但那些在水面上嬉遊覓食的魚兒總不
去銜他的魚鈎。絲頭，指釣魚鈎。潭中意，得魚之心。本《青田志》載，
晉代謝靈運在永嘉做太守，遊沐鶴溪，見兩個美麗的女子在溪邊浣紗，
以詩嘲之而不顧，再嘲之，二女微吟曰：「我是潭中鯽，暫出溪頭食。
食罷自還潭，雲深何處覓？」吟罷不見。見《韻府拾遺》卷一百二「鯽」
字引。

〔3〕玳瑁：海中動物，形似龜，甲殼有紅斑點，可製眼鏡框或妝飾品。

〔4〕渡頭：渡口。

〔品鑒〕

這兩首詩寫漁父的生活，與范仲淹「君看一葉舟，出沒風波裏」所寫不
同，它寫的是漁父生活的另一面，即從一個羈宦年深的人眼裏看到的，漁父
海上泛舟，清歌唱晚，悠然往來，自由自在的一面。如果我們不是只從一個
固定的角度看問題，這裡讚美的漁父生活，表現的作者主觀的情趣，確實優
美令人嚮往，自有其價值。前一首用典渾然不露而內蘊豐富；後一首寫情景
如畫如見，末句隱寫舟離渡口之速，有淡遠之致，餘味無窮。

李覯 四首

李覯（1009～1059）字泰伯。建昌軍南城（今屬江西）人。舉茂才異等
不第，歸而倡立盱江（時屬南城）書院，從學者眾，世稱盱江先生。仁宗皇
祐初，范仲淹等薦試太學助教，後為直講，人稱直講先生。嘉祐中為海門主
簿，太學說書。有《盱江集》三十七卷，外集三卷，今存。《全宋詩》收詩三
卷。他是北宋著名的學者，不喜佛，不喜孟子，曾著書非孟子，學問自成一
家，為文不可一世。曾有詩曰：「今人往往號能文，意熟辭陳未足云。若見江
魚須慟哭，腹中曾有屈原墳。」（《論文》）其詩思致深刻，雄勁清奇，自成一
格。妙言巧句如「數分紅色上黃葉，一絲曙光成夕陽」（《秋晚悲懷》），「好是
滿江返涵照，水仙齊著淡紅衫」（《憶錢塘江》）等，都出人意表。但是也有過
於標新立異的毛病。

有感三首

官家的的要寬徵，古時什一今更輕〔1〕。州縣酷嫌民漸富，幾多率斂是無名〔2〕。

白刃劫君君勿言，人生禍難俱由天〔3〕。君家歲計能多少？未了官軍一飯錢〔4〕。

庭下縲囚何忿爭？刀筆少年初醉醒〔5〕。黃金滿把未回眼，笑殺迂儒欲措刑〔6〕。

〔注釋〕

〔1〕官家：指朝廷。的的：確實、真心。寬徵：減輕租稅。什一：十分之一。《孟子·滕文公上》載孟子說夏后氏、殷、周時代稅率「其實皆什一也」。

〔2〕「州縣」句：是反語，實際意思是說州縣官不管老百姓如何窮困。酷嫌：非常討厭。率斂：聚斂，這裡指州縣的徵收錢物。無名：不正當、不合法。

〔3〕「白刃」句：說遭搶劫不要爭辯反抗。

〔4〕歲計：一年的收入。

〔5〕縲（léi 壘）囚：囚犯。縲，古時拘繫犯人的大索。刀筆句：說斷案的年輕官宰剛從醉鄉醒來。刀筆少年：只知舞文弄墨的年輕的地方官。宋代科舉憑文章取士，登第做官的人，尤其是少年登科的舉人進士官沒有從政的經驗，所以這裡蔑視爲「刀筆少年」。刀筆：刀和筆，均古代書寫工具。

〔6〕「黃金」句：說官宰夜來（被請酒時）受的賄賂還在手裡。回眼：睜開眼。迂儒：不通世故的讀書人。儒：儒家，這裡泛指書生。措刑：不用刑罰。《舊唐書·陳子昂傳》：「子昂奏八科一措刑，謂太平之人樂德而惡刑，刑之所加，人必慘怛，故聖人貴措刑也。」措：棄置。

〔品鑒〕

　　這三首詩都尖銳地批評時政，用筆之隱微老辣，諷刺之深刻犀利，在古代詩歌中是少見的。

　　第一首說朝廷要減輕百姓的租稅，但是地方官仍聚斂無厭，有許多的額外攤派。第三句說州縣官最嫌老百姓漸漸富起來，實際反諷他們不怕百姓更窮和永遠窮下去，是誅心語，意新語奇，人所未道。

　　第二首說社會的不安和普通人家境的貧寒。一面是白刃搶劫，一面是家

產菲薄；劫盜圖財，「君」既無多家私，任他搶劫罷了，完全不必多說什麼，是憤激語。進而筆鋒一轉，把一般人的年收入與「官軍一飯錢」相比，揭出官軍的揮霍，同時也就點明了百姓貧窮的原因。只是還不清楚那「白刃搶劫」者，是否就是官軍。本詩首句即奇，領起下文，舉重若輕。

第三首說地方官不諳政事，唯知貪贓賣法；而且因為能從斷獄用刑中得到好處，決不肯「措刑」行以德化民的仁政。第三句寫貪吏形象如漫畫，「未回眼」則似頰上三毫。第四句「笑殺迂儒」，實乃恨殺當道，注此寫彼，婉轉見義，詩境也因而拓寬了。

秋陰

一夜風聲曉更狂，起來庭戶頓淒涼[1]。不知紅日在何處，時見黑雲微有光。天落水中兼雁影，露啼林罅帶楓香[2]。愁人莫苦登高閣，說著江山已斷腸。

〔注釋〕

〔1〕庭戶：猶言院落。

〔2〕罅（xià 下），裂縫，引申指縫隙。

〔品鑒〕

這首詩刻畫秋陰，寫入秋後北風乍起、寒流驟至的陰霾情景。作者於此特定情景形容備至，寫得有聲有色，有情有味；蕭瑟之景，淒涼之狀，細微真切，如畫如見。讀者素心吟詠，以經驗體會，當知不爲虛譽。首聯平中見奇，三、四句說陰雲蔽日，「黑雲微有光」頗精巧。五、六句不說秋水澄碧映長天孤鶩，而說天與雁都落在水裏；不說楓林帶露，而說「露啼」云云，措語奇峭。七、八句抒情，結全篇點出悲秋之旨。這首詩的長處主要在於刻畫的工夫。

蘇洵　一首

蘇洵（1009～1066）字明允，號老泉。眉州眉山（今屬四川省）人。少不喜學，壯年始知讀書，《三字經》所謂「蘇老泉，二十七，始發憤，讀書籍」者。累試不第，乃退而閉戶苦讀，積年文章大進，頃刻數千言，然聲名不出鄉里。好言兵，神宗嘉祐初，挾文章遊京師，爲歐陽修所知薦於朝廷，時王

安石爲知制誥，方談經術，獨不喜之，屢詆於眾，而蘇洵亦銜恨作《辨奸論》（有說他人偽託）詆安石。因此構隙，洵亦不得用，久而始任秘書省校書郎，後以霸州文安縣主簿同姚辟修《太常因革禮》一百卷，書成，以疾卒。有《嘉祐集》。

　　蘇洵文學以散文著稱，與其子軾、轍合稱「三蘇」，都在「唐宋八大家」之列。其文章皆有爲而作，以議論見長。議論不爲儒家所縛，朱熹曰：「看老蘇《六經論》，則是聖人全是以術欺天下。」（《朱子語類》卷十三）多本於申韓，王安石云：「大抵兵謀、權利、機變之言也。」（邵博《聞見後錄》引）行文則學荀、孟及《戰國策》，語言暢朗，簡勁犀利，頓挫曲折，鬱鬱蒼蒼，有縱橫色彩，而上繼韓歐餘緒，下開蘇軾兄弟之先，自有其地位。詩非所長，然非不能詩，有作皆「精深有味，語不徒發，正類其文」（葉夢得《避暑錄話》）。

九日和韓魏公〔1〕

晚歲登門最不才，蕭蕭華髮映金罍〔2〕。不堪丞相延東閣，閑伴諸儒老曲臺〔3〕。佳節久從愁裏過，壯心偶傍醉中來。暮歸衝雨寒無睡，自把新詩百遍開。

〔注釋〕

〔1〕九日：農曆九月九日，重陽節。韓魏公：韓琦，英宗時封魏國公。英宗治平二年（1065）乙巳九月九日，蘇洵參加韓琦家宴，韓琦作《乙巳重陽》，此爲和詩。

〔2〕晚歲：作者時年五十六歲，第二年就去世了。金罍（léi 雷）：酒器。

〔3〕延東閣：《漢書·公孫弘傳》：公孫弘爲相，「於時起客館，開東閣以延賢人。」本此，稱謝韓琦的美意。曲臺：秦漢宮殿名。漢代用爲著書校書之處，因亦稱著述校書。作者時正修《太常因革禮》，因以自稱。

〔品鑒〕

　　作者從韓魏公飲畢，冒雨而歸，秋涼不寐，一遍遍把新詩寫下來，即此詩。全詩洋溢著對韓魏公感激之情，嗟老歎卑，但並不一味消沉。五、六是佳句，一掃愁雲，翻出老驥伏櫪之思，葉夢得贊這兩句云：「其意氣尤不少衰。」尾聯更振起，有寶刀不老，聞雞起舞之概。全詩筆力遒勁，氣韻沉雄，紀昀曰：「此詩極老健。」（《瀛奎律髓彙評》卷十六）

邵雍　一首

　　邵雍（1011～1077）字堯夫，號安樂先生。范陽（今河北涿縣）人。隨父移居衛州共城（今河南輝縣），築室蘇門山百源上讀書，稱百源先生。他是北宋著名理學家，與周敦頤、程頤、程顥齊名。但是周、程等都做過官，邵雍卻是兩被徵召，都沒有出仕，算得上真正的學者和隱士。然而他並非不關心現實，「開口論天下事，雖久存心世務者，不能及也」（《苕溪漁隱叢話後集》卷二十二），大約以爲出仕也未必能有所作爲，所以寧肯旁觀靜待，做一個隱遁的學者。他的交遊很廣泛，司馬光、富弼等名宦都是他的朋友。中年定居洛陽，西京（洛陽）留守王拱辰爲建房三十間以居，乃名之曰安樂窩，因自號安樂先生。卒諡「康節」，有《伊川擊壤集》二十卷，《全宋詩》收詩二十一卷。

　　邵雍是北宋著名理學家，象數學體系的開創者，同時又是理學詩派的創始人。他的詩自成一家，人稱「邵康節體」，數量與質量上都堪稱理學詩的代表，對後世詩歌發展有一定影響。理學家好以詩說理，常常寫成押韻之語錄，邵雍也有所不免。但是他不刻意爲詩，也不刻意用詩說理。嘗曰「平生無苦吟，書翰不求深」（《無苦吟》），「句會飄然得，詩因偶而成」（《閒吟》），所以能有理趣而並不顯得是說理，甚至有些詩對現實的苦難與不平有真正的關切，例如「不願朝廷命官職，不願朝廷賜粟帛。唯願朝廷省徭役，庶幾天下少安息。」（《不願吟》）還有「百萬流民在露天」「方今路險善求容」「世間多少不平聲」，等等。

　　邵雍詩以極隨意極自然的形式表現深刻的哲理，風格平淡，佳處有陶（淵明）詩風味。若不經意而成，甚至題目末字也大都標作「吟」，句語曉暢，近乎通俗，可以說是古代的白話詩，也可以說是古代的哲理詩。在這兩個方面，邵雍於詩史上都該有一定的地位。

安樂窩 [1]

半記不記夢覺後，似愁無愁情倦時 [2]。擁衾側臥未欲起，簾外落花撩亂飛 [3]。

〔注釋〕

〔1〕安樂窩：取義爲安閒樂道。富弼《合〈安樂窩中好打乖吟〉》詩說：「先

生自衛客西畿，樂道安閒絕世機。」「樂道安閒」下注：「窩義。」

〔2〕夢覺：從夢中醒來。

〔3〕衾（qīn 欽）：被子。

〔品鑒〕

這首詩寫隱居生活，是他閒適詩的代表。詩緊扣「安樂窩」三字，寫特定情景，因而以少總多、由小見大，畫出了詩人物我兩忘、悠然自得的精神狀態。前兩句以約略之詞和舒緩的節奏，寫夢覺與情倦之際精神恍惚之狀，表現一切忘懷的心境；第三句寫臥態，慵惻懶起中隱約道出避世之意；第四句簾外風光欹旋落英繽紛的描寫，既為安樂添韻味，又象徵世事轉瞬即逝的紛擾和無意義。相傳司馬光很喜歡這首詩，「愛之，請書紙簾上」（邵伯溫《邵氏聞見錄》）。

張俞　一首

張俞（生卒年不詳），《宋史》本傳作「張愈」；字少愚，又字才叔，號白雲居士。益州郫（今屬四川）人。屢試進士不第。寶元初上書言邊事，薦授秘書省校書郎，願讓授其父，己則自隱於家；後入青城山，前後七詔不起，遨遊天下山水三十餘年，卒年六十五。有《白雲集》，已佚。《全宋詩》收詩二十九首，下選一首最為人膾炙。

蠶婦

昨日到城郭，歸來淚滿襟〔1〕。遍身羅綺者，不是養蠶人〔2〕。

〔注釋〕

〔1〕到城郭：一作「入城市」。城郭，指城市。郭，外城。

〔2〕羅綺：綾羅綢緞。

〔品鑒〕

這首詩借一位養蠶婦女入城歸來的哭訴，揭露了勞而無獲、不勞而獲的不合理現實。詩義與梅堯臣《陶者》相近，但構造與情韻不同：《陶者》抒情主人公為旁觀的作者，故多憤慨；本詩抒情主人公為遭此不公的「蠶婦」，故主哀怨。

蔡襄　一首

　　蔡襄（1012～1067）字君謨，興化軍仙遊（今屬福建）人。天聖八年（1030）進士。慶曆三年（1043）知諫院，贊助慶曆新政。次年，出知福州，改福州路轉運使。皇祐四年（1052）召回，歷知制誥、知開封府等，又出知福、泉二州。嘉祐五年（1060），入爲翰林學士。英宗朝遷三司使，以監修永昭陵數被詰責，託母老，請守杭州。謚忠惠。爲官有能聲，神宗朝與歐陽修齊名。知制誥時，每官員除授失當，即封還之。在福州時，興學校，禁陋俗，修水利，多有善政。於泉州主持修萬安橋（又名洛陽橋），長三百六十丈，在我國橋梁建築史上有重要地位。善品茶，著有《茶錄》。書法精絕，當時稱第一。詩文清妙。詩風婉麗，有晚唐風韻，而爲其書名所掩。有《蔡忠惠集》。《全宋詩》收其詩九卷。

書小閣壁上〔1〕

綽約新嬌生眼底，侵尋舊事上眉尖〔2〕。問君別後愁多少？得似春潮夜夜添。

〔注釋〕

　〔1〕小閣：此指閨房。
　〔2〕侵尋：漸漸襲來、增長。

〔品鑒〕

　　蔡襄的時代，詞已經很興盛，並且一般認爲詩莊詞媚，詞爲豔科，愛情題材便從傳統詩歌撤退到詞裏去表現了。所以宋詩寫愛情的很少，像這首詩寫閨怨，在宋詩中就是不多見的。詩寫一位少婦，大約婚後不久，丈夫外出不歸，獨守空閨，咀嚼往日的幸福，愈覺此際的孤愁。前兩句寫愁從心底升到眉尖，後來李清照詞云：「此情無計可消除，才下眉頭，卻上心頭」（《一翦梅·紅藕香殘玉簟秋》），從眉尖又回到心頭去了，可相參觀。

曾鞏　一首

　　曾鞏（1019～1083）字子固。建昌郡南豐（今屬江西）人。年十二作文，下筆立成。不及二十歲，名聞四方。歐陽修一見奇之，王安石亦曾與之遊。

然而與長弟曄應舉，每不利。里人嘲之曰：「三年一度舉場開，落殺曾家兩秀才。」鞏不以介意，力教諸弟攻書。嘉祐元年（1056），鞏等一門六人同科中舉。明年，鞏中進士。初爲太平州司法參軍，召編校史館書籍，遷館閣校勘、集賢校理，爲實錄檢討官。出通判越州，歷知齊、襄、洪、福等州，有政績。後還朝，任史館修撰，擢中書舍人。後卒於江寧。著有《元豐類稿》等。《全宋詩》收其詩九卷。

　　據《宋史》本傳，「呂公著嘗告神宗，以鞏爲人行義不如政事，政事不如文章，以是大不用云。」這結果有點像柳永奉旨塡詞，曾鞏也就以文章著稱，後世公認爲「唐宋八大家」之一。而對於他的詩，卻從宋代起就評價不一。有人說他「不能作詩」（惠洪《冷齋詩話》），也有人說他「精於詩」（《瀛奎律髓》卷十六方回語），其實都偏頗。應當說與其文相比，「曾子固短於韻語」（《後山詩話》），但詩歌仍有相當成就。大致古體典雅平正，律詩較爲清通，但往往有句無篇，未能一氣貫注。七絕最好，格調超逸，語句清拔，多佳作。今人錢鍾書云：「就『八家』而論，他的詩遠比蘇洵、蘇轍父子的詩好，七言絕句更有王安石風致。」（《宋詩選注》）

西樓 〔1〕

海浪如雲去卻回，北風吹起數聲雷。朱樓四面鈎疏箔，臥看千山風雨來〔2〕。

〔注釋〕

〔1〕西樓：即詩中「朱樓」。熙寧十年（1077）八月福州任上作。

〔2〕鈎：掛起。箔：窗簾。

〔品鑒〕

　　首句一筆並寫海浪、烏雲騰挪卷舒之狀，二句寫風雷震怒。三、四句寫作者坦然樂對之態，有迎接大自然的挑戰，「讓暴風雨來得更猛烈些吧」之意。首兩句爲三、四句蓄勢，既尺幅千里，又大氣磅礴，人與天、動與靜對立中的緊張激成「天變不足畏」的氣勢表現了作者大無畏的氣概。一般認爲曾鞏思想較正統，有理學氣，但是，此詩所寫作者心境與《論語·鄉黨》曰孔子「迅雷風烈必變」有所不同。

司馬光　一首

　　司馬光（1019～1086）字君實，號迂夫，晚號迂叟。陝州夏縣（今屬山西）涑水鄉人，世稱涑水先生。父司馬池，仁宗朝曾待制天章閣，性誠篤，有識度，待人溫厚。光大有父風，幼與群兒戲，曾破甕救溺水兒童，世傳為美談。仁宗景祐二年（1038）進士，仕仁、英、神、哲宗四朝。神宗時官至翰林學士、樞密副使。熙寧三年（1070），因反對王安石變法出知永興軍。六年，以端明殿學士兼翰林侍讀學士寓居洛陽，絕口不言世務，然人稱「司馬相公」「眞宰相」，「退十有餘年，天下冀其復用」（《澠水燕談錄》）。而光優游洛下，自號齊物子，所業惟著書。歷十餘年，成《資治通鑑》二百九十四卷，取材宏博，體大思精，為中國編年史之大成。哲宗即位，起為門下侍郎，拜尚書左僕射，乃盡廢王安石之法，恢復舊制。卒謚文正，贈太師、溫國公。有文集八十卷，雜著多種，《全宋詩》錄詩十五卷。

　　司馬光為北宋名臣，「高才全德，大得中外之望」（《澠水燕談錄》）。但他在政治上與王安石對立，是所謂「舊黨」的領袖，死後頗受「新黨」人士的攻擊。光學養富厚，為「元祐學術」領袖，史學之外，經學、金石學等也有建樹。不以詩名，但政事學術之餘，好為吟詠，並有《續詩話》之作。光論詩推重杜甫，所為詩歌，唱酬贈答之外，多即景抒情；也有的詩作富有理趣，顯示了與邵雍等理學詩人交遊酬唱的影響。如同其為人「腳踏實地」，「不妄語」，「以儉素為美」，詩風也樸質無華，和平淡泊。

夏日西齋書事〔1〕

榴花映葉未全開，槐影沉沉雨勢來〔2〕。小院地偏人不到，滿院鳥跡印蒼苔。

〔注釋〕

〔1〕書事：記事，這裡謂寫詩直書所見。

〔2〕映葉：為樹葉掩映。

〔品鑒〕

　　這首詩寫夏日西齋所見，「榴花」「槐影」「小院」「鳥跡」等皆常見景物，加以平鋪直敘，眞切具體，給人以素淡靜謐之感。一般寫這種場景常不能不帶有寂寞的色彩，而這裡有的卻只是隨緣自足的愉悅。蔡正孫《詩林廣記後集》卷十說：「於此可以見公之於物，淡然而無所泊也。」

王安石　十二首

　　王安石（1021～1086）字介甫，晚號半山，撫州臨川（今屬江西）人。仁宗慶曆二年（1042）進士。歷簽書淮南判官、知鄞縣等。嘉祐三年（1058），入爲度支判官，上萬言書極陳當世之務。六年，擢知制誥，後出知江寧（今江蘇南京），不久召爲翰林學士。神宗熙寧二年（1069），除參知政事，推行新法。次年，拜同中書門下平章事。七年，罷相，新法廢，以觀文殿學士知江寧府。八年，復相。九年，再罷相，退居江寧半山園。其宅僅避風雨，後捨宅爲寺，移家秦淮河畔以終。封舒國公，後改封荊國公，世稱王荊公。有《臨川集》一百卷等著作多種，《全宋詩》錄詩四十卷。

　　王安石是中國歷史上偉大的改革家，其名言曰：「天變不足畏，祖宗不足法，人言不足恤。」（《宋史》本傳）雖然由於種種原因，他的改革在當時不能不失敗了，但人品文章，連他的政敵及與他意見相左的舊黨人士也不能不推重。司馬光聞安石去世，致書當時右相呂公著曰：「介甫文章節義，過人處甚多。」「朝廷宜優加厚禮。」黃庭堅曰：「視富貴如浮雲，不溺於財利酒色，一世之偉人也。」（《跋王荊公禪簡》）但他當年所信用過的人，卻大都背叛了他。張舜民《哀王荊公》詩有云：「今日江湖從學者，人人諱道是門生。」這眞可以使後世大權在握爲人趨奉者引以爲戒。

　　王安石「少好讀書，一過目終身不忘。其屬文動筆如飛，初若不經意，既成，見者皆服其精妙」（《宋史》本傳）。他是個政治家、學問家兼而爲文學家的全才，詩文卓然稱大家，歐陽修《贈王介甫》贊曰：「翰林風月三千首，吏部文章二百年。」對詞的發展也有貢獻。作爲一位政治家，王安石論詩主張「務爲有補於世」。他早年的詩歌往往反映民生疾苦，指斥時弊，發表改革的政見，相應好以議論入詩，表現了直抒胸臆和識見深刻的特點。作爲一位博極群書的學者，他喜歡在詩中表現自己的才學，作詩務爲工巧富贍，留下了許多推敲詞句的佳話，「荊公晚年，詩律尤精嚴，造語用字，間不容髮；然意與言會，言隨意遣，渾然天成，殆不見有牽率排比處」（《石林詩話》）。也許與對他早年詩作多言改革的成見暗相關聯，宋人大都更推崇他晚年詩作的成就，特別是五七言絕句，公認第一，稱「王荊公體」。但他好專斷與有時意氣用事的「拗相公」性格，也使他作詩好爲翻案語，還喜歡改前人的詩，有時弄得好，有時則弄巧成拙。

葛溪驛〔1〕

缺月昏昏漏未央，一燈明滅照秋床〔2〕。病身最覺風露早，歸夢不知山水長。坐感歲時歌慷慨〔3〕，起看天地色淒涼。鳴蟬更亂行人耳，正抱疏桐葉半黃。

〔注釋〕

〔1〕葛溪驛：驛站名。驛站是古代傳遞文書者和過往官吏住宿的旅店，《大清一統志》：「葛溪驛在弋陽縣（今屬江西）西南。」

〔2〕漏未央：夜未盡。漏，古代計時器。央，盡。曹丕《燕歌行》：「星漢西流夜未央。」

〔3〕坐感句：說想到歲月不居，人生苦短，不覺於座上激奮而歌。曹操《短歌行》：「對酒當歌，人生幾何？譬如朝露，去日苦多。慨當以慷，憂思難忘。何以解憂？惟有杜康。」當由此化出。

〔品鑒〕

　　皇祐二年（1050），王安石知鄞縣任滿回臨川。秋天，離臨川赴錢塘（今浙江杭州），途中夜宿此驛而有此詩。南宋陸游論詩曾說：「君詩妙處吾能識，正在山程水驛中。」這首詩的妙處，也就在於寫出了驛中一宿的真切感受，表現了壯志難酬的心情，慷慨悲涼。全詩從深夜寫起，用缺月孤燈、山水風露、寒蟬疏桐等，襯托詩人病身畏寒、席夢不穩、感時發憤的自我形象，淒涼蕭索之景，與壯懷激烈之情，相互交融，又彼此映發，成為寫旅況秋思的名篇。方回說：「半山詩如此慷慨者少，卻似江西人詩。」紀昀說：「老健深穩，意境自殊不凡。三、四細膩，後四句神力圓足。」

思王逢原三首〔1〕（其二）

蓬蒿今日想紛披，冢上秋風又一吹〔2〕。妙質不為平世得，微言惟有故人知〔3〕。廬山南墮當書案，湓水東來入酒卮〔4〕。陳跡可憐隨手盡，欲歡無復似當時〔5〕。

〔注釋〕

〔1〕王逢原：詩人王令（1032～1059）字逢原。王安石至交相厚的朋友，並把妻之從妹嫁給了他，但王令在婚後第二年就去世了。

〔2〕蓬蒿：蓬與蒿，皆野草。紛披：散亂狀。《禮記·檀弓》：「朋友之墓，

有宿草（隔年的草）而不哭焉。」這兩句暗用此語，説好友王逢原去世已經一年，扣題引出「思」字。

〔3〕妙質：非凡的資質。原詩第一首有「便恐世間無妙質，鼻端從此罷揮斤」的句子，用《莊子》匠石運斤成風故事，這裡承上有説世人未能像匠石知郢人那樣對待王逢原的意思。然而用得渾然無跡，不作用典理解，意義也鮮明。平世：太平之世。微言：精微的言論。本《漢書·藝文志》：「仲尼（孔子）沒而微言絕。」

〔4〕廬山二句：嘉祐三年（1058），王令謁王安石於鄱陽，此爲回憶當時聚會樽酒論文的愉快情景。廬山、溢水：均在江西境內。南墮：南傾，此指在南面。酒卮（zhī 支）：酒器。

〔5〕陳跡：舊事。

〔品鑒〕

王安石很賞識王令的才華，因結師友之誼而兼連襟之親。嘉祐四年（1059），王令病卒，作者悲痛不已；第二年秋天，寫詩三首懷舊，此爲第二首。首聯扣題，一起悲風滿紙。頷聯歎王令大才難用，曲高和寡，兼言知己之交情。頸聯憶舊遊，極言當日文酒聚會之歡，尾聯極言此際失去友人後的孤獨與悲涼。寫景、抒情、議論交融，使典、譬喻、對比互助，開闔跌宕，一氣貫注，情深義厚，感人肺腑。

題西太一宮壁二首〔1〕

柳葉鳴蜩綠暗，荷花落日紅酣〔2〕。三十六陂春水，白頭想見江南〔3〕。

三十年前此地，父兄持我東西〔4〕。今日重來白首，欲尋陳跡都迷〔5〕。

〔注釋〕

〔1〕熙寧元年（1068），作者奉詔入朝，在汴京作。西太一宮：道教廟宇，在汴京西南八角鎮。

〔2〕鳴蜩：鳴叫的蟬。紅酣：最紅的時候。

〔3〕三十六陂（bēi 杯）：汴京地名，蓄水的池塘。作者時年四十八歲，故曰「白頭」。

〔4〕景祐三年（1036），王安石十六歲，曾隨父親到過汴京，至作此詩時三十二年。王安石父名益，兄名安仁。東西：由東到西，此言到處奔走。

〔5〕陳跡：舊遊之跡。

〔品鑒〕

　　六絕小詩兩首，前者江北、江南相對，後者今日、從前作比，說盡世事滄桑之感，物是人非、家鄉父兄之情。非深於情者不能言，非妙於辭者不能爲此言。六言音節少變化，適合表達沉重的感情，但很容易呆板。作者揚其長而避其短，用平淺流暢的語言，寫歲月人生的沉重感，語有盡而意無窮，感人至深。眞詩家聖手，而此篇又堪稱六言絕句之冠。陳衍《宋詩精華錄》卷二云：「絕代銷魂，荊公詩當以此二首壓卷。東坡見之曰：『此老野狐精也。』遂和之。」黃庭堅也有和作。

明妃曲二首〔1〕

明妃初出漢宮時，淚濕春風鬢角垂。低徊顧影無顏色，尚得君王不自持〔2〕。歸來卻怪丹青手，入眼平生未曾有。意態由來畫不成，當時枉殺毛延壽〔3〕。一去心知更不歸，可憐著盡漢宮衣。寄聲欲問塞南事，只有年年鴻雁飛〔4〕。家人萬里傳消息：「好在氈城莫相憶。君不見咫尺長門閉阿嬌，人生失意無南北〔5〕。」

明妃初嫁與胡兒，氈車百兩皆胡姬。含情慾說獨無處，傳與琵琶心自知〔6〕。黃金杆撥春風手，彈看飛鴻勸胡酒〔7〕。漢宮侍女暗垂淚，沙上行人卻回首〔8〕：「漢恩自淺胡自深，人生樂在相知心。」可憐青冢已蕪沒，尚有哀弦留至今〔9〕。

〔注釋〕

〔1〕明妃：即王昭君，晉人避司馬昭諱所稱。據說她是漢元帝宮女，美貌出眾。元帝召幸宮妃，先看她們的畫像。王昭君不肯行賄賂，畫師毛延壽便有意不把她的像畫好，因此未得元帝召幸。後來匈奴與漢和親，她請求前往。臨走時，元帝才見到她，以爲「貌爲後宮第一」，便後悔了。但是，爲了重信於匈奴，還是讓昭君出塞和親，然後把畫工都殺了。事見《西京雜記》。

〔2〕「明妃初出」四句：寫明妃辭別元帝時的失意無奈及無可掩飾之美。春風：指面貌。杜甫《詠懷古蹟》五首中詠昭君有「畫圖省識春風面」的詩句。不自持：不能控制自己而失態。

〔3〕「歸來」四句：說元帝送別明妃出宮以後回來，責怪畫師沒有畫出明妃

的美貌，把毛延壽等畫師都殺了。但是，作者不認爲是毛延壽有意把昭君畫醜，而是因爲一個人的風采神態本來就不可能畫出，毛延壽因此被殺是一個冤枉。丹青手：指畫師。入眼平生，生來所見。

〔4〕「一去」四句：說明妃心知出塞後決無生還的希望，但她仍然繫念漢朝，不改漢宮妝束，直到把帶去的衣服穿盡，還寄書塞南詢問漢宮事情，但是杳無回音，元帝早把她忘了。可憐：表同情。塞南：邊塞以南，指漢朝管轄的區域，代指漢宮。

〔5〕「家人」四句：明妃娘家的人寄書安慰她，要她安心在匈奴生活，不要想家。出塞和親背井離鄉固然不幸，但是你豈不知當年陳皇后失寵被幽閉長門宮嗎？人生失意在南在北沒有什麼兩樣。氈城：指匈奴居住的地方。氈：指氈帳，用氈做成的帳篷，即蒙古包。咫（zhǐ 紙）尺：極近的距離。長門：漢別宮名。阿嬌：陳嬰的孫女，漢武帝的表妹。武帝幼時很喜歡她，曾說：若得阿嬌，當作金屋貯之。後來阿嬌做了武帝的皇后，色衰愛馳，被廢置長門宮中。失意：不得意、不得志。

〔6〕「明妃初嫁」四句：說明妃出嫁，匈奴迎親的車輛很多，還有隨車來的許多匈奴女子侍候她，因爲語言不通或不便吐露，明妃滿腹哀怨無可訴告，只好彈奏琵琶以寄自己的心聲。百兩：約言迎嫁的車輛很多。《詩經·召南·鵲巢》：「之子于歸，百兩御之。」兩，通「輛」。胡姬：指匈奴迎嫁的女子。

〔7〕「黃金」二句：這兩句說昭君彈奏琵琶爲胡人勸酒，但她一邊彈奏，一邊看著飛鴻，身在胡而心仍在漢。朱自清《語文續拾》中曾說此篇「飛鴻有三義：句子從嵇康《贈秀才入軍詩》『目送歸鴻，手揮五弦』來，意思卻牽涉到《孟子》的『一心以爲鴻鵠將至』，又帶著盼飛鴻捎來消息」，很是。杆撥，彈琵琶的工具。春風手：美人之手。由上注〔2〕引杜甫「春風面」句化出。

〔8〕漢宮侍女：指陪嫁的漢宮女子。沙上行人：指隨車步行的匈奴派來迎娶的使者。

〔9〕青冢：相傳昭君墓上草常青，故名青冢，在今呼和浩特市南。李白《王昭君》詩：「死留青冢使人嗟。」杜甫《詠懷古蹟五首》之三也有「獨留青冢向黃昏」的詩句，並且還寫道：「千載琵琶作胡語，分明怨恨曲中論。」程千帆《宋詩精選》認爲「此用其意」。

〔品鑒〕

這兩首詩作於嘉祐四年（1059），問世便轟動詩壇，梅堯臣、歐陽修、司馬光、劉敞等著名文人都有和作，但是後來又幾乎成爲王安石煽動「背君父

之恩」（范沖語）的罪證。近人朱自清曾對詩意作了正確而平實的說明，他的結論是：「明妃（對漢朝）並未變心可知」（《語文續拾》）。但是，我們細繹詩意，明妃固然是未曾變心，漢帝昏庸好色刻薄寡恩的一面，卻因此而更加突出了。第一首從「明妃初出漢宮時」開始，寫昭君臨行的怨和「尚得君王不自持」的美麗，接著「意態」二句筆鋒一轉，翻一箇舊案。作者的用意顯然不是論畫或爲毛延壽鳴不平，而是要寫出君王唯憑畫像選色、好色而不知色的昏庸，等於說君王不能知人，以致美人遠嫁。但是在明妃說來，「尚得君王不自持」也是不幸中之幸了，所以她不忘君恩。「一去」以下四句都寫她的不變心和念塞南。然而傳來家人的消息，卻是說不要想念漢朝了罷，你即使不去和親，得到陳皇后曾有過的那般寵愛，年長色衰，不也是要被打入冷宮的嗎？倘然如此，那在塞南還是塞北，換句話在胡還是在漢，又有什麼兩樣呢？這話固然只是家人對明妃說的，不干明妃事，但是詩人卻是說給世人包括皇帝聽的，就是要指出漢帝不僅不知人，還可能有始無終，翻臉不認人。這就在同情和肯定明妃不變心的同時，用家人安慰之辭，婉轉道出了對封建帝王往往刻薄寡恩的批判。我們讀了這首詩，不能不同情和欽佩明妃有一顆思念漢朝的高貴的心；但也不能不想到這顆心對於那個「咫尺長門閉阿嬌」的漢帝是應該和值得的嗎？第二首承上寫明妃初嫁及身後之事，詩義是第一首的延伸，「漢恩自淺」一聯爲決絕語。二首通篇意思未經人道，黃庭堅跋云：「荊公作此篇，可與李翰林（白）、王右丞（維）並驅爭先矣。」又說此詩「辭意深盡無遺恨矣。」另外，這兩首詩從明妃出宮寫到初嫁，運用情節、細節和對話等小說技法刻畫人物，使詩的形象鮮明，情感搖漾，手法亦別具一格。

北陂杏花〔1〕

一陂春水繞花身，花影妖嬈各占春。縱被春風吹作雪，絕勝南陌碾成塵〔2〕。

〔注釋〕

〔1〕北陂：北面的池塘。

〔2〕絕勝：完全超過。南陌：南面的路，代指凡俗世界。

〔品鑒〕

　　詩人以杏花自比，前二句說杏花妖嬈枝頭，占盡春情，象徵理想的高遠；

三、四句說堅持理想，即如枝頭杏花，不幸被春風吹去，如雪花般飄逝，也還保持自己的純淨潔白，絕對勝過落在大路上被碾成塵土。詩表現作者頑強的鬥志，有浪漫氣息，悲壯意味。陳衍《石遺室詩話》云：「如『一陂』云云……皆山林氣重而時覺黯然銷魂者。所以雖作宰相，終為詩人也。」

示長安君〔1〕

少年離別意非輕，老去相逢亦愴情〔2〕。草草杯盤供笑語，昏昏燈火話生平〔3〕。自憐湖海三年隔，又作塵沙萬里行〔4〕。欲問後期何日是，寄書應見雁南征〔5〕。

〔注釋〕

〔1〕示：給人看。在詩題中用於長對幼的關係。長安君：王安石的大妹，名文淑，能詩。工部侍郎張奎之妻，封長安縣君。

〔2〕愴情：傷心。

〔3〕草草杯盤：隨便準備的簡單酒菜。

〔4〕自憐二句：前句說兄妹湖海相隔已三年未曾見面，後句說剛見面自己又要出使契丹，作征塵萬里之行。

〔5〕雁南征：雁向南飛，寓向南方寄信意。古代有雁足傳書的傳說，見《漢書·蘇武傳》。

〔品鑒〕

嘉祐五年（1060）春，王安石任三司度支判官，在汴京見到他的胞妹長安君。兄妹久別重逢，其喜如何！但是剛一聚首，哥哥又奉旨要送契丹使臣至北邊出境。這是哥哥臨行前與妹共飯的一席家常話。前四句寫離而聚，有新意。例如一般說來，人在少年時自覺來日方長，對暫時的別離不會看得很重；另在一般人看來，無論什麼時候骨肉重逢總是使人愉快。但是作者的體會卻不一般，首二句就寫出了這種特殊的感受，蓋深於情者，陳衍曰：「雖作宰相，終為詩人也。」（《石遺室詩話》十七）三、四是名句，的為家宴，的為手足之情。後四句寫聚而離，無奈之心，難捨之意，令人黯然魂銷。詩寫得樸實沉著，若無技巧，其實是至親不文，大巧若拙。《禮記·三年問》曰：「稱情而立文。」《明妃曲》寫漢妾辭宮的刻畫手段與精麗作風，在這種寫骨肉之情的地方全不能用上。

泊船瓜洲〔1〕

京口瓜洲一水間，鍾山只隔數重山〔2〕。春風自綠江南岸，明月何時照我還〔3〕？

〔注釋〕

〔1〕瓜洲：在今江蘇揚州南，長江北岸。

〔2〕京口：即江蘇鎮江，在長江南岸，與瓜洲隔江相望，故曰「一水間」。間：隔。鍾山：即紫金山，又名蔣山，在江寧（今江蘇南京）東，與瓜洲相隔就遠了。

〔3〕自綠：一本作「又綠」。這首詩是熙寧元年（1068）作者奉詔入為翰林學士，自江寧赴汴京，途經京口金山寺，僧寶覺留宿一夕，次日過江泊船瓜洲時所作，為告別江南之辭，而非懷想之作，結合下句「我還」句意，這裡作「自綠」似更為恰當。又，「明月」句合上句，暗用了《楚辭‧招隱士》「王孫遊兮不歸，春草生兮萋萋」，和王維《送別》「春草明年綠，王孫歸不歸」等詩意，但是它本身，應是從王昌齡《出塞》「秦時明月漢時關，萬里長征人未還」二句脫化出來。

〔品鑒〕

　　洪邁《容齋隨筆》卷八載，吳中士人家有此詩的手稿，「初云『又到江南岸』，圈去『到』字，注曰『不好』，改為『過』。復圈去，而改為『入』。旋改為『滿』。凡如是十許字，始定為『綠』」。宋以來這個故事膾炙人口，現在講寫作的也幾乎無不舉到它，這首詩也就更加廣為人知了。然而「綠」字為什麼就最好？讀者見仁見智，說法就太多了。約而言之，恐怕主要在於這個字形容得貼切傳神，能令人遐想，所謂「狀難寫之景，如在目前；含不盡之意，見於言外」。同時更要結合全詩來看。詩的首句說泊船瓜洲眺望京口，只隔一條江，距離是很近的。二句說離他居住的江寧的鍾山，也不過只隔「數重山」。「數重山」實際已是很遠了，作者以遠為近說「只隔」，表示的是因依戀而生的心理距離是很近的。這樣「近」觀江南，第三句才有了依託，見出雖闊遠而仍親切的氣象。結句進一步點出傷別離的詩旨，神完氣足，

梅花

牆角數枝梅，凌寒獨自開。遙知不是雪，為有暗香來〔1〕。

〔注釋〕

〔1〕暗香：幽香。這個詞應是出自林逋《山園小梅》「暗香浮動月黃昏」句。

〔品鑒〕

南宋人李壁《王荊文公詩箋注》論這首詩說：「《古樂府》『庭前一樹梅，寒多未覺開。只言花似雪，不悟有香來。』荊公略轉換耳，或偶同也。」不薄安石，但是對這首詩似乎也不甚欣賞，其實大錯了。這首詩未必是「偶同」，但也不是近乎抄襲的「略轉換耳」，乃是「青出於藍而勝於藍」。那首《古樂府》當然寫得也不錯，但它詠的梅花沒有特點，只是一般的梅花，並且就梅花詠梅花，形象和意境都不出梅花本身。王安石這首詩則不然。起句「庭前一樹」改為「牆角數枝」，梅的位置僻了，形體小了，不起眼了，給人以被棄置、壓抑的感覺。這種梅花就有了特點。這個特點為下文蓄勢。第二句「凌寒獨自開」，就使梅花的形象大放異彩，比「寒多未覺開」更見精神，意蘊不知豐富了多少。三、四句寫梅花的白和香，那首《古樂府》說梅花「似雪」「有香」，客觀地寫，平均用力，只算把情況說明了；王安石則不然，他說「不是雪」，遺貌取神，突出梅花的幽香氣韻；而且「不是雪」中正包有「似雪」的內容，所以重在寫神，實際又達到了形神兼備，配合一、二句完成梅花如高士形象的創造。總之，這首詩因襲中有創造，連同王安石其他好用事、好改他人詩等做法，實際開了後來黃庭堅「奪胎換骨」「點鐵成金」的先河。但是王安石才情高，所以在更多情況下能不為書累，「意與言會，言隨意遣，渾然天成，殆不見有牽率排比處」（葉夢得《石林詩話》卷上）。

南浦〔1〕

南浦東崗二月時，物華撩我有新詩〔2〕。含風鴨綠鄰鄰起，弄日鵝黃嬝嬝垂〔3〕。

〔注釋〕

〔1〕南浦：在今江西南昌西南，章江水到此分流，舊有南浦亭。唐王勃《滕王閣詩》「畫棟朝飛南浦雲」的「南浦」即此地。

〔2〕物華：猶言風物。

〔3〕鴨綠：喻指水色。鄰鄰：水光閃動的樣子。鵝黃：喻指柳枝。嬝（niǎo 鳥）嬝：柔長的樣子。

〔品鑒〕

　　這是一首寫景詩，也是一首寫詩人作詩的詩。作爲前者，它通過寫景，顯示了春光中賞心悅目的明媚色彩和輕柔和煦的溫潤情調；作爲後者，它表現了詩人感物「喜柔條於芳春」（陸機《文賦》）的淋漓興會。二者主要凝載於三、四句。這是作者的得意之筆，不說水和柳，卻把綠水如藍、楊柳依依的光景寫得如畫如見。又對仗工穩，疊字用得好，皆作者所擅長。

送和甫至龍安，微雨，因寄吳氏女子〔1〕

荒煙涼雨助人悲，淚染衣襟不自持〔2〕。除卻春風沙際綠，一如看汝過江時。

〔注釋〕

〔1〕和甫：作者的弟弟安禮的字。龍安：龍安津，在江寧城西二十里。吳氏女子：指作者的長女，以嫁爲吳姓婦，故稱。這位女子的丈夫是吳安持，當時在汴京任官職。

〔2〕不自持：不能控制自己。

〔品鑒〕

　　這首詩當是元豐五年（1082）作。詩人已是暮年，因送弟而思女，兄弟別離之情復加以父女懸隔之思，在「荒煙涼雨」中就更加使人悲傷了。所以首句拈出一個「悲」字，第二句「淚染衣襟不自持」，對於上述的情況就顯得特別眞切和有感染力。這完全是因爲寫實，而能生動感人。後二句點明悲愴的原因，就是此刻送和甫正如當時送你，親人一個個相繼遠去了，留給自己長久的思念和越來越巨大的孤獨。這一篇寫於《泊船瓜洲》後十餘年，作者又一次用了他所喜愛的「綠」字。程千帆《宋詩精選》中說，這一個「綠」字比前作中用得更好，因爲「在那句中，春風與綠色究竟是兩樣東西……而這句則寫出並非春風能使草木呈現綠色乃春風本是綠色。因此它吹到之處，就無往而非綠色了。以爲春風是有色的，這是詩人工參造化處」。

劉攽　二首

　　劉攽（1023～1089）字貢父，號公非。新喻（今江西新餘）人。慶曆六年（1046），與其兄敞同登進士第。仁宗、英宗兩朝歷仕州縣官二十年，入爲

國子監直講，遷館閣校勘。神宗熙寧中判尚書考功、同知太常禮院，以反對王安石新法貶地方官，治尚寬平。哲宗即位，召拜中書舍人。有《彭城集》，《公非集》等，《全宋詩》收其詩十七卷。嘗與歐陽修、王安石、司馬光、蘇軾等遊，辨博才敏，「天資滑稽，不能自禁，遇可諧謔，雖公卿不避」（葉夢得《石林詩話》）。王安石行新法，有人建議把八百里梁山泊放水造田，王安石很高興，詢問水放入何處可容，劉攽曰：「自其旁鑿八百里泊，則可容矣。」王安石笑而止（邵伯溫《邵氏聞見錄》）。自幼刻苦自勵，博覽群書，精通經學、史學，曾參與司馬光修《資治通鑑》，主持漢代部分，但是他很少在詩裏炫耀學問。他久知州縣，到過的地方很多，詩多記山川行旅、風物人情、生活瑣事。風格渾樸，平淡自然。有些作品表現了對民生疾苦的同情，如寫水災：「城南百姓多為魚，買魚欲烹輒淒惻。」堪稱警句。

江南田家

種田江南岸，六月才樹秧〔1〕。借問一何晏？再為霖雨傷〔2〕。官家不愛農，農貧彌自忙〔3〕。盡力泥水間，膚甲皆瘃瘡〔4〕。未知秋成期，尚足輸太倉〔5〕。不如逐商賈，遊閒事車航〔6〕。朝廷雖多賢，正許貲為郎〔7〕。

〔注釋〕

〔1〕樹秧：插秧。樹：種植。
〔2〕借問：請問。一何晏：何其晚。晏：晚。霖雨：連綿大雨。傷：這裡指耽誤。
〔3〕官家：指皇帝。彌：更加、越。
〔4〕瘃瘡：因創傷而成的瘢痕。瘃（wěi 委），瘢痕。
〔5〕秋成期：秋收完畢時。尚：還。太倉：京城中的糧倉，這裡猶言國庫。
〔6〕逐商賈：去經商、做生意。「遊閒」句：乘車船遊玩。
〔7〕賢：賢人，有德有才者。許貲為郎：准許「以貲為郎」。「以貲為郎」是漢代的說法，即捐納資財可以為郎官，這裡借用指作者當代的捐官制度。

〔品鑒〕

　　中國古代是農業的國度，農民占大多數，農民問題是當時社會根本問題。所以古代詩歌吟詠性情，涉及農業問題的也有不少，此詩即是。詩的前半，

寫江南農民苦於連綿大雨不得及時插秧，泥水掙扎勉強種上了，還不知秋收後夠不夠繳納皇糧，描寫具體，議論鮮明，但詩義與李紳《憫農》等尚無不同。可稱道的是最後四句，把務農與經商相比，揭露出那時官家的國策是重本（農）抑末（商），結果不但農民越來越窮、商賈越來越富，而且捐納制度爲商賈做官開方便之門，商賈由富而貴了。重農反倒農民窮而賤，賤商反倒商賈富而貴，何況在農民看來，商賈「遊閒事車航」，生活自由而且浪漫呢！所以田家就不能安心農業了，農業的狀況就更加糟糕。農業破產，不愛農的「官家」就無法過下去了。這首詩涉及當時的社會問題是嚴肅重大的，寫來從容不迫，層折深入，結末微露諷刺，意味深長。

新晴

青苔滿地初晴後，綠樹無人畫夢餘〔1〕。惟有南風舊相識，偷開門戶又翻書〔2〕。

〔注釋〕

〔1〕畫夢餘：白天睡覺夢醒之後。

〔2〕舊相識：老朋友。

〔品鑒〕

　　這首詩見《彭城集》卷十八，也見於劉敞《公是集》，題作《絕句》，這裡從多數的記載爲劉攽作。詩寫久雨初晴的聞見感受，表達了閒適愉悅的心情。後兩句從唐李白《春思》「春風不相識，何事入羅幃」和薛能《老圃堂》「昨日春風欺不在，就床吹落讀殘書」等句化來，但是用得很活，翻出新意。劉克莊《後村詩話》、蔡正孫《詩林廣記》對這首詩都很推崇。

晏幾道　一首

　　晏幾道（1030？～1106？）字叔原，號小山。臨川（今屬江西）人，晏殊第七子。曾任太常寺太祝，監潁昌許田鎮。他是當朝宰相的貴公子，又有才華，但爲人疏於顧忌，終生沉抑下僚。黃庭堅曰：「余嘗論叔原固人英也，其癡處亦自絕。人愛叔原者，皆慍而問其旨，曰：『仕宦連蹇，而不能一旁貴人之門，是一癡也；論文自有體，不肯作一新進士語，又一癡也；費貲千百萬，家人寒饑，而面有孺子之色，此又一癡也；人百負之而不恨，己信人而

終不疑其欺己，此又一癡也。』乃共以爲然。」（《小山詞序》）他是北宋傑出的詞人，有《小山詞》傳世，而不以詩名，傳詩甚少，《全宋詩》僅存七首。

與鄭介夫〔1〕

小白長紅又滿枝，築球場外獨支頤〔2〕。春風自是人間客，主張繁華能幾時〔3〕？

〔注釋〕

〔1〕鄭介夫：名俠，福州福清（今屬福建）人。曾任光州法曹參軍，後入都受職監安上門，繪《流民圖》並疏奏朝廷，請廢止新法，王安石因此罷相。但是，鄭介夫也因此受到新黨呂惠卿等人的迫害，被免職編管汀州，後徙英州。晏幾道同情鄭介夫，寫了這首詩。

〔2〕「小白」句：說花朵有白有紅開滿枝頭，比喻朝中一班得意的新貴。築球：宋代流行的一種球類競賽活動，參加者分兩隊以決勝負。支頤：用手托著下巴，沉思的樣子。

〔3〕春風：喻指實行新法的形勢。人間客：偶來人間，不得長住者。主張：管領，一作「主管」，又作「張主」「主領」「主掌」。繁華：指首句所寫各種花朵，喻變法上臺的新貴。

〔品鑒〕

據曾敏行《獨醒雜志》等記載，鄭介夫因上書事下獄後，株連及晏幾道，這首詩便作爲他的一個罪證被呈給了神宗，不料神宗讀後很欣賞，不但沒有加罪，反把晏幾道立即釋放了。拋開新法的是非不談，這的確是一首好詩。單是作詠春花詩看，已自不俗——從來詩人只是讚美花的美和感歎它的短暫，沒有人想到它們靠春風「主張」。春風一年一度，不過天外來客，繁花依靠它的日子還能夠長久嗎？這個意思未經人道過，所以新鮮。如果再結合了它的背景，更可以看出此詩言近旨遠、寄興深微的特點：作者以一個「築球場外獨支頤」的旁觀者的態度，對正在春風得意的新貴們作了尖銳的諷刺和猛烈的抨擊。幸而當時宋神宗是位比較開明的皇帝，不怎麼怕詩，還有點藝術至上的局限，要不然，斷不會放他回「築球場外獨支頤」去的。

王令　二首

　　王令（1032～1059）字逢原。元城（今河北大名）人。五歲喪父母，依其叔祖王乙長成。十七歲自立門戶，遊學天長、高郵。二十一歲謁見王安石，大受賞識；後來二人結爲至交，王安石還將夫人的從妹嫁給他爲妻。但是不幸結婚第二年，他就在常州病逝了，才二十八歲，有《廣陵先生文集》傳世。《全宋詩》錄其詩十九卷。

　　王令的詩哀苦沉鬱，蒼老奇峭，氣魄宏大。錢鍾書說他「彷彿能夠昂首天外，把地球當皮球踢著似的，大概是宋代裏氣概最闊大的詩人了。運用語言不免粗暴，而且詞句儘管奇特，意思卻往往在那時候都要認爲陳腐，這是他的毛病」（《宋詩選注》）。但是他並非一味豪壯的詩人，也還有感情細膩的一面。

暑旱苦熱

清風無力屠得熱，落日著翅飛上山〔1〕。人固已懼江海竭，天豈不惜河漢乾〔2〕。崑崙之高有積雪，蓬萊之遠常遺寒〔3〕。不能手提天下往，何忍身去遊其間。

〔注釋〕

〔1〕「清風」句：清風沒有力量把暑熱消下去。屠：殺戮，這時指消除。「落日」句：將落的太陽早該落下去了，卻像長了翅膀似的飛上了山巔，總不肯落下。這句詩承上寫暑熱，怨太陽落得慢。

〔2〕河漢：天河。

〔3〕「崑崙」二句：說只有崑崙山和蓬萊仙島這兩處高遠的地方清涼可以避暑。崑崙：崑崙山，因極高而終年積雪。蓬萊：神話傳說中的仙島。遺寒：未被暑熱所侵。

〔品鑒〕

　　不說清風驅除暑熱，而說「屠」；不說嫌太陽落山慢，而說那太陽「著翅飛上山」；還似無理路地問人怕江海乾涸，天不怕天河枯竭嗎？本詩前四句就用這似乎昏頭昏腦的話表現了最清醒的詩的感受：暑旱苦熱。這寫法有點像武術中的醉拳，似無理路而合理路，似無章法而章法自在。後四句由一人熱想到天下熱，抒發了必兼善天下、不欲獨善其身的情懷。同時韓琦也作《苦

熱》詩：「嘗聞昆閬間，別有神仙宇……吾欲飛而往，於義不獨處。安得世上人，同日生羽毛。」意思相近，似乎也不一定是偶同，但是王令詩的氣魄就大多了。劉克莊《後村詩話》前集卷二評云：「其骨氣老蒼，識度高遠如此，豈不爲荊公所推！」陳衍《宋詩精華錄》評曰：「力求生硬，覺長吉（李賀）猶未免側豔。」

春遊

春城兒女縱春遊，醉倚層臺笑上樓〔1〕。滿眼落花多少意，若何無個解春愁〔2〕。

〔注釋〕
〔1〕層臺：高層樓臺。
〔2〕若何：爲什麼。

〔品鑒〕

　　春遊的青年男女們縱情玩樂，有的醉倚樓臺，有的正大笑登樓。但是，他們懂得春天嗎？花紅易衰，落英繽紛，青春是多麼短暫啊——滿目春愁，對此當須惆悵。可是春城兒女只是那般地歡樂，爲什麼沒有一個能會落花之意、知傷春之愁呢？似乎有眾人皆醉我獨醒之意，然而這實在是詩人與普通人的差異。詩人感物，吟詠性情，與普通人生活的消遣不是一回事。當然，詩人的春愁是普通人很容易並且很樂意產生共鳴的，從而受到感染。不過在詩人一面，卻常常覺得徒然替眾人受罪似的。陳衍《宋詩精華錄》評此詩歎曰：「又能作爾語，能者固不可測！」

程顥　二首

　　程顥（1032～1085）字伯淳。伊川（今河南省伊川縣）人。世稱明道先生。仁宗嘉祐進士。神宗熙寧初爲太子中允等，因與王安石政見不合，出任地方官。哲宗初召爲宗正丞，未行而卒。

　　程顥早年與弟頤同受學於周敦頤，後長期在洛陽講學，兄弟並稱「二程」，有合刊之《二程集》。二程於理學多所發明，其學於周敦頤之「濂學」、張載之「關學」、朱熹之「閩學」之外別爲一家，號稱「洛學」，尤與三蘇（蘇洵、蘇軾、蘇轍）之「蜀學」勢同水火。而顥爲人較頤通達，例如他不像程頤那樣

堅決反對作詩，在寫詩上頗下過一些工夫，是北宋一位較有成就的理學詩人。

　　程顥爲北宋「理學五子」之一，成就主要在學術，本人著作較著名的有《識仁篇》《定性書》等。他最著名的哲學命題是「天即理」，而「天理二字卻是自家體貼出來」（《上蔡語錄》）。爲著「體貼」天理，他醉心於靜觀萬物。據說他不除窗前的草以便從草的生長觀察造物生意；以小盆養魚，觀魚遊從容之狀，以體會萬物自得之意（張九成《橫浦日新》）。他的詩就常常從這種「體貼」中來，其詩善寫觀物之得，與天地精神往來之思，與萬物生息融通之樂，有宋詩刻意求深求細的風格。又不飾雕琢，平易自然，而意境深邃，理趣隱約，骨力輕健，風致淡遠，某些佳作達到哲學與詩交融的境界。

春日偶成

雲淡風輕近午天，傍花隨柳過前川〔1〕。時人不識余心樂，將謂偷閒學少年。

〔注釋〕

〔1〕午天：正午時分。

〔品鑒〕

　　此詩以「時人不識」反襯，強調「余心樂」自得之趣。這個樂趣，作者明確說不是「偷閒學少年」，則又是什麼？作者似未曾說，其實都含蓄在前兩句中。首句寫風、雲、日（「近午」）即「天」，次句寫花、柳、川即「地」，兼點春時，「傍」字、「隨」字、「過」字，顯示作者與天地和同的身心愉悅，這是儒者「天人合一」的境界。作者有句名言：「吾學雖有所授受，『天理』二字卻是自家體貼出來。」「余心樂」之「樂」，即此靜觀萬物、體貼「天理」之樂，「時人不識」而產生誤解，不足爲怪。

秋日偶成二首（其一）

閒來無事不從容，睡覺東窗日已紅〔1〕。萬物靜觀皆自得，四時佳興與人同〔2〕。道通天地有形外，思入風雲變態中。富貴不淫貧賤樂，男兒到此是豪雄。

〔注釋〕

〔1〕睡覺：睡醒。

〔2〕四時：四季。

〔品鑒〕

　　這首詩描述作者亦即理學家心目中的「豪雄」人格。前四句說這種人日常生活與普通人沒有什麼不同，只是善於思考，有所主張，所謂「萬物靜觀皆自得」，還是他提倡的體貼「天理」的工夫。五、六句講「靜觀」中「自得」的狀態，或曰體貼「天理」的過程。七句講人生準則，為「自得」之意；八句結束點題。全詩包括了作者的哲學觀、人生觀與道德觀，為標準的理學詩。作者在這裡所講的理學，當然不脫其根本的迂腐氣，例如「閒」「靜」等所包涵的脫離實際的傾向，但就其作為一門學問而言，也可以說是思理淵深，見解精闢，能有所開闊胸襟，啟迪心智，發揚志趣，振奮人心。加以語言平淺，視野開闊，氣象高遠，有豪儁風調，故其雖為理學而發，但不失為好詩。

郭祥正　一首

　　郭祥正（1035～1113）字功甫，一作功父，自號醉吟居士、謝公山人、漳南浪士。當塗（今屬安徽）人。皇祐五年（1053）進士，為德化尉。神宗朝，曾為桐城令、簽書保信軍節度判官，不久棄去，隱姑孰青山（在當塗）。哲宗朝復出通判汀州，知端州，後致仕。卒，有《青山集》三十卷。《全宋詩》錄其詩三十一卷。

　　郭祥正少有詩名，梅堯臣一見歎曰：「天才如此，真太白後身也！」詩格俊逸，王安石亦賞識其詩，但甚薄其為人；而安石死，祥正作《奠謁王荊公墳三首》挽之，有句曰：「平昔偏蒙愛小詩，如今吟就復誰知？」中懷亦頗灑落。

金陵〔1〕

洗盡青春初變晴，曉光微散淡煙橫〔2〕。謝家池上無多景，只有黃鸝一兩聲〔3〕。

〔注釋〕

〔1〕金陵：今江蘇南京。

〔2〕洗盡青春：婉言春雨充沛。洗盡，雨水沖刷乾淨；青春，春天青綠的植物。

〔3〕「謝家」兩句：字面本晉代謝靈運《登池上樓》詩名句「池塘生春草，
　　園柳變鳴禽」化出，內容則襲唐代劉禹錫《烏衣巷》詩「舊時王謝堂前
　　燕，飛入尋常百姓家」之意。晉代王導、謝安爲名門貴族，南渡後均住
　　在金陵。謝靈運是謝氏後裔，東晉名將謝玄之孫，襲封康樂公。謝家池：
　　代指謝家在金陵的故址，一作「謝家莊」。黃鸝：黃鶯。

〔品鑒〕

　　這首詩似乎只是寫景，但是我們知道了「謝家」二句的用典，就可以明
白它實際上是一首詠懷古蹟的作品。詩的前兩句畫出了六朝古都金陵又一個
春天的早晨、一個久雨初晴的早晨。與古代沒有什麼兩樣，早晨的「謝家池
上」仍有黃鸝在鳴唱，那就是所謂「園柳變鳴禽」罷，然而當年那位康樂公
和他的名門望族安在哉！六朝又安在哉！這大約是作者想到和要告訴讀者
的，只是有些隱曲和朦朧。王安石很欣賞這首詩，曾命人繪爲圖畫，自題其
上曰：「此是功甫題山居詩處。」派人以金酒鍾並圖畫贈送作者。

蘇軾　十六首

　　蘇軾（1037～1101）字子瞻，自號東坡居士。眉山（今屬四川）人。蘇
洵長子，與弟轍幼承家學，父子並稱「三蘇」，而軾爲「三蘇」之冠。嘉祐二
年（1057）進士，主司歐陽修讀其文，語梅聖俞曰：「吾當避此人出一頭地。」
（《宋史》本傳）又嘗曰：「此人可謂善讀書，善用書，他日文章必獨步天下。」
（楊萬里《誠齋詩話》）六年，舉制科，授大理評事、簽書鳳翔府判官，召直
史館。熙寧四年（1071），以上書論新法不便，爲王安石所抑，外出通判杭州，
徙知密州、徐州。元豐二年（1079）徙知湖州，以詩爲新黨李定等人誣告，
繫御史臺獄，即有名的「烏臺詩案」，結案以團練副使安置黃州。三年，徙汝
州。哲宗立，復朝奉郎，知登州，遷翰林學士，又因不滿司馬光等盡廢新法，
爲舊黨不容，乃以龍圖閣學士出知杭州。在杭救災恤民，活者甚眾；疏濬西
湖，築長堤三十里通南北，「植芙蓉、楊柳其上，望之如畫圖，杭人名爲蘇公
堤」（《宋史》本傳）。六年，召爲吏部尚書，後因受讒言外請，出知潁州，徙
揚州、定州。紹聖元年（1094），新黨再度執政，又以文詞獲罪，貶惠州，再
貶瓊州，居昌化（今海南省儋縣西北），後遇赦歸，途中卒於常州。諡文忠。
有《東坡集》《後集》《續集》等，《全宋詩》錄其詩四十九卷。

蘇軾用世情殷，見識高遠，超越流輩。據說蘇軾與弟轍初登進士第，仁宗即喜曰：「吾今又爲子孫得太平宰相二人。」（陳鵠《耆舊續聞》）但當時不得大用，今觀其既反對王安石變法，主張「法相因則事易成，事有漸而民不驚」（《辨試館職策問箚子二首》），又不贊成司馬光之盡廢新法，主張「較量利害，參用所長」（同上），實爲穩健的改革派。雖其志未行，但其所主張可爲後世改革者之借鑒。蘇軾思想以儒家爲主，並好佛、道二氏之學，雜糅融通，自爲一家，因而其於應世執著認眞，一往情深，「眼前見天下無一個不好人」（《宋人軼事彙編》卷十二），「見善稱之如恐不及，見不善斥之如恐不盡」（《蘇轍《東坡先生墓誌銘》），敢講眞話，故每結怨小人，既不見容於新黨，又不得意於舊派；然而又能隨緣自適，通脫放達，故一生仕途坎坷，屢遭貶謫，放逐流竄，至於天涯海角，卻能隨遇而安，泰然自若。蘇軾文學與詩則是他一生思想性格和悲劇性經歷的寫照。

蘇軾是北宋乃至中國歷史上一位全才的文化巨人。當時人以與李白相比，神宗曰：「不然。白有軾之才，無軾之學。」至於有「才難」之歎。神宗的說法不一定正確，但是蘇軾造詣確實更爲全面。他天才超逸，詩、詞、散文、書法、繪畫、音樂無不精通。最著者如文入「唐宋八大家」之列；詞開豪放一派，與辛棄疾並稱「蘇辛」；書法爲「北宋四大家」之一，黃庭堅曰：「東坡道人……本朝善書自當推爲第一。」（王文誥《蘇文忠公詩編注集成總案・雜綴》）；其詩稍後雖與黃庭堅並稱「蘇黃」，但在當時實獨步天下。但他每每以詩賈禍，因此顚沛流離，至於再三。出判杭州時，他的朋友畫家文同就曾贈詩勸誡：「北客若來休問事，西湖雖好莫吟詩。」謫居瓊州，郭祥正又寄詩告誡：「莫向沙邊弄明月，夜深無數採珠人。」但是他一切不顧，「自謂世間樂事，無逾此者」（何薳《春渚紀聞》卷六引），從而對詩的執著追求使他成爲中國文學史最偉大的詩人之一。

蘇詩內容廣泛，舉凡張揚自我，褒貶政事，反映現實，歌頌山河，品評藝術，描畫風俗，開闔縱橫，上下古今，幾包羅萬有，無所不至，而「意之所到，則筆力曲折，無不盡意」（《答謝民師書》）。清人葉燮《原詩》云：「蘇軾之詩，其境界皆開闢古今之所未有，天地萬物，嬉笑怒罵，無不鼓舞於筆端，而適如其意之所欲出。此韓愈後之一大變也，而盛極矣。」其詩風格多樣，儀態萬方，尤爲突出者，則以才學爲詩，以議論爲詩，趙翼《甌北詩話》卷五云：「以文爲詩，自昌黎始，至東坡大放厥詞，別開生面，成一代之大觀……

（東坡）才思橫溢，觸處生春。胸中書卷繁富，又足以供其左抽右旋，無不如意。其尤不可及者，天生健筆一枝，爽如哀梨，快如並剪，有必達之隱，無難顯之情。」而用事不黏於事，如清泉碧池，澄沏空靈；議論不滯於論，如長江大河，江洋宏肆；而「其筆之超曠，等於天馬脫羈，飛仙遊戲，窮極變幻而適如意中所欲出」（沈德潛《說詩晬語》）；尤長於博喻，清查慎行云：「聯用比擬，局陣開拓，古未有此法，自先生創之。」（《初白庵詩評》）故宋詩至蘇軾而登峰造極，中國詩則屈原、陶潛、李、杜之後，蘇軾一人而已。其詩千古論定，有口皆碑，至於譽為「神品妙品」（方東樹《昭昧詹言》卷十二）。然亦不免大醇而小疵，如善雅謔而時失於率意，或曰「東坡公詩，天才宏放，宜與日月爭光。凡古人所不到處，發明殆盡，萬斛泉源，未為過也。然頗恨似東方朔諫，時雜滑稽，故罕見蘊藉」（《竹莊詩話》引《蔡百衲詩評》）。

　　蘇詩以才氣見勝，論者曰：「東坡賦才也大，故解縱繩墨之外，而用之不窮。」（晦齋《簡齋詩集引》引陳與義語）又曰：「東坡詩純以氣運，振筆迅書，未嘗於字句求工。」（《蘇辛詩話》）所以無成法可求，學者但可鑑賞意會，而無從撫循追摹，以故蘇詩橫絕當代，風動天下，而並未如黃庭堅等開宗立派。但蘇軾對宋詩乃至宋以後中國詩歌的影響實不可低估，這集中表現在他以實際的文壇領袖的地位，在自己的周圍形成了一個以「蘇門四學士」或「蘇門六君子」為主體的文學集團。這個集團成員的成就和業績翻開了宋詩最輝煌的一頁，並導致整個宋代詩歌的全面成熟和獨特風格的定型。而宋以後唐、宋詩之爭所標誌的獨立的宋詩傳統的形成和存在，一定意義上也可以說是由蘇軾開其先河。

和子由澠池懷舊〔1〕

人生到處知何似？應似飛鴻踏雪泥〔2〕。泥上偶然留指爪，鴻飛那復計東西〔3〕！老僧已死成新塔，壞壁無由見舊題〔4〕。往日崎嶇還記否？路長人困蹇驢嘶〔5〕。

〔注釋〕

〔1〕子由：作者的弟弟蘇轍字子由。澠（miǎn　免）池：縣名，今屬南。懷舊：
　　回憶往事。嘉祐六年十二月，蘇轍送蘇軾赴任鳳翔，至鄭州而歸，作《懷
　　澠池寄子瞻兄》。這是蘇軾接讀以後的和作。

〔2〕鴻：鴻雁。動物名，鳥綱，鴨科。

〔3〕計：算計、考慮。

〔4〕「老僧」二句：蘇轍原詩「舊宿僧房壁共題」句自注：「轍昔與子瞻應舉，過宿縣中寺舍，題其老僧奉閒之壁。」這是嘉祐二年的事。蘇軾赴任鳳翔，再經澠池，老僧奉賢已死，只留下埋葬骨灰的塔，往日題壁詩也因壁壞而無從尋覓了。

〔5〕「往日」二句：作者自注：「往歲馬死於二陵，騎驢至澠池。」蹇（jiǎn簡）：跛足。二陵：在澠池西的崤山。

〔品鑒〕

　　和韻詩要結合原作的內容並依其韻而作，在有所依傍的同時也處處受人束縛，多數情況下只是一種應酬，很少有作得好的，所以宋代嚴羽就說：「和韻最害人詩。」《滄浪詩話》然而蘇軾這首和作卻不愧為千古名篇。蘇轍十九歲曾被委澠池縣主簿，未赴任而中進士，因此對澠池有事業起點似的特殊感情。所以原作《懷澠池寄子瞻兄》中蘇轍寫道：「曾為縣吏民知否？舊宿僧房壁共題。」本詩開頭的四句就針對子由的這種懷舊之情而發。在蘇軾看來，人生處處，不過「雪泥鴻爪」，轉瞬即逝，不必過分留戀。這個比喻貼切精闢、寄意深沉，似乎是受了孔子所說「今丘也，東西南北之人也」（《禮記‧檀弓上》）一語的啟發。三、四句寫實，告慰子由懷舊之情。但他所述的事實卻暗合前四句，進一步說明過去已無可懷想、不必懷想，本身也幾乎是警句。那麼，是否蘇軾全無念舊之心了呢？不然，七、八句才見出他真正的用意。他說：還記得那一年我們共過崤山嗎？山路崎嶇難行，我們的馬都累死了，只好臨時雇驢子趕路！他提起這件事，是要子由想到，弟兄經歷許多艱難困苦才到現在的地步，彼此都中了進士，前途光明遠大，正當奮發向前，何必去懷想區區為縣吏之類的往事呢。如果要想的話，也應該多想過去如何艱苦奮鬥。從這首詩，我們可以看到蘇軾既達觀又進取的人生態度，以及他對子由關懷備至的手足之情。詩寫得如行雲流水，辭暢意達，很有氣勢。紀昀評曰：「前四句單行入律，唐人舊格；而意境恣肆，則東坡之本色。」（《紀批蘇詩》卷三）

和董傳留別〔1〕

粗繒大布裹生涯，腹有詩書氣自華〔2〕。厭伴老儒烹瓠葉，強隨舉子踏

槐花〔3〕。囊空不辦尋春馬，眼亂行看擇婿車〔4〕。得意猶堪誇世俗，詔黃新濕字如鴉〔5〕。

〔注釋〕

〔1〕董傳：字至和，洛陽人。作者的朋友，窮困早卒。

〔2〕粗繒：劣質絲織物。生涯：生平。

〔3〕瓠（hú戶）葉：葫蘆、冬瓜等植物的葉子，東漢時學校春秋兩祭的用品。強：勉強。踏槐花：指應試。科舉時代鄉試例在秋天舉行，稱「秋闈」，第二年春天省試，稱「春闈」。但參加省試須在前一年秋末即上路，所以從鄉試年夏季槐花黃熟之時，到本年秋末，正舉子忙於鄉試和入京省試之期，故諺曰：「槐花黃，舉子忙。」這兩句大意說董傳厭倦了從師學禮的生活，強打精神赴試。

〔4〕尋春馬：唐代風俗，新科進士頭簪鮮花，騎馬踏春。孟郊《登科後》詩「春風得意馬蹄疾，一日看盡長安花」兩句即寫此事。擇婿車：唐代風俗，春闈放榜日，新科進士共赴曲江宴會，公卿富貴之家裝飾車馬，前來選婿。這兩句說董傳赴試無車馬，並暗示他窮困未娶。

〔5〕詔黃：黃麻紙寫的詔令。新濕：剛寫就。字如鴉：指書法拙劣，這裡說字跡是黑色的。這兩句祝願董傳秋試入闈連捷進士及第。

〔品鑒〕

　　治平元年（1064）十二月，蘇軾罷鳳翔簽判回汴京，途經長安，與董傳話別時作此詩。董傳富於才華而窮困不遇，正在科舉路上掙扎忙碌，此詩寄予深切的同情與美好的祝願。詩中董傳的「腹有詩書」與「粗繒大布」的衣服，窮舉子的困頓與「世俗」的理想，形成巨大反差，給人以強烈刺激和深刻印象。首聯高妙，長窮書生志氣。

出潁口，初見淮山，是日至壽州〔1〕

我行日夜至江海，楓葉蘆花秋興長。長淮忽迷天遠近，青山久與船低昂〔2〕。壽州已見白石塔，短棹未轉黃茅岡〔3〕。波平風軟望不到，故人久立煙蒼茫〔4〕。

〔注釋〕

〔1〕潁口：潁水入淮河處（在今安徽省潁上縣東南正陽鎮）。壽州：今安徽省壽縣。

〔2〕「青山」句：本是說船在波浪中起伏，卻從人在船裏看青山的感覺寫出。
作者的另一首詩《六月二十七日望湖樓醉書》中有句曰「水枕能令山俯
仰」，可作這一句的注腳。

〔3〕短棹：划船的短槳，代指小船。黃茅岡：黃草白葦貧瘠的山岡，與上句
「白石塔」屬對。

〔4〕故人：老朋友，這裡指送行人。

〔品鑒〕

　　熙寧四年（1071）六月，作者因與王安石政見不合，自請外任杭州通判。
七月舟行出汴京；十月，出潁口入淮，作此詩。首句概括出京後行程，極平
易，但意中有「去國懷鄉，憂讒畏譏，滿目蕭然」（歐陽修《岳陽樓記》）之
感，並以籠罩全詩。但是作者不滯於此，第二句信筆寫眼前景，點時令，轉
折出此行得飽覽秋色的快意，但還是小河舟行所見，僅「楓葉蘆花」而已。
一入淮河，則景象驟然闊大。三、四是名句，寫初見淮山之狀。「忽迷」「久
與」二語加強了長淮短棹的新異情調，作者就在這一葉扁舟中迷入大自然的
壯美之中了。五、六句寫至壽州，說壽州的白塔已在望中，小船的前方將要
轉過一片黃茅岡。此時回望潁口，唯見煙波浩杳，一片蒼茫，已經望不見久
久佇立為自己送行的朋友了。畫面平遠，筆墨疏淡，意緒蕭然，情味悠長。
作者自己很喜歡這首詩，二十三年後還手書之，並題曰：「余年三十六赴杭倅，
過壽作此詩。今五十九，南遷至虔，煙雨淒然，頗有當年氣象也。」（《施注
蘇詩》卷三）

遊金山寺〔1〕

我家江水初發源，宦遊直送江入海〔2〕。聞道潮頭一丈高，天寒尚有沙
痕在〔3〕。中泠南畔石盤陀，古來出沒隨濤波〔4〕。試登絕頂望鄉國，江
南江北青山多。羈愁畏晚尋歸楫，山僧苦留看落日〔5〕。微風萬頃靴紋
細，斷霞半空魚尾赤〔6〕。是時江月初生魄，二更月落天深黑〔7〕。江心
似有炬火明，飛焰照山棲烏驚〔8〕。悵然歸臥心莫識，非鬼非人竟何
物？江山如此不歸山，江神見怪驚我頑〔9〕。我謝江神豈得已〔10〕，
有田不歸如江水〔11〕。

〔注釋〕

〔1〕金山寺：金山在今江蘇鎮江北，宋朝時還是長江中一小島，因水流變遷，久已與南岸相連。寺在山上。

〔2〕「江水」二句：江水，長江水。宦遊，外出做官。那時以爲長江發源四川岷山，詩人家在四川眉山，寫此詩時正當赴任杭州通判途中，所以這兩句說自己出川做官以來，如送長江入海似的一直東下到海邊。

〔3〕「聞道」二句：作者途經鎮江作此詩時已是十一月冬天水落，由眼前沙痕推想江水漲潮之狀。

〔4〕「中泠」二句：中泠，泉名，在金山之北。石盤陀，指金山。盤陀，石多不平的樣子。這兩句承上說金山的石頭在潮漲潮落中隱現，暗喻宦海浮沉。

〔5〕「試登」四句：說登金山之巔望家鄉，被群山遮住不得見；日暮欲下山尋船歸去，又被山上僧人苦留觀賞落日。羈愁，羈旅懷歸之愁。楫，小的船槳，借指船。

〔6〕靴紋：靴上的花紋，形容江面的微波。斷霞：殘霞。魚尾赤：紅鯉魚尾鰭下的葉紅色，比喻形容殘霞鱗狀紅色。

〔7〕魄：月始生時的微光。《禮記·鄉飲酒義》：「象月之三日而成魄也。」作者遊金山寺正當初三日，見月早而月落亦早，故有下句。

〔8〕原注：「是夜所見如此。」程千帆《宋詩精選》注：「有些水生生物，身上能發出強光，蘇軾所見到的也許就是這類生物。」炬火：火炬。

〔9〕「江山」二句：承上二句說江山有如此怪狀，使人驚詫莫名，當作速歸家而不歸，連江神見了都覺得奇怪，以爲頑固不化。實際是以江上炬火的「非鬼非人」隱喻政治形勢的乖謬，說自己遭際此時而不棄官歸田，在別人看來似不通世故。歸山：歸田，即棄官。

〔10〕謝：告訴。

〔11〕「有田」句：謂如有田地可耕種糊口，就一定不做官了。黃徹《䂖溪詩話》卷八謂此「蓋與江神指水爲盟耳。」

〔品鑒〕

　　熙寧四年（1071），作者赴杭州通判任，十一月初三日途經鎮江，遊金山，訪寶覺、圓通二僧，夜宿金山寺，望江中炬火，作此詩。詩題《遊金山寺》，但更多地寫了長江夜月及江上所見。作者巧妙地將自己生平仕歷宦海浮沉的感受，與江山勝景變怪不測的所見結合起來描寫，情景交融，寄興深微，很好地表現了遭受政治挫折後進退兩難鬱怒而又無可奈何的心情。這裡，如果

說蘇軾有以「非鬼非人竟何物」的「炬火」隱指王安石變法的意思，應該不是冤枉他。但是，蘇軾的詩實在做得太巧妙，使人幾乎覺察不出。詩中寫到了懷鄉和歸田，是一般官場失意人的常話，並非如有些研究者所說真的要辭官。他是一個不屈不撓的人，此時還未至於頹唐到真心歸隱的地步；在仕途上，他儘管有些厭倦，但是還在不捨地追求，即江神見怪也感到吃驚的「頑」。至於為什麼「頑」，他說不得已；又為什麼不得已？留待讀者猜想了。一般遊觀之作不免側重模山範水，有所寄託也往往片言隻語，若即若離。這首詩起句即把「我」之生涯與「江水」合一，一筆並寫兩面，始終不懈，構思與表達的技巧令人歎為觀止。

飲湖上初晴後雨二首（其二）

水光瀲灩晴方好，山色空蒙雨亦奇[1]。欲把西湖比西子，淡妝濃抹總相宜[2]。

〔注釋〕

〔1〕瀲灩（liàn 練 yàn 燕）：水光波動的樣子。空蒙：細雨迷濛的樣子。謝朓《觀朝雨》詩：「空濛如薄霧。」

〔2〕西子：即西施，春秋時越國的美女。

〔品鑒〕

這首詩作於熙寧六年（1073），是古來詠西湖的名篇。王文誥說它「前無古人，後無來者」（《蘇文忠公編注集成》卷九），誠然如此。詩是作者湖上飲酒時先晴後雨的描繪。一般賞玩山水，最喜晴日，但是蘇軾既喜晴好，也喜雨奇，可以見出詩人灑脫的性格和真知山水、長於領略勝景的藝術氣質。但是這首詩絕佳處乃在後兩句的比喻，武衍說：「除卻淡妝濃抹句，更將何語比西湖？」（《正月二日泛舟湖上》詩）陳衍說：「後二句遂成為西湖定評。」（《宋詩精華錄》卷二）西湖又稱西子湖，就來源於這個比喻。蘇軾自己對這個比喻也頗得意，在其他的詩中多次重複地用到它，如《次韻答馬忠玉》：「只有西湖似西子，故應宛轉為君容。」《次韻劉景文登介亭》：「西湖真西子，煙樹點眉目。」其實蘇軾的這首詩不僅為西湖寫照，並把西施的美一語道絕，這也是「前無古人，後無來者」。

法惠寺橫翠閣〔1〕

朝見吳山橫，暮見吳山縱〔2〕。吳山故多態，轉側為君容〔3〕。幽人起朱閣，空洞更無物〔4〕。惟有千步岡，東西作簾額〔5〕。春來故國歸無期，人言秋悲春更悲〔6〕。已泛平湖思濯錦，更看橫翠憶峨嵋〔7〕。雕欄能得幾時好，不獨憑欄人易老。百年興廢更堪哀，懸知草莽化池臺〔8〕。遊人尋我舊遊處，但覓吳山橫處來。

〔注釋〕

〔1〕法惠寺：本名興慶寺，五代時吳越王錢氏所建，故址在今杭州清波門外。

〔2〕吳山：舊時山上有伍子胥祠，故一名胥山，俗稱城隍山，在今杭州市內西南角。

〔3〕故：本來。轉側：輾轉反側，不斷變換方位。為君容：為你（指橫翠閣）修飾打扮。《戰國策·趙策》：「女為悅己者容。」這兩句詩把吳山比作美女。

〔4〕幽人：猶言雅士，這裡指寺僧。朱閣：指橫翠閣，以紅漆塗飾，故稱。

〔5〕千步岡：指吳山。東西：橫列，點「橫翠」。簾額：門簾的上端。這裡說千步岡東西橫置猶如閣之簾額。

〔6〕人言秋悲：指宋玉《九辯》：「悲哉，秋之為氣也！」

〔7〕泛：乘船。平湖：水面平靜的湖，指杭州西湖。濯錦：即錦江，傳說錦在其中浣洗後色更鮮明，故稱濯錦江，簡稱錦江。橫翠：指千步岡。峨嵋：即峨嵋山，在作者家鄉四川境內。

〔8〕懸知：預知、早就知道。草莽化池臺：即「池臺化草莽」，事物有興必有廢。

〔品鑒〕

　　這首詩也是熙寧六年杭州任上作。橫翠閣因遙對吳山而得名，所以這首詩的前四句先寫吳山朝暮明暗宛轉多態之狀：早晨看它是長長一道，傍晚暮色中看它唯見高峰聳立，猶如一位佳人，早晚為喜愛它的橫翠閣作不同的妝束——這四句由遠處落墨點題。「幽人」以下四句正面寫閣，很概括，「空洞」句也許是合著佛家「四大皆空」的教義，從而使詩帶有了禪趣，為後半抒情議論的基礎。「春來」以下四句寫杭州湖山引起作者傷春思鄉之情，即王禹偁《村行》「何事吟餘忽惆悵？村橋原樹似吾鄉」之意。這四句抒情，過渡到「雕

「欄」以下四句人生短暫、世事無常的議論。他說，人生易老，雕欄能有幾時保持這般完好？這閣樓早晚有一天也會坍塌化爲草莽叢生的一堆罷。作者明瞭眼前一切的意義了，但是也從中看到眞正永恒的東西——那橫翠「簾額」的吳山；作者很欣賞橫翠閣，但又超越了它，與大自然的吳山認同了。他覺得只有吳山，才可以做自己曾到此一遊的不朽見證。結末兩句承上感傷空虛之意一轉而以曠達出之，是蘇詩固有的風格，也照顧了開頭的寫吳山，使全詩結體富於變化中有內在的嚴謹。

百步洪二首〔1〕（其一）

長洪斗落生跳波，輕舟南下如投梭。水師絕叫鳧雁起，亂石一線爭磋磨〔2〕。有如兔走鷹隼落，駿馬下注千丈坡，斷弦離柱箭脫手，飛電過隙珠翻荷〔3〕。四山眩轉風掠耳，但見流沫生千渦。險中得樂雖一快，何異水伯誇秋河〔4〕。我生乘化日夜逝，坐覺一念逾新羅〔5〕。紛紛爭奪醉夢裏，豈信荊棘埋銅駝〔6〕。覺來俯仰失千劫，回視此水殊委蛇〔7〕。君看岸邊蒼石上，古來篙眼如蜂窠〔8〕。但應此心無所住，造物雖駛如吾何〔9〕。回船上馬各歸去，多言譊譊師所呵〔10〕。

〔注釋〕

〔1〕百步洪：爲泗水流經江蘇徐州銅山縣的一段激流，凡百餘步，故名。今已不存。

〔2〕「長洪」四句：概括寫水流湍急輕舟南下之狀。斗落：陡落。斗：通「陡」。水師：船夫。絕叫：大叫。鳧雁：野鴨。「亂石」句：說船在激流中與亂石擦身飛駛而過。

〔3〕「有如」四句：反覆比喻形容輕舟順流疾駛之狀。注千丈坡：即從千丈斜坡馳下。周必大《書東坡宜興事》：「軍中謂壯士馳駿馬下峻阪爲注坡。」斷弦離柱：斷弦與離柱爲互文，合起來說弦斷了從琴柱上落下。這四句歷來得人好評，如清趙翼《甌北詩話》說它「形容水流迅駛，連用七喻，實古所未有」。

〔4〕「險中」二句：說此番險中得樂的快意，與河伯的誇讚秋水沒有什麼區別，都是坐井觀天，見事太少。水伯：河伯。《莊子·秋水》說河伯見秋水大至，河水暴漲，「欣然自喜，以爲天下之美盡在己」，後來見北海之大，才知道自己眼界狹小。

〔5〕「我生」二句：由乘舟渡百步洪之快，這裡進而說到人生光陰易逝，只有思維意念不受時空限制，瞬息萬里。乘化：隨順自然以轉化。語出陶淵明《歸去來兮辭》：「聊乘化以歸盡。」日夜逝：語本《論語・子罕》：「子在川上曰：逝者如斯夫，不捨晝夜。」一念逾新羅：《景德傳燈錄》卷二十三載，有僧問從盛禪師：「如何是覿面事？」師曰：「新羅國去也。」意思是一念之間已越過到新羅國去了。新羅：朝鮮古國名。

〔6〕「紛紛」二句：說世人醉生夢死，爭名奪利，哪裏知道世事翻覆，功名富貴轉瞬即逝。荊棘埋銅駝：《晉書・索靖傳》載，索靖見天下將要大亂，指洛陽宮門前銅駝說：「會見汝在荊棘中耳！」本此。

〔7〕「覺來」二句：承上句人生如夢，說等到醒悟過來，才知道俯仰間已歷千劫，一切都晚了；人生易老，相比之下百步洪急流之速反倒顯得很舒緩了。劫：佛家說世界的運動以成、住、壞、空為一週期即一劫，劫運循環往前發展；千劫，即很久很久。委蛇：從容舒緩貌。

〔8〕「君看」二句：說岸邊青石上船夫用篙撐船留下的痕跡如蜂窩的蜂眼一樣多，而那些過客早已不存，「乘化歸盡」了。陳衍《宋詩精華錄》說：「坡公喜以禪語作達，數見無味。此詩就眼前篙眼點出，真非鈍根人所及矣。」

〔9〕「但應」二句：照應「坐覺一念逾新羅」句，說心不為形役，超然物外，造物主也將拿我們沒有辦法。無所住：佛家語，謂不拘於外物的牽制束縛，達到心靈的絕對自由。《金剛經》：「應無所住而生其心。」如吾何：拿我怎麼樣，即奈何我不得。

〔10〕譊（náo 撓）譊：多言之狀。師：指僧參寥，法名道潛，蘇軾的好友。呵：斥責。

〔品鑒〕

元豐元年（1078）知州任上作。詩前原有小序，說作者的友人王定國來徐州遊百步洪，乘月快意而歸。作者當時因事未去，在黃樓上迎接了他們，極其歡樂。定國去後一月，作者乃與僧參寥乘舟同遊洪下，念及定國諸人之遊，已成舊事，不勝感慨，因作二詩，一首給參寥，一首給王定國等。這是送參寥的一首。詩寫輕舟在百步洪飛流而下的迅疾驚險，由險中得樂的感受轉入對人的身觀局限、世事俄頃變遷的思考，抒發了蔑視功名富貴、超然物外、獨與天地精神相往來的情感與覺悟。作者好禪理，喜與僧人遊，這首詩即是與僧人同遊所得，又是贈與僧人的，所以字裏行間含蘊禪機，包含人生的哲理。讀這首詩，使我們驚異於東坡先生無時無刻不在品味人生，處處作

見道語，把生活詩化了，也哲理化了，有李太白之飄逸，更多莊子之逍遙。「惜抱先生（姚鼐）曰：『此詩之妙，詩人無及之者也，惟有《莊子》耳。』余謂此全從《華嚴》來……」（方東樹《昭昧詹言》卷十二）

寓居定惠院之東，雜花滿山，有海棠一株，土人不知貴也〔1〕

江城地瘴蕃草木，只有名花苦幽獨〔2〕。嫣然一笑竹籬間，桃李漫山總粗俗。也知造物有深意，故遣佳人在空谷〔3〕。自然富貴出天姿，不待金盤薦華屋〔4〕。朱唇得酒暈生臉，翠袖卷紗紅映肉〔5〕。林深霧暗曉光遲，日暖風輕春睡足〔6〕。雨中有淚亦悽愴，月下無人更清淑。先生食飽無一事，散步逍遙自捫腹。不問人家與僧舍，拄杖敲門看修竹〔7〕。忽逢絕豔照衰朽，歎息無言揩病目〔8〕。陋邦何處得此花？無乃好事移西蜀〔9〕？寸根千里不易致，銜子飛來定鴻鵠。天涯流落俱可念，為飲一樽歌此曲。明朝酒醒還獨來，雪落紛紛那忍觸〔10〕！

〔注釋〕

〔1〕定惠院：在黃州（今湖北黃岡）。土人：當地人。
〔2〕瘴：濕熱蒸鬱。蕃草木：使草木繁茂。
〔3〕佳人在空谷：佳人，美人，喻海棠。空谷，無人的山谷。本杜甫《佳人》詩：「絕代有佳人，幽居在空谷。」
〔4〕薦：進、獻。華屋：華貴的居室。
〔5〕「朱唇」二句：承上以美人比海棠，進一步形容花色之紅豔。
〔6〕春睡足：唐鄭處誨《明皇雜錄》載唐玄宗曾說楊貴妃如「海棠睡未足」，這裡反用之以人比花。
〔7〕「先生」四句：寫自己謫居的生活。先生：詩人自謂。無一事：詩人在黃州任團練副使，是虛銜，被責令「不得簽書公事」。僧舍：指定惠院僧房。
〔8〕絕豔：絕美，指海棠。衰朽：詩人自指。
〔9〕陋邦：這裡指黃州。黃州在當時為欠發達地區。無乃：恐怕是。好事：多事之人。西蜀：指四川。蜀中盛產海棠，故云。
〔10〕「天涯」四句：承上謂海棠說：我與你都是從四川流落至此，同一感傷，特為你飲一壺酒，作一首詩；明天酒醉醒來，我還要一個人來看你，然而你將凋零，花落繽紛，又怎麼忍心看得下去呢！俱，都，指詩人自己與海棠。

〔品鑒〕

　　元豐三年（1080）謫居黃州作。全詩以海棠比佳人，贊海棠、憐海棠，都是詩人自贊自憐，自寓遷謫落寞之感。題中說海棠生雜花滿山之所，土人不知貴重，已微露不平，奠定全詩基調。全詩分兩大段：上段十二句，直接刻畫海棠。首兩句點題，寫海棠不得其所的孤獨處境。三、四句以桃李襯之，寫海棠超凡的美麗。五、六句一轉，說海棠一株生於此地，乃上蒼有意安排，見出詩人豁達情懷。「自然富貴」以下八句，刻畫海棠天生麗質，自然富貴，儀態萬方，贊海棠適足表現詩人的自信。「雨中」二句最有神韻，作者曾吟詠至此，謂人曰：「此兩句乃吾向造化窟中奪將來也。」下段十二句，衍申題義，借賞海棠抒寫身世之感。「不問」以下四句筆鋒宕開，寫謫中無事訪竹，為下文蓄勢。「忽逢」二句一轉仍歸正題，開闔自如。「陋邦」二句又一轉，借「西蜀」（作者為蜀人）巧妙地把這一株「苦幽獨」之花與自己身世聯繫起來。以下墨瀋淋漓，憐海棠以自憐，盡吐胸中憂思傷感，低徊綿邈，一往情深。《王直方詩話》說蘇軾「平生喜為人寫（此詩），蓋人間刊石者，自有五六本，云：『吾平生最得意詩也。』」《蘇文忠公詩集》卷二十紀昀評曰：「純以海棠自寓，風姿高秀，興象深微。後半尤煙波跌宕。此種真非東坡不能，東坡非一時興到亦不能。」

　　這一株海棠，蘇軾目為知己，曾多次為之賦詩。除本詩外，另有七絕一首膾炙人口，其詞曰：「東風嬝嬝泛崇光，香霧空蒙月轉廊。只恐夜深花睡去，故燒高燭照紅妝。」可相參觀。

題西林壁〔1〕

橫看成嶺側成峰，遠近高低各不同〔2〕。不識廬山真面目，只緣身在此山中〔3〕。

〔注釋〕

〔1〕西林：寺名，又名乾明寺，在江西廬山上。

〔2〕「遠近」句：又作「遠近看山總不同」「到處看山了不同」。遠近高低：指看山者站立的位置。

〔3〕緣：因為。

〔品鑒〕

　　元豐七年（1084）作者由黃州遷謫汝州，途經廬山，與東林寺僧常總同遊西林寺所作。這首詩首先是一首優美的山水詩，概括寫出了作者遍遊廬山所得的整體印象，對廬山的千姿百態、雄偉壯觀極盡傾倒讚美之情，讀來有大氣磅礴之感。然而這首詩更以思想的深刻新穎見長，它告訴我們，要想對事物有真正的認識，必須克服自身的局限，客觀全面地觀察瞭解；不然，只從一個角度和立足點看問題，就會為事物局部現象所迷，得出片面的結論。然而今人所取的與作者原意應當有些距離。作者原意大約只是慨歎人生世間，難得看破紅塵，表現的是人生如夢如幻的感受。

惠崇《春江曉景》[1]（二首其一）

竹外桃花三兩枝，春江水暖鴨先知。蔞蒿滿地蘆芽短，正是河豚欲上時[2]。

〔注釋〕

〔1〕惠崇：宋初「九僧」之一，能詩畫。春江曉景：惠崇所作畫。曉景：一作「晚景」。

〔2〕蔞蒿：草本植物，多生於河灘，莖可食。蘆芽：春天蘆葦新生的嫩芽。河豚：魚名，產於海，春天沿江水上行產卵。河豚肉質鮮美，但卵及內臟有劇毒。張耒《明道雜志》載宋時長江一帶土人食河豚，「但用蔞蒿、荻筍、菘菜三物」烹煮最宜。所以這句詩因蔞蒿滿地、蘆芽初生，想到河豚也要上來了。

〔品鑒〕

　　作於元豐八年，又題《書袞儀所藏惠崇畫二首》。這是一首題畫詩，詩的前三句寫畫面所見：斜出竹籬的桃花、春江戲水的群鴨，蔞蒿滿地、蘆芽正短，一幅江村春意圖。第四句承上句，是聯想之辭，從畫面景物來的，卻又讚美了畫的精美傳神，等於說畫中的蔞蒿和蘆芽如鮮活的一般，可以拿來做烹煮河豚的佐料了。這樣，既寫畫中之景，又寫畫外之意，珠連璧合，為畫面生色，同時不失自身的藝術價值，堪稱題畫詩的妙品。以至惠崇的畫早就不存了，這首詩仍盛傳於世。《蘇文忠公詩集》卷二十六紀昀評曰：「此是名篇，興象實為深妙。」「興象」指它出於畫而又不滯於畫的意境，乃詩人觀畫

獨特的興會感受。「春江」句最爲突出，清人毛奇齡曾對這句詩頗致異議，說春江水暖，鵝何嘗不先知，何獨是鴨？以一種考據的態度說詩，正見出此老不懂詩，更不懂這是題畫詩。畫的是鴨，詩人怎麼能說鵝？況且果然說鵝先知了，又會有問「何獨是鵝」。如此則一切都不可說，詩人只好擱筆。

食荔枝二首（其二）

羅浮山下四時春，盧桔楊梅次第新〔1〕。日啖荔枝三百顆，不辭長作嶺南人〔2〕。

〔注釋〕

〔1〕羅浮山：在廣東東江北岸，增城、博羅、河源等縣之間。盧桔：與橘近似，其皮經久變黑，故名。盧，黑色。但這裡蘇軾所説盧桔指枇杷。次第：依次。

〔2〕啖：吃。嶺南，大庾嶺等五嶺以南地區。作者當時流放惠州，在大庾嶺南，故云。

〔品鑒〕

紹聖三年（1096）作。這首詩以諧趣誇張之辭表現了對荔支的由衷讚美；同時也顯示了作者隨緣自適，對流放不以爲意的曠達情懷。

縱筆

白頭蕭散滿霜風，小閣藤床寄病容〔1〕。報導先生春睡美，道人輕打五更鐘〔2〕。

〔注釋〕

〔1〕蕭散：冷落稀疏。這裡形容頭髮稀少。

〔2〕報導：報告說。先生：作者自指。五更鐘：舊時一夜分五更，每更約兩小時。打五更鐘時爲凌晨。

〔品鑒〕

作於紹聖四年（1097）。此詩爲作者自我寫照：前兩句正面寫飽經風霜、老病纏身之形；後二句側面寫其淡然處之、心地安恬之神。全用白描，廖廖數筆，形神兼備，表現曠達從容、無心任運的人生態度。據說蘇軾的政敵章

惇（當時任參知政事）讀了這後兩句，大爲惱怒，再貶蘇軾到海南儋耳（今海南省儋縣）。紀昀曰：「此詩無所譏諷，竟亦賈禍，蓋失意之人作曠達語，正是極牢騷耳。」（《紀批蘇詩》卷四十）說得極是。

澄邁驛通潮閣二首〔1〕

倦客愁聞歸路遙，眼明飛閣俯長橋。貪看白鷺橫秋浦，不覺青林沒晚潮。

餘生欲老海南村，帝遣巫陽招我魂〔2〕。杳杳天低鶻沒處，青山一髮是中原〔3〕。

〔注釋〕

〔1〕澄邁驛：古驛站，在澄邁縣（今屬海南省海口市）境内。通潮閣：一名通明閣，在澄邁縣西。

〔2〕帝遣句：《楚辭·招魂》說，天帝差巫陽招在下之人離散的魂魄，巫陽乃下招曰：「魂兮歸來！」本句用這個典故說自己被朝廷從海南召還。

〔3〕杳杳：遙遠渺茫。鶻（hú 胡），鷹隼。沒：消失。青山一髮：遠處的青山看上去只是一線起伏的山影，如一根頭髮懸浮於天際。胡仔《苕溪漁隱叢話·後集》說蘇軾《伏波將軍廟碑》有云：「『南望連山，若有若無，杳杳一髮耳。』皆兩用之，其語倔奇，蓋得意也。」

〔品鑒〕

　　元符三年（1100）五月，蘇軾在海南，奉旨改廉州安置，六月離儋州起程，途經澄邁縣，登通潮閣，作此詩。

　　第一首起句點出當下處境及心境，「倦」字高度概括，畫出連遭貶謫、飄泊無定的困頓無聊之態。這「倦」要倦到聽說歸途遙遠也感到發愁，等於說連思歸的勇氣都沒有了，極寫顛沛流離之苦、落寞孤寂之狀。第二句一轉點題，突出了通潮閣壯觀的氣勢，詩人的心境爲之一振而開闊起來。兩句情緒大落大起，開闊變化，以啓下文。三、四句寫景，一行白鷺從秋浦上掠過，那橫空飛翔的樣子彷彿是靜止在天上，使詩人佇望遐想，時光在不知不覺中流去，直到晚潮落退於暮色之中，但見青蔥的林梢斜抹夕陽的餘暉——詩人的心在沉靜中有一種莫名的惆悵。「白鷺橫秋浦」和「沒晚潮」都該有象徵意義，詩人從白鷺橫空獲得心靈自由的啓示，老來難耐的羈旅愁思的「晚潮」自然也就消退了，所以三、四句寫景中也有内在情感的變化。

　　第二首在比較沉靜的心境中訴說此番內遷的感受。詩說已風燭殘年，來日無多，想著只能在海南了此餘生罷了，卻不料朝廷有旨召還內地。言語中略有一絲的欣慰——畢竟朝廷還想著自己這久謫犯官、萬里逐臣，那麼一切也許還有希望吧！他懷著幾乎是無望的期待極目遠眺，北方那長天與田野相接、鷹隼飛去消逝的天際，青山的遠影如一絲頭髮懸浮於地平線上，那就是他朝思暮想的中原！它是那樣地遙遠，又是如此地貼近——身在江湖之遠，詩人的心已經回到汴京去了。這第二首承上一首深化了羈旅懷歸的主題，施補華說此詩「氣韻兩到，語帶沉雄，不可及也」（《峴傭說詩》）。

六月二十日夜渡海

參橫斗轉欲三更，苦雨終風也解晴〔1〕。雲散月明誰點綴，天容海色本澄清〔2〕。空餘魯叟乘桴意，粗識軒轅奏樂聲〔3〕。九死南荒吾不恨，茲遊奇絕冠平生〔4〕。

〔注釋〕

〔1〕參橫斗轉：參，參星。斗，斗星。橫、轉，與入夜時分相比位置的移動，此際已是深夜。「苦雨」句：說多日以來終於雨過風停，天氣晴朗了。苦雨，連綿雨。終風，終日不停的風。解，懂得。

〔2〕「雲散」二句：《世說新語·言語》：「司馬太傅齋中夜坐，於時天月明淨，都無纖翳，太傅歎以為佳。謝景重在座，答曰：『意謂乃不如微雲點綴。』太傅因戲謝曰：『卿居心不淨，乃復強欲滓穢太清邪！』」本此，說此際天無纖雲，海上月明，上下澄清。

〔3〕「空餘」句：說自己是被流放過海到海南，而不是像孔子那樣因己道不行欲決然捨去而有意出海，徒有孔子所說「浮於海」的形式，而無志在行道的實際。魯叟，指孔子。孔子是春秋魯國人，故稱。陶淵明《飲酒》詩：「汲汲魯中叟。」桴，木筏。《論語·公冶長》記孔子曾慨歎自己的政治主張不被人接受，說：「道不行，乘桴浮於海。」「粗識」句：說因被流放浮海，得聞海浪波濤之聲，從中略悟天道。粗識：略知。軒轅，指黃帝。《莊子·天運篇》說黃帝奏《咸池》之樂，北門成聽不懂，黃帝便就音樂向他講了一番關於「道」的大道理，這裡以北門成自比，以海浪之聲比《咸池》之樂。

〔4〕「九死」句：說自己在海南備嘗艱辛，多次瀕臨絕境，卻並沒有怨恨。這句詩化用屈原《離騷》「雖九死其猶未悔」句意。九，指多次。「茲遊」

句：把被流放當作一次旅遊，說這次遊蹤是平生所見最大的奇觀。

〔品鑒〕

　　這首詩是元符三年（1100）作者自海南遇赦歸，六月二十日夜渡海所作。當時作者在海南度過了四年的流放生涯，已經六十三歲，一旦得歸，自然有說不出的喜悅和無限的感慨而形諸吟詠。前四句紀實，以夜深月明，浮雲盡掃，海天澄清，寄託對自己心地光明的自信，流露了遇赦得歸的喜悅心情。紀昀評曰：「前半純是比體，如此措辭，自無痕跡。」後四句總結這次流放的得失，慚愧自己空有行道之心，而沒做出什麼「行道」的實績。但是因此領略海上風光，勝如聽黃帝《咸池》之樂，從中悟得人生的道理；而且這一番海南之遊，冠絕平生，見所未見，聞所未聞，雖九死一生，備嘗艱辛，都無所怨恨。作者以非常達觀的態度對待眼前和過去的一切，《瀛奎律髓》卷四十三方回評曰：「當此老境，無怨無怒，以為茲遊奇絕，真了生死，輕得喪，天人也。」詩的上半寫景，下半抒情議論，情懷高闊，寄興深微，用典渾然無跡，真詩家絕大功力。

次韻江晦叔二首（其二）[1]

鐘鼓江南岸，歸來夢自驚。浮雲時事改，孤月此心明。雨已傾盆落，詩仍翻水成[2]。二江爭送客，木杪看橋橫[3]。

〔注釋〕

〔1〕江晦叔：江公著字晦叔，桐廬人，以詩知名。蘇軾在杭州時與他結識。

〔2〕「雨已」二句：說詩思敏捷，雨落而詩成。參用杜、韓詩意：杜甫《陪諸貴公子丈八溝攜妓納涼晚際遇雨》詩：片雲頭上黑，應是雨催詩。」韓愈《寄崔二十六立之》詩：「文如翻水成，初不用意為。」

〔3〕二江：指章水與貢水，在虔州匯為贛江，故云。木杪：樹梢。看：一作「見」。

〔品鑒〕

　　作於建中靖國元年（1101）。當時江公著為虔州（今江西贛州）知州。蘇軾從海南赦歸，途經此地見江公著而有此詩。詩寫赦歸後的心情，表明雖歷經滄桑，時移事遷，歸夢成真，而依然故我：心如孤月，詩情未減。「浮雲」二句「語意高妙，有如參禪悟道之人，吐露胸襟，無一毫滯礙」（胡仔《苕溪

漁隱叢話後集》卷二十八）。尾聯興象高遠，耐人尋味。就在作此詩後不久，七月二十八日，詩人以放廢百病之身還朝的途中，卒於常州，只有他光焰萬丈的詩文與世永存。

蘇轍　三首

　　蘇轍（1039〜1112）字子由。蘇軾之弟，與軾同登嘉祐二年（1057）進士第，授商州軍事推官。王安石變法，轍爲屬官，曾論青苗法不利於民。蘇軾「烏臺詩案」，轍被牽連謫監筠州鹽酒稅。元祐六年（1091），任門下侍郎。門下侍郎舊稱黃門侍郎，故又世稱蘇黃門。哲宗朝，屢遭貶謫，遠至嶺南。徽宗即位，召爲大中大夫，以蔡京當權，辭官隱居許昌潁水之濱，曾有詩曰：「遍閱後生眞有道，欲說前事恐無人。」篤信佛教，終日默坐，自號潁濱遺老。有《欒城集》五十卷、《欒城後集》二十四卷、《欒城第三集》十卷，今存。

　　《宋史·蘇轍傳》載：「轍與兄進退出處，無不相同，患難之中，友愛彌篤，無少怨尤，近古罕見。」但轍與兄性格有不同。大致蘇軾才大外向，性情摯著，脫略不羈，恢諧嘲弄，出言不謹，待人無城府，遇事不能忍，其曠達通脫不過遣悶之道。轍則才華稍遜於兄，而內斂沉靜、恬淡達觀，有所過之。蘇軾亦云：「子由之達，自幼而然。方先君與某篤好書畫，每有所獲，眞以爲樂。子由觀之漠然，不甚經意。」（《東坡志林》）但是轍之爲人與爲文也足與父、兄並稱「三蘇」，並同爲「唐宋八大家」之一。《宋史》本傳曰：「性沉靜簡潔，爲文汪洋淡泊，似其爲人，不願人知之，而秀傑之氣終不可掩，其高處殆與兄軾相迫。」詩則用筆老重，不事馳騁，溫雅高妙，如佳人獨立，姿態易見，而非失之平淺者可比。然而缺乏精彩，不夠動人，朱熹稱之曰「慢」（《朱子語類》卷一百四十），也是一種不足。所以歷史上他的詩不如文章著名。

南窗

京城三日雪，雪盡泥方深〔1〕。閉門謝還往，不聞車馬音〔2〕。西齋書帙亂，南窗朝日升〔3〕。展轉守床榻，欲起復不能〔4〕。開戶失瓊玉，滿階松竹陰〔5〕。故人遠方來，疑我何苦心〔6〕。疏拙自當爾，有酒聊共斟〔7〕。

〔注釋〕

〔1〕京城：汴京，即今河南省開封市。

〔2〕謝：謝絕。不聞句：承上說聽不到車馬的聲音，也就是沒有客人造訪。本句從陶淵明《飲酒》詩之五「結廬在人境，而無車馬喧」化出。

〔3〕書帙：指書籍。帙（zhì 至），包書的套子。

〔4〕展轉：轉移不定，這裡指輾轉反側，睡臥不寧的樣子。

〔5〕瓊玉：美玉，喻雪。《水滸傳》第十回寫林沖「雪地裏踏著亂瓊碎玉⋯⋯而行」。

〔6〕苦心：費盡心思。

〔7〕疏拙句：猶言守拙，說天生粗笨，自當如此。有酒句：從陶淵明《移居》詩之二「過門更相呼，有酒斟酌之」化出。

〔品鑒〕

　　這首詩寫京中連日大雪閉門習靜的閒適生活，抒發了知足常樂的恬淡心情。首四句說雪後閉門謝客，已自不俗。蓋京師名利場中，人事擾攘，雪天無事，正好「禮尚往來」，即今之所謂「公關」，而作者一切拒絕，其超然的態度乃一般人所不及。「西齋」以下四句寫齋中慵惓懶起萬事不關心之狀，「展轉」二句即邵雍「擁衾側臥未欲起」（《安樂窩》）之意。「開戶」二句一轉寫雪後滿院松竹更加青翠，與主人之歲寒心及休閒養靜之神完氣足相映發。接下來借「故人」造訪，寫主人非無情者；借「故人」之疑，寫自家心事：性本疏拙，自當藏匿退避，不與世人爭競，老朋友遠道而來，適逢有酒，我們共同喝一杯吧！整個情調則陶淵明詩「少無適俗韻」（《歸園田居》之一）一句可概括之。《宋詩紀事》引《容齋隨筆》曰：「此其少年時所作也。東坡好書之，以為人間當有數百本。蓋閒淡簡遠，得味外味。」

梁山泊見荷花憶吳興五絕〔1〕（選二）

其二

終日舟行花尚多，清香無奈著人何？更須月出波光淨，臥聽漁家蕩槳歌。

其五

菰蒲出沒風波際，雁鴨飛鳴霧雨中〔2〕。應為高人愛吳越，故於齊魯作南風〔3〕。

〔注釋〕

〔1〕梁山泊：即古巨野澤，在今山東省梁山縣梁山腳下，東平、鄆城之間。
　　古時汶、濟二水匯合成泊，宋時黃河決口水入其中，遂成數百里巨澤。
　　後河徙水退，歲久填淤，遂成平陸。吳興：今屬浙江。

〔2〕菰蒲：泛指水邊的植物。菰（gū孤），又名蔣，俗稱茭白。蒲：指蘆葦。

〔3〕高人：高士，清雅高尚之人。吳越：今浙江一帶，這裡指吳興。

〔4〕齊魯：先秦的齊國和魯國，合指今山東地區，這裡指梁山泊。南風：江
　　南風物。

〔品鑒〕

　　梁山泊早已淤沒，僅存今山東東平湖等為余水。但是因為宋江起義的故
事，特別是《水滸傳》寫了它，竟比一般現存的湖泊還更著名。但是在宋代，
卻沒有多少人注意它，歷來詠梁山泊的詩似乎只有蘇轍的一首七律和五首七
絕最為著名，所以現在有專家彙集《水滸傳》研究資料，把蘇轍的這幾首詩
做壓卷之作。但是蘇轍的梁山泊詩不僅有史料的價值，而且藝術上也十分優
美。這裡選的七絕第二首，使人可以想見當年泊上舟行，荷花映目，應接不
暇，清香撲鼻，醉人心脾；或者乘月夜渡，波光如銀，槳聲微響，漁歌互答，
真可以令人神往。第五首則是寫風波霧雨中的梁山泊，又別是一番景象：菰
蒲出沒於風波搖蕩之中，雁鴨在細雨薄霧中飛鳴，淒迷之狀，豈非江南乎？
所以作者感慨說，想必是這裡有高人酷愛吳越風光，老天特地為他於齊魯間
造化這一番景致了——餘味悠長。

孔平仲　二首

　　孔平仲（生卒年不詳）字毅父，一作義甫。新淦（今江西新幹）人。治
平二年（1065）進士，官秘書丞，集賢校理。紹聖中被劾以曾附合舊黨，連
遭貶謫，徽宗時起而復罷，政治上一生不得意。與其兄文仲、武仲並以詩文
名世，號為「三孔」，與蘇軾兄弟有「二蘇三孔」之稱。但是「三孔」詩文的
成就遠不如「二蘇」。平仲的詩在「三孔」中最佳，風格與蘇轍相近。

寄內〔1〕

試說途中景，方知別後心。行人日暮少，風雪亂山深。

〔注釋〕

〔1〕内：指妻子。

〔品鑒〕

　　詩人不直接說遠行途中對妻子的思念，只是把最能引起這種思念的「途中景」說出來，就含蓄而眞切地表達了別後思念之心。詩的意思大致是說：離家以來，我是多麼想念你啊！你知道我在途中的光景罷——在夕陽西下行人漸稀之際，在風雪交加的亂山深處，在寂寞、孤獨、寒冷之中，我想到與你的相伴和溫存。

代小子廣孫寄翁翁〔1〕

爹爹來密州，再歲得兩子。牙兒秀且厚，鄭鄭已生齒。翁翁尚未見，既見想歡喜〔2〕。廣孫讀書多，寫字輒兩紙。三三足精神，大安能步履。翁翁雖舊識，伎倆非昔比〔3〕。何時得團聚？盡使羅拜跪〔4〕。婆婆到輦下，翁翁在省裏。太婆八十五，寢膳近何似？爹爹與奶奶，無日不思爾〔5〕。每到時節佳，或對飲美食。一一俱上心，歸期當屈指〔6〕。昨日又開爐，連天北風起。飲闌卻蕭條，舉目數千里〔7〕。

〔注釋〕

〔1〕小子：兒子。廣孫：廣是兒子的名字，對翁翁來說是個孫子，故稱。翁翁：祖父。

〔2〕「爹爹」六句：說爹爹來密州兩年添了兩個兒子：牙兒秀氣又豐滿，鄭鄭已經長了牙。爺爺還沒有見到，等見到了，想您一定歡喜。爹爹：父親。密州：今山東省諸城市。再歲：兩年。想：料想。

〔3〕「廣孫」六句：報告自己和二弟三弟的情況，說自己讀書多，每次習字常是兩大張紙；二弟三三精力充沛，三弟大安已學會走路。我們三個都是爺爺見過的，但是本領跟以前大不相同了。輒：就是、常常。步履：走路。伎倆：技巧。這裡指本領，有恢諧意味。

〔4〕「何時」兩句：結前述諸孫情況，說什麼時候團聚了，我們圍成一圈來拜見您。羅拜：四面圍繞下拜。

〔5〕「婆婆」六句：說祖母到了京城，爺爺在宮禁任職，曾祖母八十五歲了，近來飲食休息怎麼樣呢？爸爸媽媽每天都掛念這事。膳：飲食。奶奶：

這裡指母親。爾：語助詞，無義。

〔6〕「每到」兩句：每到佳節，或有好吃喝的時候，爸爸媽媽都一一想到你們，常常扳著手指數算您回來的日期。屈指：彎起指頭數數。

〔7〕「昨日」四句：說昨天生起了火爐，連日北風緊吹，爸爸、媽媽喝完了酒，反倒顯得不高興，擡眼遠望，您在數千里之外，怎麼也望不見。

〔品鑒〕

　　這首詩是詩人以自己兒子的口氣向父母寫的平安家信，內容不外是孩子們都好，自己和妻子對二位老人十分想念，盼著早日團聚。但是，以一個小孩子的心情口吻寫來，便十分別致。詩分兩大段：上段十四句，向爺爺報告五個孫子的情況，寫得各具情態；下段十四句，寫爸爸媽媽對爺爺奶奶的思念，寫得情真意切。事情本來很平常，但以一種稚氣純真的語言道出，便容易動人。大巧若拙，從來寫親情的，未見如此筆法。

道潛　一首

　　道潛（1043～1106？）俗姓何，原名曇潛，蘇軾爲更名道潛；別號參寥子，賜號妙總大師；杭州於潛（今浙江臨安）人。自幼出家，內外典無所不窺，工詩文，與蘇軾、秦觀交誼至厚。軾貶黃州，不遠數千里往訪之。曾因作詩刺時下獄，被勒令還俗。徽宗立，詔復祝髮。他是北宋著名的詩僧，蘇軾說他「詩句清絕，可與林逋相上下」（《與文與可書》）。陳師道譽之爲「釋門之表，士林之秀，而詩苑之英也」（《送參寥序》）

秋江

赤葉楓林落酒旗，白沙洲渚夕陽微〔1〕。數聲柔櫓蒼茫外，何處江村人夜歸〔2〕？

〔注釋〕

〔1〕落酒旗：把酒簾子摘下來，停止營業，猶言打烊。酒旗：舊時酒家懸掛於店前的營業標誌，狀如門簾。洲渚：水中露出的陸地。夕陽微：太陽將落，光色暗淡。

〔2〕柔櫓：形容槳聲輕微。蒼茫外：迷茫的遠處。

〔品鑒〕

　　這首詩寫秋江暮色中見聞，首句點「秋」字、「暮」字；對句伸足，由上句「落酒旗」延展出沙洲上夕陽式微，有「日之夕矣，羊牛下來」（《詩經‧王風‧日之夕矣》）之致。三、四句有遠韻，使人想見游子思歸急切之狀，妙在只渲染氣氛，不作直接描寫，更以問句出之，引起讀者遐想及同情之心。僧惠洪舉這兩句說道潛詩「追法（陶）淵明，其語逼真」（《冷齋夜話》），吳喬說此二句「佳絕」（《圍爐夜話》），都很有見地。

杜常　一首

　　杜常（生卒年不詳），字正甫。衛州（今河南汲縣）人。進士，神宗元豐中曾以太常寺官權發遣秦、鳳等路提點刑獄公事。徽宗崇寧中，官工部尚書。當時有詩名，然而作品傳世不多。

題華清宮〔1〕

東別家山十六程，曉來和月到華清〔2〕。朝元閣上西風急，都入長楊作雨聲〔3〕。

〔注釋〕

〔1〕華清宮：在今陝西西安驪山下，有溫泉，曾是唐玄宗、楊貴妃遊樂之地。

〔2〕東別家山：離家西去。作者家鄉衛縣在長安之東，故云。十六程：十六天的路程

〔3〕朝元閣：在華清宮內。唐玄宗崇道教，天寶七年，傳說玄元皇帝（老子）降於朝元閣。長楊：高大的白楊樹。曾有人解作漢代的長楊宮，非是。

〔品鑒〕

　　這首詩先後收入《全唐詩》《千家詩》等，流傳甚廣，曾長期被誤認爲是唐人所作，其實是北宋人杜常的作品。據厲鶚《宋詩紀事》引《河上楮談》，作者於神宗元豐三年（1080）九月二十七日赴秦、鳳等路提點刑獄公事任，途徑華清宮，留詩四首，此其一。當時由邑人「勒諸方石，以垂不朽」。此詩憑弔古蹟，詠懷史事，感慨興亡，淒咽悲涼，令人酸楚。首二句扣題，總寫曉月、空宮；後兩句見意，西風淒緊，白楊蕭蕭，似雨聲大作，言外則燕去樓空，物是人非，繁華易逝之感。陳衍評曰：「直是唐音。」（《宋詩精華錄》卷一）

黃庭堅　九首

　　黃庭堅（1045～1055）字魯直，號山谷道人，晚號涪翁。分寧（今江西修水）人。治平四年（1067）進士，曾任葉縣尉，知吉州泰和縣，後入爲校書郎、《神宗實錄》檢討官，擢起居舍人。紹聖初，因撰《實錄》有「用鐵爪龍治河，有同兒戲」語得罪，貶涪州別駕，黔州安置，後移戎州（皆蜀地）。徽宗立，起監鄂州稅等，又以吏部員外郎見召，皆辭不就。請知太平州，到任九日罷職。不久因所作《荊南承天院塔記》，被仇家誣告爲「幸災謗國」，遭除名，流放宜州（今廣西宜山）羈管。在宜州半年，先後住在民宅、僧舍等，都被官府趕了出來，後來只好住到城外一所「上雨傍風」的破屋裏，困窮至於「用三文錢買雞毛筆」作文（《跋李資深書卷》）。然而這樣的一間破屋也還住不穩，後來又被迫搬到城樓上，並且死在那裡。有《山谷內集》二十卷、《外集》十七卷、《別集》二卷，今存。

　　黃庭堅仕途如此坎坷，在文藝上卻一帆風順，得享盛名。他擅長書法，是「北宋四大家」之一，詞當時與秦觀並稱，詩文則早年即受知於蘇軾，蘇軾以爲「超軼絕塵，獨立萬物之表，世久無此作」（《宋史》本傳）。後與張耒、晁補之、陳師道並稱「蘇門四學士」，又與蘇軾並稱「蘇黃」，人云「詩到蘇黃盡」；卒後被尊爲江西詩派之祖，名氣越發浩蕩，直到說他超過了蘇軾，所謂「宋人之詩，黃山谷爲冠」（田雯《芝亭記序》）。其實蘇、黃各有千秋，呂本中云：「自古以來語文章之妙，廣備眾體，出奇無窮者，唯東坡一人；極風雅之變，盡比興之體，包括眾作，本以新意者，唯豫章一人。此二人當永以爲法。」（《紫微詩話》）若論總體成就，黃庭堅還在蘇軾之下。但是，作爲在宋代詩壇雄踞二百餘年，其影響以至於清末同光體的江西詩派的開山之祖，他被視爲具有獨特風貌的宋詩的代表，他的詩被後世宋詩派看作創作的理想範式，從而不僅不爲蘇軾所掩，甚至超過蘇軾，「遂爲本朝詩家宗祖」（劉克莊《江西詩派小序》），也並非沒有一定的道理。

　　黃庭堅在文學理論與創作上都有獨特的建樹。其論詩主張學杜（甫），提倡創新，但是重在「以故爲新」，尤重師法，嘗曰：「詩意無窮，而人才有限。以有限之才，追無窮之意，雖淵明、少陵不得工也。然不易其意而造其語，謂之換骨法；窺入其意而形容之，謂之奪胎法。」（《惠洪《冷齋夜話》卷一）又曰：「自作語最難，老杜作詩，退之作文，無一字無來處，蓋後人讀書少，

故謂韓、杜自作此語耳。古之能爲文章者，眞能陶冶萬物，雖取古人之陳言入於翰墨，如靈丹一粒，點鐵成金也。」（《答洪駒父書》）由此「奪胎換骨」「點鐵成金」，「無一字無來處」等，遂成爲後世學宋詩人的一大法門；當然也招致不少人的批評，至於有說此「乃詩人中之一害」，「風雅自此掃地矣」（張戒《歲寒堂詩話》卷上）。褒貶自不能一律，可能還會繼續進行下去，但是黃庭堅此說對當時及後世詩歌創作有過極大極深遠的影響，乃是不爭的事實。

　　黃庭堅詩以寫個人經歷與性情的作品最多最好，其次有一些論詩、題畫、詠物之作較有特點，另有少量作品反映現實政治問題或詠史以抒發感慨，也較有意義。雖然他也寫過一些類似文字遊戲的詩作，但仍不失爲宋代一位有很高成就並銳意創新的詩人。黃庭堅詩風格大都是其理論主張的體現。其詩以驚創爲奇，「一字一句，必月鍛季煉，未嘗輕發」（任淵《山谷詩內集注序》），好押險韻，好用奇字僻典。其佳作高華典妙，氣象森嚴，生新硬峭，章法多變，稱之者以爲「格韻高絕」（蘇軾《東坡題跋》卷二），「會萃百家句律之長，究極歷代體制之變」（劉克莊《江西詩派小序》）；但有些作品過於求奇，「專以拗峭避俗，不肯作一尋常語，而無從容涵詠之趣……寧不工而不肯不典，寧不切而不肯不奧，故往往意爲詞累，而性情反爲所掩」（趙翼《甌北詩話》卷十一），也是黃詩一大病。但是也應注意到黃庭堅詩有一些不爲其詩論主張所縛的作品，反而能清新流暢、含蓄雋永、古樸自然，有眞切的感情。故賀裳《載酒園詩話》云：「讀黃魯直詩，當取其清空平易者……」

登快閣〔1〕

癡兒了卻公家事，快閣東西倚晚晴〔2〕。落木千山天遠大，澄江一道月分明〔3〕。朱弦已爲佳人絕，青眼聊因美酒橫〔4〕。萬里歸船弄長笛，此心吾與白鷗盟〔5〕。

〔注釋〕

〔1〕快閣：在今江西泰和縣，下臨贛江。

〔2〕「癡兒」句：這句意本《晉書·傅咸傳》：「生子癡，了官事。官事未易了也。了事正作癡，復爲快耳。」大意說做官的人只會辦官事、以辦妥官事爲快，其實是傻瓜。這裡用其意，說自己做官除了「了卻公家事」之外，一身清閒，加以典故中「復爲快耳」的話與「快閣」切合，引出

　　對句。癡兒：癡人，作者自謂。了卻：辦理完畢。公家事：官事。快閣
　　句：說晴天的傍晚，自己登快閣憑欄遊賞風物。「倚」字用法學李商隱
　　「西樓倚暮霞」（《閒遊》）、「高樓倚暮暉」（《即日》）等句。

〔3〕「落木」二句：這兩句很著名，從杜甫「無邊落木蕭蕭下，不盡長江滾
　　滾來」（《登高》）、白居易「燈火萬家城四畔，星河一道水中央」（《江樓
　　夕望》）等句化來，查慎行說「極似杜家氣象」，潘德輿說是「奇語」。
　　而張戒譏笑爲「乃小兒語也」（《歲寒堂詩話》卷上），應是其不悟詩家
　　造境平中見奇之妙。落木，落葉。澄江，水色清澈的江，此指贛江。

〔4〕「朱弦」句：照應「癡兒」句，說世無知音，已絕交遊。朱弦，琴弦，《呂
　　氏春秋・知味》載俞伯牙善鼓琴，鍾子期能知其音。子期死，伯牙以爲
　　世無知音，破琴絕弦，終生不復鼓琴。又嵇康《贈兄秀才入軍》詩：「鳴
　　琴在御，誰與鼓彈……佳人不存，能不詠歎？」本此。「青眼」句：說
　　世無可相愛重之人，值得喜歡的只有美酒。用阮籍故事。《晉書・阮籍
　　傳》載，阮籍能爲青白眼，見禮俗之士，以白眼對之示輕蔑，唯嵇康齎
　　酒攜琴至，乃見青眼以示敬重。

〔5〕「萬里」二句：表白歸隱之心。弄，此指吹奏。長笛，竹笛。東漢馬融
　　有《長笛賦》，說吹奏笛子可以使人神清意暢。與白鷗盟，與鷗鳥誓爲
　　盟友。盟，發誓結盟。《列子・黃帝》載，說海上有好鷗者，日與鷗鳥
　　遊；後來聽了父親的話，欲捕捉之。鷗鳥知機，便不再飛來了。這裡用
　　以說自己將眞心歸隱江湖，做鷗鳥的好朋友。

〔品鑒〕

　　作於神宗元豐五年（1082）。時作者任泰和縣令，政務之餘，登快閣遠眺，
這首詩寫所見所感。起句自謂「癡兒」，非不願做「公家事」，實乃「官事未
易了也」，一旦「了卻」，「復以爲快」而登「快閣」遊賞，正「癡兒」身份——
——這一句透露了作者居官的矛盾困倦心情。對句說登閣憑欄正當晚晴時分，
引出三、四句寫景：江山壯麗，天地寥廓，落木蕭蕭，無限秋色，令人於心
曠神怡中略感一絲悲涼，由此轉入下半抒情。五、六句寫世無知音的孤獨惆
悵，七、八句表白歸隱之心，照應首句自謂「癡兒」之意。全詩胸襟闊大，
氣度不凡，豪放而有遠韻，表現了對河山壯麗的愛慕，抒發了「士不遇」的
牢愁和曠達兀傲的情懷。方東樹云：「起四句且敘且寫，一往浩然。五、六句
對意流行。收尤豪放。此所謂寓單行之氣於排偶之中者。姚先生（鼐）云：『能
移太白歌行於律詩。』」（《昭昧詹言》卷二十）此外可以看出作者喜化用前人
詩句、長於用典使事「以故爲新」的特點和成就。

夜發分寧寄杜澗叟〔1〕

陽關一曲水東流，燈火旌陽一釣舟〔2〕。我自只如常日醉，滿川風月替人愁。

〔注釋〕

〔1〕分寧：今江西修水，作者的家鄉。杜澗叟：杜槃字澗叟，作者友人。

〔2〕陽關一曲：唐代王維作《送元十二使安西》詩，後譜成曲，稱《陽關三疊》，送別時歌唱，即此曲。旌陽：山名，在分寧境內。

〔品鑒〕

元豐六年（1083）十二月，作者自太和移監德州德平鎮（今屬山東省德州市臨邑縣），赴任前先還家鄉小住。這首詩是離分寧赴任時所作。詩寫離愁。前兩句寫離，陽關一曲、山、水、燈火、釣舟，點送行、夜、發（舟行東下）、分寧。「陽關一曲」使人想到王維的詩：「勸君更進一杯酒，西出陽關無故人」（《送元十二使安西》），「水東流」使人想到李後主的詞：「問君能有幾多愁？恰似一江春水向東流。」（《虞美人·春花秋月何時了》），古詩詞的這兩個意象結合起來，就隱約畫出飲酒餞別、借酒澆愁的場面，遙啟第三句。這大概就是作者所謂「雖取古人之陳言入於翰墨，如靈丹一粒，點鐵成金也。」（《答洪駒父書》）三、四句寫愁。第三句說我只如平常醉酒銷愁對待之，第四句則日滿川的風月也還替我發愁。兩句合起來則是說，一般醉酒銷愁之法遠不濟事，滿川風月有情，也來替我發愁了。物尚如此，人何以堪！山谷詩化腐朽為神奇，思致隱細，拗折深入的特點，於此略見。

寄黃幾復〔1〕

我居北海君南海，寄雁傳書謝不能〔2〕。桃李春風一杯酒，江湖夜雨十年燈〔3〕。持家但有四立壁，治病不蘄三折肱〔4〕。想得讀書頭已白，隔溪猿哭瘴溪藤〔5〕。

〔注釋〕

〔1〕黃幾復：黃介，字幾復。作者的江西同鄉，同年進士，時官廣州四會知縣。

〔2〕「我居」二句：上句自注：「幾復在廣州四會，予在德州德平鎮，皆海濱

也。」用《左傳・僖公四年》「君處北海，寡人處南海」句意，點出兩
人同居海濱而南北懸隔。下句說託大雁寄信，大雁也推辭說辦不到，言
距離之遠。寄雁傳書，古代有雁足傳書的傳說，又衡陽有回雁峰，說大
雁飛到此峰而止。四會在衡陽之南，故下接曰「謝不能」。

〔3〕「桃李」二句：上句說昔日同學遊宴之樂，下句說別來十年各自江湖漂
泊夜雨淒涼之狀。

〔4〕「持家」句：說黃幾復貧困，家徒四壁，即除四堵牆的房屋外，一無所
有，同時也就稱讚了他的居官清廉。「四立壁」：語本《史記・司馬相如
列傳》言司馬相如窮寒：「家居徒四壁立」。持家，治家。但有，只有。
「治病」句：《左傳・定公十三年》：「三折肱，知爲良醫。」意思是說
一個人三次折斷臂膀，就會成爲治療折臂的良醫。常用來說明閱歷多，
自然經驗豐富。這裡反用此事。又《國語・晉語》裏有「上醫醫國，其
次救人」的說法，所以這裡用此事是喻說黃幾復有政治才幹，無須「三
折肱」似的經歷，就可以把政事辦好，而今卻沉抑下僚。這句詩各家注
說不一，可以看出用典太過隱晦，是黃詩常有的毛病。蘄，通「祈」，
求。肱（gōng 工），臂膀。

〔5〕「想得」二句：推想之辭，說黃幾復政餘唯有讀書可以消遣，歲月不居，
頭髮也該白了，讀書聲與瘴溪對面藤樹上猿的哀鳴相應答，是何種愁人
光景！瘴溪，有瘴氣易致人病的溪水。

〔品鑒〕

作於神宗元豐八年（1085）。作者與黃幾復自少年相交，結下了很深的友
誼；分手以來，十年漂泊，又有著幾乎相同的經歷，同病相憐，所以詩寫得
很有感情。起句化用《左傳》語敘說相隔之遠，著以「南海」「北海」，有渺
茫不可及之象，自然領起對句；對句用的本是尋常典故，但是作者不一般地
說鴻雁難達，而說託鴻雁帶一封書信去，被雁兒謝絕了，這就化俗熟爲生新、
「點鐵成金」了。三、四是名句，一在於用尋常詞彙（「桃李」「春風」、「江
湖」「夜雨」等皆是）構造了不尋常的意境；二在於全用名詞聯綴，興象凸出；
三在於句中時、地、景、事、情及其所含聚散、久暫、哀樂等意的強烈對照，
所以張耒歎爲眞奇語」（《王直方詩話》引）。後四句向朋友致關切之意，從持
家、治病（喻爲官行政）、讀書三方面去說，頌揚了黃介的高風亮節、卓越才
幹，對朋友近況表示了深切繫念，對他的不得重用寄以同情。這首詩眞可以
說是「無一字無來處」，但是除「治病」句過於隱曲外，整體上不覺晦澀，有
的地方還因爲活用典故使意境生新奇凸，所以不愧爲名篇。

戲呈孔毅父〔1〕

管城子無食肉相，孔方兄有絕交書〔2〕。文章功用不經世，何異絲窠綴露珠〔3〕？校書著作頻詔除，猶能上車問何如〔4〕！忽憶僧床同野飯，夢隨秋雁到東湖〔5〕。

〔注釋〕

〔1〕孔毅父：名平仲，新喻（今江西新餘）人。治平二年（1065）進士，長於史學，亦能詩。

〔2〕管城子：毛筆的別稱。韓愈《毛穎傳》：「秦皇帝使恬賜之（指兔子）湯沐，而封諸管城，號曰『管城子』。」食肉相：貴人相。《後漢書·班超傳》載，有相士說班超「燕頷虎頸，飛而食肉」，是萬里封侯之相。孔方兄：錢的別稱。舊時銅錢圓形居中有方孔，故稱。絕交書：斷絕來往的信。最著名的有嵇康《與山巨源絕交書》。

〔3〕經世：經邦濟世，治理社會。絲窠：蜘蛛的網。

〔4〕校書著作：黃庭堅先曾任校書郎，寫此詩時已遷著作郎，詔除：朝廷任命官職。上車問何如：北齊顏之推《顏氏家訓·勉學》篇說，齊梁以來，秘書郎、著作郎多無真才實學，故有諺曰：「上車不落則著作，體中何如即秘書。」

〔5〕東湖：在今江西南昌市郊。

〔品鑒〕

元祐二年（1087）作。本詩前半議論。一、二句感慨文章與功名富貴無緣，三、四句伸足說不能經世致用的文章則無意義；後半述事言志。五、六句述事，傳達居官無聊之意。七、八句言志，有歸隱江湖之思。全篇憂愁憂思，而以「戲」言出之，自嘲適足以嘲世。情感超脫，文筆跌宕，用典精妙明密，方東樹云：「起雄整，接跌宕，俱入妙。收遠韻。」（《昭昧詹言》卷十二）

題落星寺嵐漪軒〔1〕

落星開士深結屋，龍閣老翁來賦詩〔2〕。小雨藏山客坐久，長江接天帆到遲〔3〕。宴寢清香與世隔，畫圖妙絕無人知〔4〕。蜂房各自開戶牖，處處煮茶藤一枝〔5〕。

〔注釋〕

〔1〕落星寺：在江西星子縣落星灣落星石上，又名法安院。嵐漪軒：作者原注：「寺僧擇隆作宴坐小軒，爲落星之勝處。」

〔2〕開士：和尚的尊稱。屋：指嵐漪軒。龍閣老翁：指作者之舅李常，元祐間曾任龍圖閣學士。

〔3〕小雨藏山：細雨迷蒙使人看不清楚，似乎眼前的山被掩藏了起來。客：作者自稱。

〔4〕「宴寢」句：說嵐漪軒清雅絕俗。韋應物《郡齋雨中與諸文士燕集》詩：「宴寢凝清香。」宴寢：居住休息之所。畫圖妙絕：作者原注：「僧隆畫甚富，而寒山、拾得畫最妙。」

〔5〕蜂房：喻落星寺眾多的僧房。《三國志・魏書・管輅傳》：「家室倒懸門戶眾多……此蜂窠也。」本此。戶牖：門窗。「處處」句：承上說僧房各有青煙從門窗透出，那是僧人在燃藤煮茶。一說「藤一枝」指藤杖，全句則是說可以拄著藤杖去各僧房尋訪品茶，似太牽強。

〔品鑒〕

　　此詩作年不詳。一說作於元豐三年（1080），一說作於元祐三年（1088）以後，這裡姑從後說。詩寫小雨不能出屋，嵐漪軒中游目所見。首二句說軒之位置、來歷，乃深山之中，開士所結，龍圖閣學士曾爲其落成賦詩，非同尋常。三、四句寫落星寺外景致，乃「客坐久」之後憑軒佇望所見，近觀則「小雨藏山」，遠眺則「長江接天……」進一步畫出落星寺嵐漪軒傍山面江的形勢。以下四句寫落星寺裏嵐漪軒內外光景，突出其隔世幽絕的情調。此作幾乎不用典，無藻飾，全篇白描，而字字清奇勁峭，黃詩中少見。姚鼐云：「此詩真所謂似不食煙火人語。」（《今體詩鈔》）紀昀評曰：「意境奇恣，此種是山谷獨闢。」（《瀛奎律髓彙評》卷二十五）

六月十七日晝寢〔1〕

紅塵席帽烏靴裏，想見滄洲白鳥雙〔2〕。馬齕枯萁喧午枕，夢成風雨浪翻江〔3〕。

〔注釋〕

〔1〕晝寢：午睡。

〔2〕「紅塵」二句：上句紅塵，指世俗社會。席帽，用葦席做成的帽子，四周垂以絲網，當時士人出門必備之具。烏靴，上朝所穿黑色的靴子。這

句詩説奔波於市朝官場之中。下句説盼望過隱士自由自在的生活。滄洲，濱海之地，此指隱士居處。白鳥，白鷗。這句詩活用《列子‧黃帝》中海上有好鷗者，日與鷗鳥遊的故事。

〔3〕「馬齕（hé 河）」二句：説馬嚼豆稭的聲音在枕邊喧響，夢中成了風雨大作江上浪濤洶湧的聲音。

〔品鑑〕

　　這首詩作於元祐四年（1089），當時作者在秘書省和國史實錄院供職。詩借夢境表現歸隱江湖的願望，結想獨別。前兩句寫紅塵煩囂，居官無聊，有歸隱江湖之想，爲醒有所思；後二句寫晝寢，聞枕邊馬嚼豆稭聲響，而成身在江湖之夢，爲睡有所夢。全詩所寫即身在廟堂，心在江湖，是醒也想，夢也想，出世歸隱之念，不亦深乎？任淵注曰：「聞馬齕草聲，遂成此夢也。……以言江湖之念深。兼想與因，遂成此夢。」（《山谷內集詩注》卷十一）極是。

王充道送水仙花五十枝，欣然會心，為之作詠〔1〕

凌波仙子生塵襪，水上輕盈步微月〔2〕。是誰招此斷腸魂，種作寒花寄愁絕〔3〕？含香體素欲傾城，山礬是弟梅是兄〔4〕。坐對真成被花惱，出門一笑大江橫〔5〕。

〔注釋〕

〔1〕王充道：黃庭堅在江陵結識的朋友。

〔2〕「凌波」二句：言水仙花如神女之妙姿。曹植《洛神賦》：「凌波微步，羅襪生塵。」兩句本此化出。凌波，在水面上。

〔3〕斷腸魂：悲傷欲絕的精魂，指洛神宓妃。曹植《洛神賦》寫自己與洛神一會之後，洛神因「人神道殊」，含恨而逝。愁絕：極深之愁。

〔4〕體素：形體素潔。傾城：形容女子貌美。語出《漢書‧外戚傳》引李延年歌有句云：「北方有佳人，遺世而獨立。一顧傾人城，再顧傾人國」。山礬（fán 凡）：樹名，春末開白花，極香。又山礬晚於水仙開花，故曰「弟」；而梅花早於水仙開花，故稱「兄」。

〔5〕「坐對」二句：惱，撩撥、引逗。杜甫《江上獨步尋花》：「江上被花惱不徹，無處告訴只顛狂。」大江，長江。阮籍《詠懷》：「門外大江橫。」二句説被水仙花撩撥得魂不守舍，出門看到長江，才一笑回到現實中來。

〔品鑒〕

　　建中靖國元年（1101），作於荊渚沙市。詩以洛神比水仙花，極寫其綽約風姿，迎寒愁韻，生香素體；結以水仙色相撩人，不敢「坐對」而「出門」。通篇大半寫爲花傾倒之致，末句一掃空之，情感的變化由細婉幽怨一轉而爲通脫曠達，則愈顯前半花能「惱」人之美。構思巧妙，筆致奇警。使典用事，渾然無跡。本篇是黃詩「奪胎換骨」「點鐵成金」手法又一成功範例。

雨中登岳陽樓望君山二首〔1〕

投荒萬死鬢毛斑，生入瞿塘灩預關〔2〕。未到江南先一笑，岳陽樓上望君山〔3〕。

滿川風雨獨憑欄，綰結湘娥十二鬟〔4〕。可惜不當湖水面，銀山堆裏看青山〔5〕。

〔注釋〕

〔1〕岳陽樓：湖南岳陽城西門城樓，下臨洞庭湖。君山：又名湘山，在洞庭湖中，又名洞庭山，實際是湖中的一座小島。

〔2〕投荒：放逐到荒遠的地方去。斑：花白。生入：活著回來。語出《後漢書·班超傳》：「超自以久在絕域，年老思土……上疏曰：『……臣不敢望到酒泉郡，但願生入玉門關。』」瞿塘：長江三峽之一，在四川奉節縣南。灩澦（yàn 豔 yù 預）關：即灩預堆，瞿塘峽口的一塊大石，船到這裡容易觸翻，是三峽中最危險的地方，故曰「關」。

〔3〕江南：這裡指家鄉。作者家鄉江西分寧當時屬江南西路。

〔4〕川：這裡指洞庭湖。綰（wǎn 碗）結：盤結。湘娥：《楚辭·九歌·湘夫人》中的湘夫人，她與湘君相愛而不得見，湘君曾轉道洞庭湖去尋找她。十二鬟：任淵注：「按君山狀如十二鬟。」鬟（huán 環）：古代婦女環狀的髮髻。

〔6〕銀山堆：指白色的波濤浪花。

〔品鑒〕

　　作於崇寧元年（1102）。本年徽宗即位，大赦天下，作者被從貶所黔州放歸。當時作者被貶已經第七個年頭，一旦遇赦歸，舟行過三峽，安抵岳陽，雖離家鄉尚遠，而千難萬險已經過去，流離漂泊即將結束，心情自然是輕鬆

愉悅的。第一首就表現了這種終於解脫羈管重獲自由的喜悅，「生入」二字說盡萬種淒涼，無限慶幸。第三句說最盼望的是趕快回到家鄉，但半路就有一件令人高興的事——登岳陽樓望君山，一轉入題。第二首寫遠眺君山所見。首兩句說時當風雨滿川，水天迷蒙，君山猶如湘水女神美麗的髮髻，盤浮於遠處湖面上。三、四句寫未能入湖看山的遺憾，但主要是換一個角度說，以推想之辭表現君山的美麗。這兩句也是有「來處」的，劉禹錫《望洞庭》云：「遙望洞庭山水色，白銀盤裏一青螺。」雍陶《望君山》云：「應是水仙梳洗罷，一螺青黛鏡中心。」

鄂州南樓書事四首〔1〕（其一）

四顧山光接水光，憑欄十里芰荷香〔2〕。清風明月無人管，並作南樓一味涼〔3〕。

〔注釋〕

〔1〕鄂州：今湖北武漢市武昌區。南樓：東晉征西將軍庾亮鎮守武昌（今湖北鄂州），曾登城南樓觀賞風光，後鄂州治所遷今武昌，爲紀念庾亮，新建南樓，即此樓。書事：記事。

〔2〕芰荷：出水的荷。這裡指荷花。

〔3〕「清風」句：當從李白《襄陽歌》「清風明月不用一錢買」句化出。一味涼，猶言一種涼，即清涼。這既是說氣溫，也是說心境。在後一種意義上指無塵慮煩惱的境界。佛教《大集經》云：「有三昧，名曰清涼，能斷離憎愛故。」《華嚴經·離世間品》：「菩薩清涼月，遊於畢竟空。」

〔品鑒〕

崇寧元年（1102），作者被赦歸，知太平州九日罷，暫寓鄂州，登南樓作。原詩四首，這是第一首。詩寫登樓遊目縱觀所見，以「四顧」領起，興象闊大，光華發越，有迷離縹渺之致；對句寫十里荷花，著一「香」字，境界全出。三、四句寫景中有抒情，賞會「清風明月」之「無人管」，實乃致慨於做人（尤其是爲宦）的處處不自由。但是作者此刻與山水風月等大自然一切美好造化認同了，所以末句點出「南樓」，說自己在這裡身心都感受到清涼。結於一個「涼」字，使全詩內涵豐富，韻味悠長。陳衍說：「山谷七言絕句皆學杜（甫），少學龍標（王昌齡）、供奉（李白）者，有之，《岳陽樓》《鄂州南樓》近之矣。」（《宋詩精華錄》）言之極是。

秦觀　二首

秦觀（1049～1100）字少游，一字太虛，號淮海居士，高郵（今屬江蘇）人。元豐八年（1085）進士，授定海主簿、蔡州教授。蘇軾以賢良方正薦於朝，除太學博士，任秘書省正字兼國史院編修官。紹聖元年（1094）坐元祐黨籍出通判杭州，歷貶監處州酒稅、削職徙郴州、編管橫州、徙雷州。徽宗立，復宣德郎，放還，至滕州卒。有《淮海集》四十一卷，《後集》六卷，詞三卷，今存。

秦觀「少豪雋，慷慨溢於文詞……強志盛氣，好大而見奇」。早即受知於蘇軾，「以爲有屈、宋才。又介其詩於王安石，安石亦謂清新似鮑、謝」（《宋史》本傳）。與黃庭堅、張耒、晁補之並爲「蘇門四學士」。及卒，蘇軾聞之歎曰：「少游不幸死道路，哀哉！世豈復有斯人乎！」觀性格偏於感傷，爲文長於議論，辭麗而思深；最以詞名，當時與黃庭堅、柳永、周邦彥並稱，爲婉約派大家，譽之者甚至以爲「首首珠璣，爲宋一代詞人之冠」（李調元《雨村詞話》）。其詩成就不如詞，然而風格近似。晁无咎、張文潛共曰：「少游詩似小詞。」（胡仔《茗溪漁隱叢話前集》卷四十二）敖陶孫謂之「如時女步春，終傷婉弱」（《臞翁詩評》），其細緻入微、敏銳新穎非他人所能及。另外，秦觀詩風前後有不同，呂本中云：「少游過嶺後詩，嚴重高古，自成一家，與舊作不同。」（《童蒙詩訓》）

春日五首（其一）

一夕輕雷落萬絲，霽光浮瓦碧參差〔1〕。有情芍藥含春淚，無力薔薇臥曉枝〔2〕。

〔注釋〕

〔1〕萬絲：指細雨。霽光：雨後初晴的陽光。浮瓦：説陽光照在細雨洗浴過的瓦上形成反射，光線看起來好像飄浮着。碧：指琉璃瓦的顏色。參差：不齊貌。

〔2〕淚：指沾帶的雨水。無力：形容嬌嫩的樣子。白居易《長恨歌》：「侍兒扶起嬌無力。」

〔品鑒〕

金元好問《論詩》說：「有情芍藥含春淚，無力薔薇臥曉枝。拈出退之《山

石》句，始知渠是女郎詩。」舉例雖只是這首詩的後兩句，說的卻是這整首詩，並且不限於秦觀這一首詩。以此詩而論，所謂「女郎詩」，是指它陰柔的風格，細讀之不難體會。請看首句「一夕——輕雷——落萬絲」，不必說夜來毛毛細雨的意象是正宗的陰柔，即「雷」聲也是「輕」的。至於第二句寫碧瓦上陽光的浮懸，三、四句以美女的傷春和嬌懶擬花蕊帶雨、新枝曼披之狀，更是所謂「時女步春」的情調。應當說元好問的賞鑒是很準確的，問題在於「女郎詩」是否就缺乏價值？顯然不是，詩歌中也該「男女平等」。清代薛雪就有詩反駁得好：「先生休訕女郎詩，『山石』拈來壓『晚（當作「曉」）枝』。千古杜陵佳句在，『雲鬟』『玉臂』也堪師。」（按「雲鬟」、『玉臂』指杜甫《月夜》詩「香霧雲鬟濕，清輝玉臂寒」二句）

秋日（其一）

霜落邗溝積水清，寒星無數傍船明〔1〕。菰蒲深處疑無地，忽有人家笑語聲〔2〕。

〔注釋〕

〔1〕邗（hán 寒）溝：指自揚州流經高郵至淮安北入淮的一段運河，又名邗江。
〔2〕菰（gū 孤）蒲：泛指水生植物。菰又名蔣，俗稱茭白。蒲：蘆葦。

〔品鑒〕

本詩共三首，這是第一首，又題《邗溝》。詩寫邗溝秋天的光景，首句入題寫秋水寒碧，是靜觀；第二句點夜航，寫寒星無數，倒映水中，似與船相依傍而行，不知人在天上，還是星落水中，是動態。三、四句寫菰蒲深處人家，先用「疑」字逗出「無」字，然後以「忽有」出之。全詩動、靜相形，有、無相生，極盡變化轉折之妙。結句人聲笑語忽然而出，清寒落寞之象一掃空之，方回評曰：尾句「皆極怪麗。」（《瀛奎律髓彙評》卷十二）

米芾　一首

米芾（1051～1107）字元章，號鹿門居士、襄陽漫士等，世稱米南宮、米襄陽。祖籍太原（今屬山西），徙居襄陽（今屬湖北），後定居丹徒（今江蘇鎮江）。歷官臨光尉、知雍丘縣、漣水軍使、太常博士、知無為軍，召為書畫博士，擢禮部員外郎，出知淮陽軍，卒於任所。有《山林集》一百卷，今存。

米芾爲人狂放，不拘禮俗。蘇軾與相知二十年，極爲傾倒，曰：「恨知公不盡！」芾答曰：「更有知不盡處。」與人書，至「芾再拜」三字，放筆於案，整襟端下兩拜，其率眞如此，人稱「米顚」。精於書畫，畫稱「米家山水」，書法爲北宋四大家之一，尤享盛名。詩非所長，然亦頗能自鑄新奇，超妙不拘繩墨。

垂虹亭〔1〕

斷雲一葉洞庭帆，玉破鱸魚金破柑〔2〕。好作新詩寄桑苧，垂虹秋色滿東南〔3〕。

〔注釋〕

〔1〕垂虹亭：在江蘇吳江縣垂虹橋上。

〔2〕斷云：片雲。一葉：一片樹葉，這裡指帆船。洞庭：指洞庭山，在吳江西南太湖中，這裡以洞庭山代指太湖。玉破句：說鱸魚潔白如玉，柑桔燦爛如金。破：剖開。

〔3〕桑苧：指唐代陸羽號桑苧翁。他隱於吳興，嗜茶，這裡舉陸羽以爲同調。

〔品鑒〕

這首詩寫垂虹亭所見，起句大筆勾勒，白雲、山水、扁舟，一望平遠開闊，見出畫家之詩的特點；對句寫物產，以「金」「玉」作形容，固是鱸魚、柑桔色澤如此，也有作者視此二物重比金玉之意──輕廟堂富貴而重山水隱逸，自然引出下句言志，說與陸羽一流人物爲友。第三句有略一收束的韻致，結句仍宕開去，點題寫景。「秋色滿東南」照應首兩句，更把意境縱橫上下地拓展了。

陳師道　四首

陳師道（1053～1102）字履常，又字無己，號後山居士。徐州彭城（今江蘇銅山）人。早年受學於曾鞏。元祐二年（1100）由蘇軾等推薦任徐州州學教授，紹聖元年（1034）就把他當作「蘇黨」的人物罷免了。晚年曾召爲秘書正字，不久病卒。有《後山集》三十四卷，今存。

陳師道一生貧困潦倒，乃至經日不炊，子女送外家寄養，死後由友人鄒浩買棺而葬。但安貧樂道，高介有節，因曾得蘇軾的賞識，被後人列爲「蘇

「門六君子」之一。其文學於詩、文、詞都有相當成就，而以詩最爲著名。爲詩初不專主一家，後見黃庭堅，便盡棄舊作，專學黃詩，進而學杜甫，「詩妙天下」（陸游《跋後山居士長短句》），與黃庭堅並稱「黃陳」，還與黃庭堅、陳與義被後人推爲江西詩派「三宗」。而實際陳師道才力學問都不如黃庭堅，學黃已自不逮，學杜所達到的也只是「深得老杜句法」（黃庭堅語，王雲《題後山集》引），而無杜詩之雄渾闊大、開闔縱橫、變化無方。不過在宋代詩壇上他仍舊是成就較大的一位作者。

陳師道以苦吟著稱。據說他「每登臨得句，即急歸，臥一榻，以被蒙首，惡聞人聲，謂之吟榻。家人知之，即嬰兒稚子，皆抱寄鄰家以避之。其用意精專如此」（毛晉《汲古閣書跋・後山詩話》），所作「小不中意，輒焚去，今存者才十一」（《宋史》本傳）。這一方面是由於他爲詩過於嚴肅的態度，另一方面也是由於他「以學問爲詩」力不從心，常常「拆東補西裳作帶」，沒有眞正的創新，常常連自己也不能滿意。即以他較爲滿意而保留下來的作品而言，大致能凝聚精神，刊落鉛華，鑄成深摯苦澀、瘦硬勁峭的風格，但是也有雕琢過頭而晦澀生硬者，「味同嚼蠟，讀之令人氣短」（李調元《雨村詩話》）。反倒是看來他不曾十分用心的時候，能寫出很好的詩來。各體之作「則絕句不如古詩，古詩不如律詩，律詩則七言不如五言」（《四庫全書總目提要・後山集》），五言詩則以抒寫親情與自己苦難生活和痛苦無奈心境的篇章最爲著名。

別三子

夫婦死同穴，父子貧賤離〔1〕。天下寧有此？昔聞今見之〔2〕。母前三子後，熟視不得追。嗟乎胡不仁，使我至於斯〔3〕。有女初束髮，已知生離悲〔4〕。枕我不肯起，畏我從此辭。大兒學語言，拜揖未勝衣〔5〕。喚「爺我欲去」，此語那可思。小兒襁褓間，抱負有母慈〔6〕。汝哭猶在耳，我懷人得知〔7〕。

〔注釋〕

〔1〕死同穴：死後葬在同一個墓室。語本《詩經・王風・大車》寫夫婦之禮：「穀則異室，死則同穴。」這裡用說夫婦只有死後才能在一起，言外之意即是說生不能同衾。

〔2〕寧：豈、難道。

〔3〕胡不仁：爲什麼這樣無情。

〔4〕束髮：古代男孩成童束髮爲髻，因用作成童的代稱，這裡指女孩。生離悲：《楚辭·九歌·少司命》：「悲莫悲兮生別離。」

〔5〕「拜揖」句：説大兒尚幼，還不能行成人拜揖之禮。未勝衣，還不能穿起大人的衣服。勝，勝任。

〔6〕襁褓（qiǎng 搶 bǎo 保）：背負小孩用的布兜。

〔7〕「我懷」句：我内心的悲痛別人哪裡能知道。

〔品鑒〕

　　陳師道窮到無以養家糊口。元豐七年（1084）五月，他的岳父郭概遊宦西蜀，只好把他的妻兒帶去鞠養。他自己因爲母老不能同往，便作了一首《送内》和這首《別三子》，分別給他的妻兒。《送内》詩中說「與子爲夫婦，五年三別離」，又說「父子各從母，可喜亦可悲」，都是敘當時事。這首詩當是承《送内》而來，並且三子是隨母離去，同時也許還因爲「有夫婦然後有父子」，所以起句從「夫婦」說，一筆帶過，對句入正題，兩句意思說夫婦「生當同衾，死當同穴」，現在卻只能做到後一句了；父子貧賤最能相守，但是眼下卻是因窮而離別。三、四句議論，說天下怎麼能有這樣的事，過去只是聽說過，現在卻一下到了自己身上。接下來具體刻畫「別三子」的情景，「母前」以下四句總括，寫見三子隨母離去自己悲痛欲絕的心情。「有女」以下十二句，四句一層，分別寫長女、長子、幼子，各具情態，行文中有無限辛酸流出，感人至深。

九日寄秦覯〔1〕

疾風回雨水明霞，沙步叢祠欲暮鴉〔2〕。九日清尊欺白髮，十年爲客負黃花〔3〕。登高懷遠心如在，向老逢辰意有加〔4〕。淮海少年天下士，可能無地落烏紗〔5〕？

〔注釋〕

〔1〕九曰：農曆九月初九日重陽節。秦覯：揚州高郵（今屬江蘇）人，秦觀的弟弟，字少章。

〔2〕「疾風」句：說疾風把雨吹回——天晴了，水光與霞光相映。沙步：一作瓜步，鎮名，在長江北江蘇六合縣境内，西有佛狸祠。叢祠：草木叢中的神祠，當指佛狸祠。欲暮：天將黑。

〔3〕清尊：猶言美酒。尊，通「樽」，酒盅。欺白髮：謂年老不勝酒力。「十
年」句：說因連年在外，辜負了家鄉的黃花。黃花，菊花。舊時有九月
九日重陽節賞菊的風俗。

〔4〕向老：年紀快要老了。據任淵注說，這首詩「當是得徐州教授還鄉道中
所作」，那時作者才三十餘歲，已經在嗟歎年老了。逢辰：趕上良辰，
這裡指重陽佳節。意有加：感慨更多。

〔5〕淮海少年：指秦觀。天下士：猶言國士。可能句：用反問說你一定也在
登高賦詩了。落烏紗：帽子掉在地上。《晉書·孟嘉傳》：孟嘉爲桓溫參
軍，重陽節與溫同遊龍山，風吹落帽，嘉未覺。溫命孫盛作文嘲之，嘉
爲文作答，都寫得很好，世傳以爲佳話。可能：豈能。

〔品鑒〕

元祐二年（1087）作。詩寫重陽佳節對友人的懷念，因作者在途中，首
兩句寫此間光景：雨過天晴，彩霞倒映在水中，上下明光；瓜步西邊草木掩
映的佛狸祠上，暮鴉來宿——這「暮」字就遙關下文「向老」之感。細味全
詩，作者似即住在佛狸祠中，這樣第三句接寫飲酒就有了著落。第四句過渡，
五、六句伸足，直抒九日登高懷鄉之情，並且混合了年華暗老的感慨。「向老」
一詞爲下句鋪墊，在自覺「向老」的情況下說秦觀爲少年國士，就在讚美中
加了一層欽羨的意思。第八句爲推想之辭，承上說秦觀文采風流，當此佳節
良辰，一定也在登高賦詩了吧！關切之意，溢於言表。紀昀評此詩曰：「詩不
必奇，自然老健。後四句言己已老，興尚不淺，況以秦之豪俊，豈有不結伴
登高者乎？乃因此以寄相憶耳。」（《瀛奎律髓彙評》卷十六）此詩內在轉折
承接處甚細，讀者須用心體會。

絕句

書當快意讀易盡，客有可人期不來〔1〕。世事相違每如此，好懷百歲幾
回開〔2〕。

〔注釋〕

〔1〕「書當」二句：上句說好書讀得快而易盡，快意便不得持久；下句說有
知心朋友卻久等不來。可人：知心合意之人。

〔2〕相違：這裡指與人心相違背。好懷：好的心情。百歲：指一生。

〔品鑒〕

　　元符二年（1099）在徐州作。這首詩是陳師道得意之作，也是他一生不得意之見道語。「世事相違」，一語說盡人間惆悵，令人不堪卒讀。方岳詩云「不如意事常八九，可與人言無二三。」即這首詩所感慨者。詩就近取事，淺中見深，以小見大，耐人尋味。

春懷示鄰里

斷牆著雨蝸成字，老屋無僧燕作家〔1〕。剩欲出門追笑語，卻嫌歸鬢著塵沙〔2〕。風翻蛛網開三面，雷動蜂窠趁兩衙〔3〕。屢失南鄰春事約，只今容有未開花〔4〕。

〔注釋〕

〔1〕蝸成字：雨後蝸牛爬行留下的痕跡，如同文字。

〔2〕剩欲：頗想。

〔3〕網開三面：《史記·殷本紀》載，商湯外出，見張網四面，令人去其三面。這裡用指蛛網被風吹破。雷動：形容蜂群轟鳴。趁：追逐。兩衙：據說蜂群早晚兩次聚巢簇擁蜂王，稱兩衙。

〔4〕春事約：春遊之約。容有：或許有。

〔品鑒〕

　　元符三年（1100）春在徐州作。詩為「示鄰里」，二、四兩聯即反覆致意，說明不願出門或應約遊春的理由，但中心乃在於寫自己窮困潦倒的生活，抒發失意無聊的黯淡情緒。相應一、三兩聯所選擇的景物如斷牆、老屋、燕巢、蛛網等等，非殘即破，顯出詩人生活處境的簡陋與孤窮，與二、四兩聯的述事抒情百無聊賴的情味化合無間，讀來彷彿生意都盡。寫景獨到，首聯甚奇警；末句作推測想像之辭，寫踏春賞花之心似有實無，最見功力。故方回評曰：「淡中藏美麗，處處著工夫，力能排天斡地，此後山詩也。」（《瀛奎律髓彙評》卷十）。又，陳衍評曰：「此詩另是一種結構，似兩絕句接成一律。」（《宋詩精華錄》卷二）極是。

張耒　三首

　　張耒（1054～1114）字文潛，號柯山，世稱宛丘先生。淮陰（今屬江蘇）人，一說亳州（今安徽譙縣）人。熙寧六年（1073）進士，授臨淮主簿，累

遷著作郎、史館檢討，擢起居舍人。以與蘇軾交好，爲軾所重，後來列名蘇門四學士之一，紹聖中也就被作爲「蘇黨」一貶再貶。徽宗崇寧五年（1106）自黃州放歸，寓居陳州宛丘（今河南淮陽）。有《宛丘集》七十六卷，今存。

　　張耒雖出自蘇門，但文學主張和創作實踐與同門黃庭堅、陳師道等取徑不同。大致文潛以爲「學文之端，急於明理」（《答李推官書》），較多理學氣。相應反對刻意求奇，提倡平易自然之風，所謂「滿心而發，肆口而成，不待思慮而工，不待雕琢而麗」（《東山詞序》）。所作多有關普通百姓生活的題材，內容充實，主題突出，說教性強。風格則近於白居易和張籍，絕少用典，多用白描，如敘家常，平淡自然，清新秀逸，晁補之形容說「君詩容易不著意，忽似春風開百花」（《題文潛詩冊後》），蘇軾曰：「張（耒）得吾易。」（《文獻通考・經籍考》引）。但常常「一筆寫去，重意重字皆不問」（朱熹《朱子語類》卷一四〇），頗有粗率之作。

　　張耒詩在當時卓然自立，晚年「兩蘇公諸學士相繼以歿，公巋然獨存，故詩文傳於世者尤多」（汪藻《柯山張文潛集書後》）。北宋末以至於南宋的許多詩人都很推崇他，直到宋末元初的方回還說：「張文潛詩，予所師也。」（《瀛奎律髓彙評》卷十六）可見有較深遠的影響。

北鄰賣餅兒，每五鼓未旦，即繞街呼賣，雖大寒烈風不廢，而時略不少差也，因為作詩，且有所警示秬秸[1]

城頭月落霜如雪，樓頭五更聲欲絕[2]。捧盤出戶歌一聲，市樓東西人未行。北風吹衣射我餅，不憂衣單憂餅冷[3]。業無高卑志當堅，男兒有求安得閒[4]？

〔注釋〕

〔1〕略不少差：即差不了多少。警：規戒。示：給人看，用於長對幼、上對下。秬秸：秬和秸，作者的兩個兒子。

〔2〕聲欲絕：指報更之聲將盡，也就是拂曉時分。

〔3〕「北風」兩句：寫賣餅兒在寒風裏的心情。從白居易《賣炭翁》「可憐身上衣正單，心憂炭賤願天寒」句化出。射：這裡猶言吹。

〔4〕有求：有追求，即有志向。

〔品鑒〕

　　城頭月落，霜重如雪，更聲凄零，雖天寒地凍，北風凜冽，賣餅兒「時略不少差」的繞街呼賣之聲，回響在尚且幽曠無人的街衢。他的苦況使作者同情，他敬業求生的精神令作者感動。於是作者寫了這首詩，教戒自己的兒子，告訴他們人生在世，無論做什麼事業，都應兢兢業業，艱苦奮鬥；見異思遷，游手好閒，便將一事無成。詩的取材和「卒章顯其志」的寫法，明顯學白居易《賣炭翁》，但是命意有不同。《賣炭翁》側重在「歌生民病」，批判現實；這首詩主要表現人生立志的道理。只在同情民生疾苦，對普通百姓懷有美好感情方面，兩首詩是一致的。

偶題二首〔1〕（其一）

相逢記得畫橋頭，花似精神柳似柔〔2〕。莫謂無情即無語，春風傳意水傳愁〔3〕。

〔注釋〕

〔1〕偶題：偶然題詠，即忽然興到之作。

〔2〕畫橋：繪畫裝飾的橋。

〔3〕莫謂句：不要以爲無情才不說話，實際是說雖然無語，但是有情。

〔品鑒〕

　　這首詩寫的是作者巧遇一位姑娘而生的微妙的感情。從詩的敘事看，他與這位姑娘並無多少接觸（第二首中說「偶然相值不相知」）。即使作者對姑娘表示了好感，她卻一句話也沒有說，甚至根本未予理睬。但是，姑娘勾魂攝魄的美已經使作者難以忘懷了。詩的首句把這份記憶寫得很分明，對句以花、柳擬人，本來並不新鮮，但是作者不以擬容貌體態，而是擬其意態（精神與柔情），就化陳腐爲生新了。三、四句未必是姑娘的實情，而很可能是作者的自作多情，但是從作者斷然認定她雖無語而實有情，正可以看出他的一往情深。在作者的想像中，那位姑娘似乎比他還動情，連春風春水都在爲她傳遞相思的愁情了。倘非冤枉，這一對有情人眞可以說是失之交臂了。

　　宋劉斧《青瑣高議》前集卷五《長橋怨》記吳江女子與錢忠相戀，有詩曰：「昨日相逢小木橋，風牽裙帶纏郎腰。此情不語無人覺，只恐猜疑眼動搖。」是女子說橋上情事，可與本詩相對看。

秋夜

微雲淡月夜朦朧，幽草蟲鳴樹影中。不待南城吹鼓角，桐聲長報五更風〔1〕。

〔注釋〕

〔1〕鼓角：鼓和號角，古代軍中用作報時，這裡泛指城中報曉。桐聲句：說桐聲在秋風中長響，早已報了五更。桐聲：桐葉在風中所作響聲。

〔品鑒〕

　　首兩句寫雲、月、夜色、草、蟲、樹影，描繪細微，內涵豐富。涼夜寂寂，蟲鳴更顯其幽靜，並透出一絲悽楚的情調來。三、四句寫夜深人不寐，不說愁思難眠，卻說不用南城鼓角報曉，桐葉在秋風中顫抖搖落的聲響早就把人驚醒了，就覺雋永──不言愁而愁情自見。桐葉的意象在作者詩中常用到，如《夜坐》云：「梧桐真不甘衰謝，數葉迎風尚有聲。」

宗澤　二首

　　宗澤（1059～1128）字汝霖。義烏（今屬浙江）人。幼有大志，才兼文武。元祐六年（1091）進士。徽宗宣和末，以副元帥率部抗擊金兵，連戰皆捷，徙知開封府，進東京留守，一時金兵不敢再犯，民間稱「宗爺爺」。南渡後多次請高宗還都汴京，皆不納，憂憤成疾，三呼「過河」而卒，諡「忠簡」。有《宗忠簡公集》。他是著名的民族英雄，宋代人把他與岳飛並稱。不以詩名，傳詩十九首，大都寫戎馬生活，風格淡美。

曉渡

小雨疏風轉薄寒，駝裘貂帽過秦關〔1〕。道逢一澗兵徒渡，赤脛相扶獨厚顏〔2〕。

〔注釋〕

〔1〕秦關：函谷關，在今河南靈寶縣南，是古代軍事要塞。
〔2〕澗：兩山間的流水。徒渡：徒步涉水而過。脛：小腿。

〔品鑒〕

這首詩寫的是軍中尋常事，一般視爲當然，但是作者已經感到慚愧了。在他看來，自己身爲將帥，「駝裘貂帽」已是過分；兵士徒渡，自己卻由人赤脛相扶而過，就更不應該。這種心情，在古人尤爲難得，對今人也是一面鏡子。

早發

傘幄垂垂馬踏沙，水長山遠路多花〔1〕。眼中形勢胸中策，緩步徐行靜不嘩〔2〕。

〔注釋〕

〔1〕傘幄：官員出行罩身的傘帳。幄（wo 握）：蓬帳。
〔2〕形勢：指山川地理形勢。策：策略。

〔品鑒〕

　　這首詩寫作者親率大軍早發的情景。當時國勢危若累卵，作者一身繫天下安危，心情自然不是輕鬆的，起句「傘幄垂垂馬踏沙」，就給人這樣一種沉重感。但是作者並沒有被險惡的形勢嚇倒，對句寫景一筆宕開：「水長山遠」，但是「路多花」，給人以任重道遠而必然節節勝利的信心——一切都在把握之中。三、四句伸足，直接寫早發：將軍眼觀山川形勢，胸籌破敵策略，高下在心，指揮若定。而大軍肅穆，龍驤虎步之狀，與將軍之志定神閒相互映發，更加強了運籌帷幄之中、決勝千里之外的名將風度的表現，透露了必勝的信念和決心。詩風老健，平中見奇。

惠洪　二首

　　惠洪（1071～1128）又名德洪，字覺範。俗姓彭，一說姓喻。筠州新昌（今江西宜豐）人。大觀間遊丞相張商英之門，張得罪，牽累刺配朱崖（今廣東崖縣）。後赦歸，居筠州大愚山。有《石門文字禪》三十卷，今存。他是個僧人，卻嗜酒肉，好作豔語。王安石的女兒讀其詩，至「十分春瘦緣何事，一掬鄉心未到家」一聯，曰：「此浪子和尚耳。」以詩著名，《宋詩鈔》稱之爲「宋僧之冠」，《宋詩精華錄》舉其數詩，以爲「何止爲宋僧之冠，直宋人所希有也」，在宋詩中爲一名家。詩筆勁健，縱橫灑落，長於古風，七絕亦多佳作。

廬山雜興六首〔1〕（其二）

別開山徑入松關，半在雲間半雨間〔2〕。紅葉滿庭人倚檻，一池寒水動秋山〔3〕。

〔注釋〕

〔1〕廬山：在今江西九江市南。雜興：猶曰雜詠，一時所作題材、主題各異的組詩。

〔2〕松關：松樹掩映的關口，這裡指山門。

〔3〕檻：欄干。

〔品鑒〕

起句說入山之路徑已自不同尋常；對句寫山門已在半雲半雨之間，可作東坡詠西湖詩「山色空濛雨亦奇」的注腳。第三句寫寺院中紅葉滿庭，自己憑欄遠眺，但見一泓秋水在群山中閃動著波光。這是一首紀遊詩，廬山秋陰的細緻刻畫隨人遊蹤而進，詩中有我，表現了充滿新奇感的濃鬱的遊興。

次韻方夏日五首，時渠在禹溪，余乃居福嚴〔1〕（其一）

山縣蕭條早放衙，蓮塘無主自開花〔2〕。三叉路口炊煙起，白瓦青旗一兩家〔3〕。

〔注釋〕

〔1〕次韻：和別人的詩並依原韻。方：原作者姓，下面有脱字，無考。渠：他，指上面提到的方某。禹溪：地名，在湖南。福嚴：寺名，在衡山。

〔2〕蕭條：荒涼貌，這裡指山縣偏僻，人少事簡。放衙：免去屬吏早晚定時的參見。

〔3〕青旗：酒旗，酒家懸於店外的青色布簾，是正在營業的標誌。

〔品鑒〕

這是一首和韻詩，就原作《夏日》的主題生發，想像方某所在的山縣民風古樸，政務輕簡，一身閒散，如無主蓮花，自由自在，可以隨便去三叉路口的酒店裏去喝一杯了。蓮花點夏日，末句寫酒興，有不盡之意。詩風清疏樸淡，而無枯寂之氣。

晁沖之　二首

　　晁沖之（1072？～？）字叔用。濟州鉅野（今山東巨野縣）人。與補之、說之、詠之諸從兄弟俱有文名。說之以爲沖之最有才華，而獨不第（一說曾中進士）。少年豪華自放，挾輕肥，遊京師，狎官妓李師師，酒船歌板，聲豔一時。官至承務郎，紹聖初，以黨禍遭謫逐，隱棲具茨山（在今河南禹縣境內），因號具茨先生。十餘年後重至汴京，當道欲起用之，辭不就。臨卒，取平生所著，曰：「是不足以成吾名。」盡焚之，故其詩傳世不多。有《具茨集》。專學杜（甫）詩，以曾師事陳師道，又與呂本中交好，因被列入《江西詩社宗派圖》，其實他的詩風與江西詩派沒有多大關係。其詩從陳師道入，進而追摹杜甫，自成一家。古體雄放，偶有慷慨激烈之作；近體沈穩，常見淵雅疏亮之什。劉克莊稱「意度沉闊，氣力寬餘，一洗詩人窮餓酸辛之態」（《江西詩派小序》），或稱許過當。然筆健意遠，時作豪放語，亦宋詩之佳者。

夷門行贈秦夷仲〔1〕

君不見，夷門客有侯嬴風，殺人白晝紅塵中〔2〕。京兆知名不敢捕，倚天長劍著崆峒〔3〕。同時結交三數公，聯翩走馬幾青驄〔4〕。仰天一笑萬事空，入門賓客不復通，起家簪筆明光宮〔5〕。嗚呼！男兒名重太山身如葉，手犯龍鱗心莫懾〔6〕。一生好色馬相如，慷慨直辭猶諫獵〔7〕。

〔注釋〕

〔1〕夷門：戰國魏都大梁（即宋都汴梁，今開封）城東門。侯嬴：戰國魏大梁隱士，年七十，爲夷門監者，信陵君隆禮迎爲上客，後助信陵君竊符救趙，事成自刎而死，見《史記·魏公子列傳》。行：歌行，唐代王維曾作《夷門歌》詠侯嬴事，這裡用其題。秦夷仲：其人不詳。

〔2〕夷門客：指秦夷仲。侯嬴風：指俠士作風。紅塵：這裡指鬧市。

〔3〕京兆：京兆尹，漢代官名，這裡指主管京城地方行政的長官。著：掛。崆峒：山名，在今甘肅省平涼市西。句本宋玉《大言賦》：「長劍耿耿倚天外。」杜甫《投贈哥舒開府十韻》：「防身一長劍，將欲倚崆峒。」

〔4〕聯翩：鳥飛貌，這裡形容幾匹馬一起飛奔。走馬：跑馬。青驄：毛色青白相雜的馬。

〔5〕不復通：不再通問，即謝絕交往。起家：這裡指被徵召做官。簪筆：皇帝近臣掌起居者，把筆插在頭上以備記事，這裡當指文學侍從一類官

職。李嶠《皇帝上禮撫事述懷》詩云：「小臣濫簪筆，無以頌唐風。」
簪：古代婦女用來固定髮型的長針，這裡用作動詞。筆：一作「笏」。
明光宮：漢代宮殿名，這裡指泛指皇宮。

〔6〕「名重」句：説把名聲看得如太山一樣重，把一身看得如樹葉一樣輕，
即輕生死、重名節。手犯龍鱗：即對皇帝犯顏直諫。《韓非子·説難》
説龍有逆鱗，觸之者必死；人主亦有逆鱗，説服人主是極危險的事。懾：
害怕。

〔7〕「一生」二句：用漢代文學家司馬相如事。司馬相如曾以琴挑卓文君私
奔，又作《美人賦》，序云：「王問相如：『子好色乎？』」這裡因用相如
事説秦夷仲一生好色。諫獵：指司馬相如《諫獵書》，書諫阻漢武帝打
獵，辭氣慷慨切直。

〔品鑒〕

　　這首詩當作於作者年輕時。詩是贈給秦夷仲的。秦的身世不詳，給理解
這首詩帶來一定局限。例如「殺人白晝紅塵中」是怎麼回事，「起家簪筆明光
宮」是做了何種官等等，都不能清楚。但是，大體意思還可以明白。簡單地
説，詩寫秦夷仲少年任俠、名重京師，後猝然改悔，閉門謝客，折節讀書，
起家文學，入朝爲官。「嗚呼」以下四句是勸勉的話，希望秦夷仲做官珍重名
節，直言敢諫，像司馬相如那樣文采風流，做皇帝的諍臣。這首詩從對友人
的讚美和期望中，表現了作者個人的豪放性情、入世進取的功名之心和以司
馬相如爲楷模的人格理想。風神俊爽，氣勢豪邁，慷慨激烈。

夜行

老去功名意轉疏，獨騎瘦馬取長途〔1〕。孤村到曉猶燈火，知有人家夜
讀書。

〔注釋〕

〔1〕「老去」句：年老了，功名心變得淡薄了。取長途：猶言征長途，即行
遠路。

〔品鑒〕

　　這首詩是作者晚年之作。作者的時代，讀書是爲了做官；反之不想做官，
便用不著讀書。詩人讀了書，並沒能做官，此際老去也不再甚至不想做官了。

但是，畢竟曾是讀書做官之路上的追夢人，所以老來漫遊的長途中，偶而看到孤村夜讀的燈火，仍然引起特別的注意和備感親切。他何思何想？詩雖沒有明說，但他作爲一個曾經的苦讀人，眼下「獨騎瘦馬取長途」的老廢光景，即可引出讀者對「三更燈火五更雞」之苦讀的懷疑，——是值得這番辛苦的嗎？詩的耐人尋味處，即在於此。本詩意蘊可與利登《野農謠》相參觀，構思可與葉紹翁《夜書所見》相對讀。

韓駒　三首

　　韓駒（？～1135）字子蒼，仙井監（今四川仁壽縣）人。徽宗政和初，召試舍人院，賜進士出身，除秘書省正字。累官著作郎，校正御前文籍。宣和五年（1123），除秘書少監。六年，遷中書舍人兼修國史。高宗初，知江州，卒於撫州。有《陵陽集》四卷。

　　韓駒早年從學於蘇轍。轍稱其詩似儲光羲，以此得名。後來又受知於黃庭堅，遂被列爲江西詩派中人。不過他好用典未至於堆砌，同時注意妥貼易懂，加以較好的才情，故頗有自家面目。他的詩在當時詩壇頗有影響，魏慶之《詩人玉屑》云：「陸放翁之詩，本於茶山（曾幾）……然茶山之學，亦出於韓子蒼，三家句律大概相似，至放翁則加豪矣。」韓駒論詩也自出機杼，如曰：「學詩當如初學禪，未悟且遍參諸方。一朝悟罷正眼法，信手拈出皆成章。」（《贈趙伯魚》）是宋人以禪喻詩的突出的例子。又善度曲，以製詞簡重見稱於世。

九絕為亞卿作〔1〕（選三）

其二

君去東山踏亂雲，後車何不載紅裙〔2〕？羅衣浥盡傷春淚，祇有無言持送君〔3〕。

其五

君住江濱起畫樓，妾居海角送潮頭〔4〕。潮中有妾相思淚，流到樓前更不流。

其八

妾願為雲逐畫檣，君言十日看歸航〔5〕。恐君回首高城隔，直倚江樓過

夕陽〔6〕。

〔注釋〕

〔1〕亞卿：姓葛，陽羨（今江蘇宜興）人，曾任海陵尉，作者的朋友。

〔2〕東山：代指遠方某地，非實指。語本《詩經·豳風·東山》說士兵出征東山不歸。踏亂云：形容此行山高路遠。後車：副車，隨從車輛。紅裙：代指女子。

〔3〕浥（yi 一）：沾濕。

〔4〕畫樓：以繪畫作裝飾的樓。海角：江水入海處。潮頭：海水漲潮時水頭逆江而上，女子向江上游佇望，故曰「送潮頭」。

〔5〕畫檣：用畫作裝飾的船。檣：桅杆，代指船。

〔6〕過夕陽：即等待到夕陽西下。

〔品鑒〕

據胡仔《苕溪漁隱叢話》後集卷三十四考證，韓駒的朋友葛亞卿與一位風塵女子相愛，後來分手，彼此仍十分依戀，相約不久再見。韓駒便託女子的口吻寫成此詩。詩原作十首，題作《十絕為葛亞卿作》，流傳中失落一首，便成了「九絕」。這裡選三首，已足代表原作的風格。其二首兩句是怨辭，說你就要走了，山高路遠，途程寂寞，為什麼不把我也帶上呢？怨艾中依戀之情執著分明。但是她無可奈何，三、四句說她只有傷心流淚，無言佇望，為他送行而已。其五說戀人已去，住在江濱華麗的樓上，我卻只能在這海角苦苦思念。我思念你的眼淚流到江中，隨著那漲潮的浪頭溯江而上，直到你的樓前——你該知道的罷！其八說我本想隨你一起去，你卻說不過十天就可回來。在漸行漸遠的船上你頻頻回望，怕是高城擋住你的視線，那麼我就倚在江邊的樓上，一直到夕陽西下——讓你望個夠。這幾首詩真正太纏綿了。宋朝人習慣用詞寫愛情，詩寫愛情的不多，寫婚外戀情的更少，所以這組詩在宋詩中特別引人注意。

左緯　二首

左緯（生卒年不詳）字經臣，號委羽居士。台州黃岩（今屬浙江）人。一生未仕，政和中，以詩鳴。有《委羽居士集》，石公弼跋云：「經臣之詩，六義之雋也。」他是南渡的詩人，集中有不少寫離亂苦況的詩，取法杜甫，而能有時代和個人特色。近體尤工，情溢於辭。

許少伊被召，追送至白沙不及〔1〕

短棹無尋處，嚴城欲閉門〔2〕。水邊人獨自，沙上月黃昏。

〔注釋〕

〔1〕許少伊：許景衡字少伊，溫州瑞安人。曾任尚書右丞。被召：奉旨歸朝。白沙：指浙江樂清縣白沙嶺。不及：不到，這裡指沒有追上。

〔2〕短棹：猶言小船。棹（zhào 照），船槳。嚴城：戒備森嚴的城。

〔品鑒〕

　　許少伊還朝，沒能告訴左緯。左緯知道後，追送至白沙嶺，已看不到許乘坐的小船。這首詩就寫當時的情景：前方，人已無可尋覓；後面，城門欲閉──這情景預示作者該回去了，但是他仍留連不捨，獨自在黃昏月下的沙灘上佇望。惜別之情就在這追送不及的悵惘中自然流露出來，含蓄而深摯。

送別

騎馬出門三月暮，楊花無賴雪漫天〔1〕。客情唯有夜難過，宿處先尋無杜鵑〔2〕。

〔注釋〕

〔1〕楊花：即柳絮。無賴：猶無奈，無可奈何。雪漫天：形容楊花飛舞。漫：滿。

〔2〕杜鵑：鳥名，又叫子規。舊說爲蜀國望帝所化，啼聲淒切，如喚人歸去。

〔品鑒〕

　　暮春三月，楊花漫天，最撩人愁思之際，送人出門上路。別時關懷備至，親切叮嚀：旅途寂寞，夜裏最爲難過，投宿時最要緊的，是找個聽不到杜鵑啼歸的住處，免得觸動鄉思。從讓他不要想家處寫惜別，寫情便深了一步。

江端友　一首

　　江端友（？～1130）字子我，號七里先生。開封陳留（今屬河南）人。靖康初召爲承務郎，賜進士出身。南渡後曾寓居桐廬，後爲太常少卿。有《七里先生自然集》。端友與弟端本俱有詩名，與晁沖之、呂本中等往來唱酬，但呂本中作《江西詩社宗派圖》只列入江端本。劉克莊曰：「子我詩多而工，捨

兄而取弟，亦不可曉。」（《江西詩派小序》）大約端友詩不喜故實，直抒胸臆，風格自然，故呂氏以爲與江西詩派不類。

牛酥行〔1〕

有客有客官長安，牛酥百斤手自煎〔2〕。倍道奔馳少師府，望塵且欲迎歸軒〔3〕。守閽呼語不必出，已有人居第一先〔4〕。其多乃復倍於此，臺顏顧視初怡然〔5〕。昨朝所獻雖第二，桶以淳漆麗且堅〔6〕。今君來此數又少，青紙封題難勝前〔7〕。持歸定慚遼東豕，努力明年趁頭市〔8〕。

〔注釋〕

〔1〕牛酥：用牛乳精製的乳酪類食品。行：歌行，樂府古詩的一種體裁。

〔2〕有客有客：據考，客指鄧洵武，當時任河南知府，治在洛陽。他因爲諂媚賄賂梁師成等，不數年官至知樞密院事。那句「笑罵由汝，好官我自爲之」的官場名言，就是他的創造。句式本《詩經・周頌・有客》：「有客有客，亦白其馬。」古雅且能引起讀者注意。長安：即今陝西省西安市，西漢和唐代爲西京，這裡借指北宋的西京洛陽。

〔3〕倍道：一天趕兩天的路程，猶言日夜兼程。少師：指宦官梁師成，當時官檢校太傅，權傾朝野，有「隱相」之目。望塵句：《晉書・潘岳傳》載，潘岳諂事權臣賈謐，每候其出，即望車塵而拜。這裡用說鄧洵武在少師府門前等待，每見有車來，便以爲梁師成回來了而欲下拜。軒：車。

〔4〕守閽：守門人。不必出：不必將牛酥拿出來了。

〔5〕臺顏：少師的臉色。臺：尊稱之辭。怡然：高興的樣子。

〔6〕「桶以」句：用厚漆刷製的桶華麗而又堅固。

〔7〕遼東豕：《後漢書・朱浮傳》載，遼東人家有白豬，以爲奇，持獻皇帝。行至河東，見群豕皆白，遂慚而歸。這裡用說鄧此番獻牛酥更慚於遼東人獻豕。

〔8〕趁頭市：趕上第一份生意。這裡用市場比官場，極盡諷刺。

〔品鑒〕

梁師成是宋徽宗寵幸的太監，大小官僚凡想保官陞官的都要向他獻媚行賄，鄧洵武就是其中的一個。這一次他親自煎了牛酥百斤，日夜兼程送往少師府，卻不料早有人搶先一步送上了，而且數量加倍，包裝又好。受了守門人一番教訓，只好懷慚而歸，打算著明年一定趕早來送，規格也必是大大提

高的了。詩從正面形容「客」獻牛酥的無恥相，用守閽者的話從側面揭發「少師府」前送禮者的邏繹不絕，「少師」受賄的心安理得，結以「明年努力」云云，暗示了送禮大戰正方興未艾，少師懸秤補官的生意將越做越紅火。這當然是死亡的舞蹈。後來的歷史證明，跟著「牛酥」而來的，是不久之後北宋的滅亡，不僅少師府成了金人的兵營，徽宗、欽宗兩個皇帝也被金兵擄去了。嗚呼！政以賄成的結果，就是政以賄滅，豈獨北宋一朝！魯迅說，諷刺的生命在於真實。此詩僅作客觀的描繪，無一貶辭，而情僞畢現，得諷刺之妙諦。

王庭珪　一首

　　王庭珪（1079～1171）字民瞻，號盧溪真逸。吉州安福（今屬江西）人。政和八年（1118）進士，調茶陵縣丞。宣和初，以與上官不合，棄官歸隱盧溪。紹興中，胡銓請斬秦檜，獲罪謫新州（今廣東新興），獨庭珪以詩送行，被誣以訕謗罪流放辰州。放歸時已經八十歲了，孝宗欲任以國子監主簿，以年老辭，乃命主管台州崇道觀。有《盧溪集》五十卷，今存。論詩推崇黃庭堅，主張自出機杼，但頗不以雕琢為意，提倡師法自然。他是楊萬里的老師，後者深受他的影響。

送胡邦衡之新州貶所二首 [1]（其二）

大廈元非一木支，欲將獨力拄傾危 [2]。癡兒不了官家事，男子要為天下奇 [3]。當日奸諛皆膽落，平生忠義只心知 [4]。端能飽吃新州飯，在處江山足護持 [5]。

〔注釋〕

〔1〕胡邦衡：胡銓字邦衡，紹興間秦檜專權，主對金和議。八年（1138），胡銓上書痛非和議，乞斬秦檜，被貶福州簽判。十二年，除名編管新州，是宋史上著名的事件。

〔2〕「大廈」二句：上句說國勢艱危，如大廈將傾，一木難支。元，通「原」。下句承上，說明知如此，胡邦衡仍奮不顧身，欲支撐危局。拄：支撐。

〔3〕「癡兒」句：《晉書·傅咸傳》載，夏侯濟致信傅咸曰：「生子癡，了官事……」這裡「癡兒」指秦檜。作者《故劉君德章墓誌銘》云：「胡公得罪貶新州，余作送行詩有『癡兒不了官家事』之句，蓋指秦檜也。」

〔4〕當日：指胡銓上書之日。奸諛：指秦檜等投降派。

〔5〕「端能」二句：説果能不以貶謫爲意，在新州飽餐養生，那裡的山水也
是可以保護你的。是勸勉安慰的話。

〔品鑒〕

作者年七十，因此詩被謫，顛沛流離，達十年之久，也因此「詩名一日
滿天下」。詩承第一首敘胡銓上書事來，側重褒貶議論。首兩句說胡銓孤膽孤
忠，公而忘身，洋溢讚美之情。第三句隱斥秦檜當道誤國，第四句稱讚胡銓
敢爲天下先的大丈夫氣概。五、六句說事雖不濟，而奸佞已爲之膽落；己身
被謫，而平生忠義之概，昭如日月，已足安慰。七、八句表示由衷的關切。
末句用黃庭堅《跋子瞻和陶詩》「飽吃惠州飯，細和淵明詩」句意，更引「江
山」以爲護持，壯其行色，風力氣度又出黃詩之外。

李綱　一首

李綱（1083～1140）字伯紀。邵武（今屬福建）人。政和二年（1112）進
士，欽宗時兵部侍郎。靖康元年（1126），金兵南下，圍汴京（今開封），綱力
主抗戰被謫。高宗立，綱拜相位，整飭軍政，力圖恢復，爲黃潛善等讒毀，
七十日而罷。後高宗欲起用之，辭不就，以觀文殿大學士提舉臨安府洞霄宮
閒居福州。張浚平定建州，欲屠城，李綱勸阻之，一城生靈得以保全。卒贈
少師。孝宗朝，賜諡「忠定」，有《梁溪集》。綱爲人梗直，立朝剛正，當靖
康國難，曾一身而繫天下安危；罷歸後，仍不忘國事，是有宋名臣。詩非所
長，往往直書所感，風格平淡樸素。

病牛

耕犁千畝實千箱，力盡筋疲誰復傷〔1〕？但得眾生皆得飽，不辭羸病臥
殘陽〔2〕。

〔注釋〕

〔1〕實：果實，這裡指稻穀。箱：車箱。傷：感傷、可憐。

〔2〕眾生：指人類。羸病：病弱。羸（lei 雷），弱。

〔品鑒〕

作於紹興二年（1132）。李綱時年四十七歲，罷職居鄂州，雖歷經艱難，身心交瘁，仍系念天下安危，民生疾苦，願爲國爲民，盡畢生之力。這首詩就是他自身的寫照和心志的告白。詩人以病牛自比，首兩句敘寫牛的功績和致病之由，用「誰復傷」一問，微露對人心世道不平的感慨，並領起下句。三、四句是牛的答辭，說只要眾生能吃飽飯，自己病老廢退也甘心情願。託物言志，格調高尚。但是第三句重用「得」字，似欠錘鍊。

呂本中　三首

呂本中（1084～1145）字居仁，壽州（今安徽壽縣）人。元祐宰相公著之曾孫，以此恩蔭授承務郎；紹聖間黨事起，公著追貶，本中亦牽連罷官。紹興六年（1136）賜進士出身，擢起居舍人兼權中書舍人，曾上書言恢復之計當「使江南先有不可動之勢，伺彼有釁，一舉可克。若徒有恢復之志，而無其策，邦本未強，恐生他患」（《宋史》本傳），是位穩健的主戰派。後因迕秦檜去職，居家講學，是當時有影響的理學家，學者稱東萊先生。卒諡文清，有《東萊先生詩集》等。

呂本中是宋詩史上重要人物。突出之處，一是他作了《江西詩社宗派圖》，雖然後來自說率意而爲，還頗感後悔，但從此揭出「江西詩派」的大旗，成詩史上一個浩大的運動。二是他論詩講「悟入」，講「圓彈」，講「活法」，所謂「有定法而無定法，無定法而有定法」（《夏均父集序》）。其影響之大，當時「活法」成爲詩壇上流行的話頭。他的創作成績似不如陳與義，但當時亦並爲一代名家。其詩渾厚平夷，時見沉雄；流麗輕盈，亦復可愛。如「往事高低半枕夢，故人南北數行書」「殘雨入簾收薄暑，破窗留月鏤微明」「晚風號古木，高岸束黃流」等，自然奇逸，眞妙語也。而論者推其寫靖康之難的《兵亂後自嬉雜詩》二十九首等最屬上乘。

兵亂後自嬉雜詩〔1〕二十九首（選二）

其一

晚逢戎馬際，處處聚兵時〔2〕。後死翻爲累，偷生未有期〔3〕。積憂全少睡，經劫抱長饑。欲逐范仔輩，同盟起義師〔4〕。

其九

萬事多反覆，蕭蘭不辨真〔5〕。汝為誤國賊，我作破家人。求飽羹無糁，
澆愁爵有塵〔6〕。往來梁上燕，相顧卻情親。

〔注釋〕

〔1〕兵亂：指靖康之難。當時金兵攻佔汴京，作者在城中，身歷此亂。自嬉：
　　意即自慰、自釋。

〔2〕戎馬：即兵馬。

〔3〕「後死」句：說活著比死還難。

〔4〕「欲逐」二句：作者自注：「近聞河北布衣范仔起義師。」逐，追隨。

〔5〕蕭蘭：蕭與蘭，均為花草，分別喻小人與君子。

〔6〕羹無糁：即清湯，婉言沒有飯吃。《墨子·非儒》：「孔丘窮於蔡、陳之
　　間，藜羹不糁。」糁（sǎn 傘），米粒。爵，盛酒器，此指酒杯。爵有塵，
　　婉言沒有酒喝。

〔品鑒〕

　　這組詩，誠如方回、紀昀等所說，內容風格全摹杜詩，雖不能及，而頗
似之。這在北宋末江西派流行之際，是一個新的現象，更是本中詩又上層樓
的標誌。但這不僅是個人主觀的努力，更是時代及個人身世經歷使然。這裡
選的兩首，前者抒寫亂離之苦及欲與義軍共同抗戰之心，後者慨歎和抨擊姦
臣誤國、百姓遭殃，均極沉痛。本中此類詩可以看作南宋陸游等人愛國主義
詩歌的先聲。

春日即事（其二）

病起多情白日遲，強來庭下探花期〔1〕。雪消池館初春後，人倚闌干欲
暮時。亂蝶狂蜂俱有意，兔葵燕麥自無知〔2〕。池邊垂柳腰支活，折盡
長條為誰寄〔3〕？

〔注釋〕

〔1〕白日遲：太陽遲遲不肯落山。言春日畫長，同時也是人病起多情的感覺。
　　花期：花開的消息。

〔2〕「亂蝶」二句：兔葵燕麥，即兔葵與燕麥，兩種植物，劉禹錫《再遊玄
　　都觀詩序》云：「唯兔葵燕麥動搖於春風耳。」錢鍾書先生說「這一聯

很像李商隱《二月二日》：『花須柳眼各無賴，紫蝶黃蜂俱有情。』」（《宋詩選注》）

〔3〕腰支：即腰肢，喻柳枝。

〔品鑒〕

　　這首詩寫人之病起多情，大自然之春光搖漾充滿生機，與人處境之孤獨和春光無主形成鮮明對照。讀者當驚奇地知道，唯是久病初愈的人，唯是久處孤獨的人，才眞正能體會生命的價值，生活著的美好。頷聯佳，張九成云：「此自可入畫。人之情意，物之容態，二句盡之。」（《橫浦日新錄》）謝榛更進一步曰：「予觀此作，宛然一美人圖也。」（《詩家直說》卷四）但是也有人批評第二聯「不知已落詩餘矣」（胡應麟《詩藪》外編卷五），如此則如「少游（秦觀）詩似小詞」（《苕溪漁隱叢話前集》卷四十二），也不失爲一種境界。

李清照　一首

　　李清照（1084～？），自號易安居士。濟南（今屬山東）人，《洛陽名園記》作者李格非之女。十八歲，出嫁太學生趙明誠。夫妻相得，同嗜金石圖書，節衣縮食，購求得十餘屋。隨宋室南渡後，建炎三年（1129），其夫卒，所藏文物漸次喪失，乃孤孀一人，漂泊於亂世。有說曾改嫁張汝舟，後離異。晚年依弟而居，終老金華（今屬浙江）。卒年不詳，當在七十歲以後。她天資超逸，明敏多才，詩文繪畫、金石賞鑒，都有很高的造詣。以詞最爲著名，是中國最傑出的詞人之一，有《漱玉詞》。詩作傳世僅十餘首，其中詠史諸作，格調高邁，寄興深沉，女詩人中，一人而已。

烏江〔1〕

生當作人傑，死亦爲鬼雄。至今思項羽，不肯過江東〔2〕。

〔注釋〕

〔1〕烏江：在今安徽和縣東北。

〔2〕「至今」二句：《史記·項羽本紀》載，項羽兵敗垓下，退至烏江，烏江亭長勸他渡江而王，項羽曰：「天之亡我，我何渡爲！且籍與江東子弟渡江而西，今無一人還，縱江東父老憐而王我，我何面目見之？縱彼不言，籍獨不愧於心乎！」言已，拔劍自刎而死。事本此。項羽，名籍，即楚霸王。江東：指江南吳地（今屬江蘇），這裡是項羽和他的叔父項

梁當年起義的地方。

〔品鑒〕

這首詩又題作《絕句》或《夏日絕句》，千百年膾炙人口。它的最見卓識之處，在於不以成敗論英雄，對歷史上曾叱吒風雲的項羽的人格，作了充分肯定。從而表明：人生一世，生要頂天立地，轟轟烈烈；死也要堂堂正正，大義凜然。不然，人格喪失，則羞立於天地之間。考慮到作者的時代，宋室南渡，苟且偷安，一般認為詩是借肯定項羽，針砭以高宗為首的投降派，表現了志圖恢復的愛國主義和英雄主義精神。這種看法是有道理的。易安詞宗婉約，纏綿悱惻，淒涼處令人不堪卒讀；而詩別以筆墨為之，豪情壯志，崛強崢嶸，有不羈之概，此作為突出的一例。

曾幾　一首

曾幾（1084～1166）字吉甫，號茶山居士。祖籍贛州（今屬江西），遷河南洛陽（今屬河南）。早年從其舅孔平仲讀書，後以兄弼死於公事恩補將仕郎，銓試優等，賜上舍出身。北宋末，曾任秘書省校書郎等職。南渡後，遊宦各地。紹興八年（1138），以反對和議去官，僑居上饒茶山七年。秦檜死，復召為秘書少監，擢尚書禮部侍郎等。孝宗時致仕，卒諡「文清」。有《茶山集》三十卷。

曾幾論詩以杜甫、黃庭堅為宗，雖非《江西詩社宗派圖》中人，而講究參悟，精研句律，作風實有與江西詩派相近之處。但他推敲鍛鍊的目標卻是詩風的平易工穩，所謂「律令合時方貼妥，工夫深處卻平夷」（陸游《追懷曾文清公呈趙教授，趙近嘗示詩》）。因此他的詩又明顯看出從江西詩派的創新與發展，在宋詩主潮從江西派向中興詩派的轉變中起了一定過渡作用。曾幾詩往往以切直之辭寫忠君愛國之情，但更多的是閒適、酬贈之作。其詩佳者清俊典雅，宛轉流麗，活潑從容，近乎白居易。而陸游曾從其學詩，以故後人說他「上接香山，下開放翁」（翁方綱《七言律詩鈔》卷首），但是他的詩歌常有粗率的毛病，成就實不如上、下的兩位詩人。

蘇秀道中，自七月二十五日夜大雨三日，秋苗以蘇，喜而有作〔1〕

一夕驕陽轉作霖，夢回涼冷潤衣襟〔2〕。不愁屋漏床床濕，且喜溪流岸

岸深〔3〕。千里稻花應秀色，五更桐葉最佳音〔4〕。無田似我猶欣舞，何況田間望歲心〔5〕。

〔注釋〕

〔1〕蘇：今江蘇蘇州。秀：秀州，今浙江嘉興。

〔2〕霖：久雨。《左傳・隱公九年》：「凡雨，自三日以往爲霖。」

〔3〕「不愁」二句：化用杜甫《茅屋爲秋風所破歌》「牀頭屋漏無干處」及《春日江村五首》「春流岸岸深」句意。

〔4〕「千里」句：唐殷堯藩《喜雨》詩成句。秀色：色澤美好。佳音：好音。這裡説雨打桐葉之聲令人愉悦。

〔5〕望歲：盼望年成豐收。

〔品鑒〕

　　道中遇雨，不是愉快的事。何況因此「屋漏牀牀濕」「溪流岸岸深」，住不得，亦行不得。但是，詩人「先天下之憂而憂」，更多想到的是天旱農田將會歉收，故因霖雨「喜而有作」，民胞物與之心，令人感動。詩情眞意切，流利輕盈，不言喜而喜意自出於字底行間。用語較多地化用了前人詩句，妥貼自然，能翻出新意，方回稱讚説「三、四已佳，五、六又下得『應』字、『最』字，有精神」，紀昀也欣賞它的「精神飽滿，一結（即末聯）尤完足酣暢」（《瀛奎律髓彙評》卷十七）。

李若水　一首

　　李若水（1092～1126）字清卿。曲周（今屬河北）人。靖康初，以上舍登第，由太學博士遷吏部侍郎。本名若冰，將使金，欽宗召見，以爲其名「若猶弱也，冰猶兵也，兵不可弱」，遂賜名若水。金兵破汴京，從欽宗被擄入金營，不屈而死，論者謂「靖康之難，死節之士，公爲第一」。諡「忠愍」。有《忠愍集》，今存。若水文有氣概，詩有風骨，一如其人。

衣襟中詩〔1〕

胡馬南來久不歸，山河殘破一身微〔2〕。功名誤我等雲過，歲月驚人和雪飛〔3〕。每事恐貽千古笑，此心甘與眾人違〔4〕。艱難唯有君親重，血淚斑斑染客衣〔5〕。

〔注釋〕

〔1〕衣襟中詩：吳曾《能改齋漫錄》卷十一《記詩·李清卿詩得於衣襟》引此詩曰：「李清卿所作也。清卿既死，因葬，得此詩於衣襟。」

〔2〕胡馬：指金兵。胡：據《宋詩紀事》引《能改齋漫錄》，今本《能改齋漫錄》作「代」。

〔3〕「功名」句：說功名富貴如浮雲，誤盡平生。「歲月」句：說光陰似箭，人生易老，愁緒如飛雪漫天。和：今本《能改齋漫錄》作「還」。

〔4〕貽：遺留。

〔5〕君親：君恩。客：作者自稱。當時作者被拘繫金營，故云。

〔品鑒〕

　　靖康元年（1126）閏十一月二十一日，李若水遇害於汴京城外郊臺。此作是他的絕命詩。詩說「艱難唯有君親重」，明確標榜了忠君的信條。這一點，今人可不以爲然。但在當時的情勢下，他的死卻不僅是忠君，更體現了一個士大夫不屈的愛國精神和民族氣節。「山河殘破一身微」及「每事」二句，就蘊蓄了這種崇高的思想認識。由此我們看到一種偉大人格，即國家民族生死存亡關頭，能不言私利，不改初衷，寧殺身以殉國，決不苟且以偷生。史載李若水等被害時，金元帥斡離不歎曰：「南朝若人人得如此二子，豈有今日之事！」誠然如此。但是昏君在上，姦臣當道，民心喪盡，一二忠烈之士已屬難得，又豈能眾志成城！所以封建王朝滅亡的眞正原因，從來不是因爲皇帝無忠臣可用，而是因爲昏君更寵信姦臣。

朱弁　二首

　　朱弁（1085～1144）字少章，號觀如居士。婺源（今屬江西）人。朱熹叔祖。建炎二年（1128），自請使金國，詔補修武郎，借吉州團練使，爲通問副使赴金。在金國，多次拒絕金統治者的威逼利誘，不肯屈服，被拘繫十六年歸。朱弁不辱使命，論功當遷數官，但是因爲曾勸高宗北伐收復中原，爲秦檜所嫉，僅轉奉議郎。有《曲洧舊聞》《風膽詩話》等著作多種，但存詩不多。存詩中最有價值的是他被拘繫在金時的作品。

送春

風煙節物眼中稀，三月人猶戀褚衣〔1〕。結就客愁雲片斷，喚回鄉夢雨

霏微〔2〕。小桃山下花初見，弱柳沙頭絮未飛。把酒送春無別語，羨君才到便成歸。

〔注釋〕

〔1〕節物：應節氣時令之物，這裡指春天的景象。褚衣：棉衣。

〔2〕霏微：迷蒙的樣子。

〔品鑒〕

　　這首詩寫塞北的春天來得很晚而去得很早，剛見春意而春的季節就要過去了。詩人把酒送春，想到能像這裡的春天也好，「才到便成歸」，自己就可以早早回歸故國了。一般送春的詩都惋惜春天的短暫，所謂「無計留春住」，這首詩卻「羨君才到便成歸」，以表現故國之思，構想新穎。另外，此詩連同下選一首寫塞北春光，語言綿麗，自然工整，也可以算作宋代的邊塞詩。

春陰

關河迢遞繞黃沙，慘慘陰風塞柳斜〔1〕。花帶露寒無戲蝶，草連雲暗有藏鴉〔2〕。詩窮莫寫愁如海，酒薄難將夢到家〔3〕。絕域東風竟何事，只應催我鬢邊華〔4〕。

〔注釋〕

〔1〕關河：山河。迢遞：遙遠的樣子。

〔2〕「花帶」二句：寫塞外春陰蕭瑟之狀。上句直說「無戲蝶」，下句婉道「無鶯啼」，似從杜甫《江畔獨步尋花》「留連戲蝶時時舞，自在嬌鶯恰恰啼」及北宋江休復《雜志》所記「二月鶯啼是老鴉」句翻出。

〔3〕「詩窮」句：說窮盡自己作詩的才能，也寫不盡象海一樣浩茫的愁情。「酒薄」句：說欲醉酒成夢，夢回故國家園，可是酒力不濟，夢中尚未到家，已是酒退人醒了。將：攜帶。

〔4〕「絕域」二句：說東風本是吹開花朵的，可是邊塞絕遠之地沒有多少開花的植物，只會吹得我的頭髮花白。華：這裡字面作「花白」講，但暗中也指花朵的「花」。

〔品鑒〕

　　這首詩寫邊塞春日陰霾的情景，表現思戀故國的心情。前四句寫景，說塞上春陰幾乎是秋冬的光景，殊無春意；後四句承上抒情，說在這陰霾的日

子裏，作詩難賦窮愁，飲酒無奈鄉思；春風是多麼美好啊！但在這邊塞之地又有什麼用處呢？只是一天天把我的頭髮吹得花白罷了。詩的意境極悲涼，極哀怨，甚而至於消沉，但是正因此看出對家國的極度的眷念。錢鍾書說結句詩筆「深婉」（《宋詩選注》）。

陳與義　四首

陳與義（1090～1138）字去非，號簡齋居士。洛陽（今屬河南）人。政和三年（1113）登太學上舍甲科，授開德府教授，擢符寶郎。高宗時官至參知政事，以病自請去職。有《簡齋集》。

陳與義是個由北而南的人，南渡前的詩多流連光景之作，嘗因《墨梅》詩受知於宋徽宗，高宗尤喜他「客子光陰詩卷裏，杏花消息雨聲中」之句。後來經歷了「靖康之難」的顛沛流離，艱難屈辱，才深刻領會到杜甫詩的精髓，自覺學習效法，詩風也為之一變。樓鑰說他「南渡以後，身履百罹，而詩益高，遂以名天下」（《簡齋詩箋敍》）。楊萬里《跋陳簡齋奏草》則稱其「詩風已上少陵壇」。

與義論詩推崇蘇軾、黃庭堅和陳師道，也從這三位作家受到很大影響。但他天分高，從未受這些近人的範圍，而能上下求索，轉益多師，杜甫而外，兼學陶、謝、韋、柳，鎔鑄變化，自成一家。其詩風格多樣，或感慨國事，情懷激越，寄託遙深；或刻畫細故，生新幽峭，流麗工整，於江西詩派繁縟尖新之習有所糾正，「第其品格，故當在諸家之上」（劉克莊《後山詩話》）。當時「縉紳士庶爭傳誦，而旗亭傳舍，摘句題寫殆遍，號稱新體」（葛勝仲《陳去非詩集序》）。可是後來的人卻漸漸把他算到江西詩派中去了。至元代方回把他列為江西詩派「一祖三宗」的最後一家，陳與義就硬是在文學史上被定位了。

清明二絕（其二）

卷地風拋市井聲，病夫危坐了清明[1]。一簾晚日看收盡，楊柳微風百媚生。

〔注釋〕

〔1〕拋：這裡指傳送。市井：街市。危坐：端坐。了：了結，度過。病夫：
　　作者自指。一作「病扶」。

〔品鑒〕

　　作於宣和五年（1123）。宋人以才學議論爲詩，詩多故實、多理趣而少情味。但是這一首不用典，沒有說理議論，純用白描，情味悠長，生動表達了一位病者熱愛春天、熱愛生活、熱愛生命的渴望心情。清潘德輿稱其「與唐人聲情氣息不隔累黍」（《養一齋詩話》卷五）。

襄邑道中〔1〕

飛花兩岸照船紅，百里榆堤半日風〔2〕。臥看滿天雲不動，不知雲與我俱東〔3〕。

〔注釋〕

〔1〕襄邑：今河南睢縣。

〔2〕「百里」句：説夾岸盡是榆樹，船順風而行，半日已行百里。

〔3〕「臥看」二句：寫躺在順風船上看雲的感覺：雲似乎沒有動，但實際上是在和自己一起向東行進。

〔品鑒〕

　　這首詩寫乘船所見。起句說船行很快，兩岸紅花如飛似地向後掠去，又映在水中，船在波光裏也成了紅色；在榆樹夾岸的河裏，順風半日，已經行進了百里。這在古人已是高速度了，所以詩中流露了愉悅的心情。在船上有的是閑暇，躺著看雲，雲彩似乎是不動的，而其實是在和船上人一塊向東浮遊。詩寫出了獨特的感受，也很流暢。

登岳陽樓二首〔1〕（其一）

洞庭之東江水西，簾旌不動夕陽遲〔2〕。登臨吳蜀橫分地，徒倚湖山欲暮時〔3〕。萬里來遊還望遠，三年多難更憑危〔4〕。白頭弔古風霜裏，老木蒼波無限悲〔5〕。

〔注釋〕

〔1〕岳陽樓：湖南岳陽城西門城樓，在長江邊，登樓可俯瞰洞庭湖。

〔2〕簾旌：這裡指樓上懸掛的帷幔。

〔3〕吳蜀橫分地：三國時吳與蜀爲爭奪荊州而失和，岳陽曾是吳駐軍之地，

故云。

〔4〕「三年」句：說三年來逃難，顛沛流離中還登此高樓。憑：倚。危：高，這裡指岳陽樓。

〔5〕弔古：憑弔古蹟，照應第三句。

〔品鑒〕

這首詩作於建炎二年（1128）。作者從靖康元年（1126）開始逃難，出汴京，輾轉至於湖南，已經三個年頭，所以說「萬里來遊」「三年多難」。岳陽樓是天下名勝，但在這亡命途中登臨，心情便與一般遊覽大不相同，范仲淹所謂「覽物之情，得無異乎」（《岳陽樓記》）。本詩寫作者蒼顏白髮，當「湖山欲暮」之時，於風霜淒緊之中，登斯危樓，憑弔「吳蜀橫分地」，想漢末分裂，感本朝喪亂，覺洞庭湖上，老樹清波都無限悲愴。立意高古，句句沉痛，字字工穩。紀昀評曰：「意境宏深，直逼老杜」，許印芳曰：「通體警策，句句可加密圈」（《瀛奎律髓彙評》卷一）。

傷春

廟堂無策可平戎，坐使甘泉照夕烽〔1〕。初怪上都聞戰馬，豈知窮海看飛龍〔2〕！孤臣霜髮三千丈，每歲煙花一萬重〔3〕。稍喜長沙向延閣，疲兵敢犯犬羊鋒〔4〕。

〔注釋〕

〔1〕「廟堂」二句：《史記·匈奴列傳》載，漢文帝時，匈奴入侵，曾「使奇兵入燒回中宮，候騎至雍甘泉」，又「胡騎入代句注邊，烽火通於甘泉、長安」。這裡用漢代故事比當時事。廟堂：指宋朝廷。戎：指金兵。甘泉，山名，在今陝西，漢帝行宮所在，這裡指宋宮室。夕烽，晚間報警的烽火。

〔2〕上都：指汴京。聞戰馬：言京都失陷。窮海看飛龍：指金兵南下宋高宗於海上逃跑事。窮海：遠邊海上。飛龍：指逃跑中的宋高宗。

〔3〕孤臣：失君孤忠之臣。霜發：白髮。李白《秋浦歌》：「白髮三千丈，緣愁似個長。」煙花一萬重：杜甫《傷春》詩：「關塞三千里，煙花一萬重。」

〔4〕向延閣：指向子諲，字伯恭，當時任湖南潭州（今長沙）知州，率軍民抗禦金兵。延閣：漢代皇家藏書處，向曾任直秘閣學士，故稱。犬羊：對金兵的蔑稱。

〔品鑒〕

　　建炎三年（1129）末，金兵南侵，宋高宗泛海而逃。翌年春抵溫州，這首詩即作於此時。詩題作「傷春」，但除了借杜甫《傷春》詩成句「煙花一萬重」略一點染外，不及春事，都是就宋室南渡山河破碎而發的感歎。首兩句用漢朝事說朝廷無能，抗金不力。三、四句說先是驚於京師淪陷，接著更一日蹙地千里，出人意外地皇帝又逃到了海上。五、六句抒情，化用李、杜名句，表露自己孤忠憂國之心。七、八句一轉，讚揚以疲兵禦敵的英勇將士，表現了抗金的意志，洋溢愛國主義熱情。抑鬱頓挫，慷慨激昂，又詩中有事，可作史讀。

朱淑眞　一首

　　朱淑眞（生卒年不詳），號幽棲居士。錢塘（今浙江杭州）人，一說海寧（今屬浙江）人，朱熹的侄女，大約不可靠。她生於仕宦之家，生活優裕，從小聰明美麗，喜好讀書，又有詩歌的才華，但她迫於「父母之命」的婚姻卻很不幸。她丈夫的姓氏生平無考，一說是個官吏，一說嫁爲「市井民」，總之從她詩人的氣質感到的是一個蠢物。這樣她婚後的生活便很不如意，大約因此有了「新歡」。後來丈夫拋棄了她，而短暫的浪漫之後，「新歡」也離她而去，她就在失戀的抑鬱與孤獨中過早地去世了。她死得很慘，死後屍骨連同她的詩一道被她的父母焚化了。所以她的詩「百不一存」，後人輯爲《斷腸詩詞集》。她的詩多寫戀情，悽楚幽怨，大膽裸露，在古代知識婦女中是少見的。

元夜三首〔1〕（其一）

火樹銀花觸目紅，揭天鼓吹鬧春風〔2〕。新歡入手愁忙裏，舊事驚心憶夢中〔3〕。但願暫成人繾綣，不妨常任月朦朧〔4〕。賞燈那得工夫醉，未必明年此會同〔5〕。

〔注釋〕

〔1〕元夜：農曆正月十五夜，又稱元宵。

〔2〕火樹二句：寫元宵熱鬧光景。火樹銀花：形容花燈燦爛之狀。揭天：衝天。鼓吹：鼓樂聲。

〔3〕「新歡」二句：寫乍見情人的歡樂和既見敘舊的感慨。新歡，新的歡樂，

與下句「舊事」對。入手，到手、到來。愁忙裏：焦急尋覓之中。舊事，這裡指往日私情。憶夢中，思念與夢想之中。

〔4〕「但願」二句：寫希望幽會盡興的心情。繾綣，纏綿狀，形容不捨得離開。常任月朦朧，讓月亮總是不明。

〔5〕「賞燈」二句：說難得相聚一會，顧不得賞燈飲酒，以極盡情愛之樂——明年也許就沒有這樣的機會了。

〔品鑒〕

這首詩寫元宵觀燈與情人幽會的情景和感想。這種自道隱私的婚外戀題材作品不止在宋詩中，而且前前後後文學史上都是少見的。首兩句寫元宵燈火鼓樂，點出約會的時間及場合；三、四句寫未見的愁忙、乍見的喜悅和一見之下激動的感情。「舊事」當有所指，不能清楚了，看來給她留下了永不磨滅的印象，夢繞魂牽，夢中常為它激動不已。五、六句說但願老天讓月兒朦朧得久，多給一些時間成就兩情繾綣的溫存；七、八句說此會難得並且照應題目，結句似有不幸的預感。全詩如風發泉湧，一往情深，用時下語說，感情非常「投入」。

劉子翬　二首

劉子翬（1101～1147）字彥沖，號病翁。崇安（今屬福建）人。靖康之難，其父使金不屈而死。他以父蔭授承務郎，除興化軍通判，後因衰病不堪吏事辭歸，築室故鄉屏山下潭溪邊，講學以終，學者稱屏山先生。有《屏山全集》。他是宋朝著名的道學家，朱熹就是他的學生。但是他不僅能講道學，而且工詩文，與韓駒、呂本中、曾幾等交遊唱和，其詩思理深細，體物精微，「風格高秀，不襲陳因」（《四庫總目提要·屏山集》）。當時朱熹稱其「文辭之偉，固足以驚一世之耳目」（《屏山集跋》）。今人錢鍾書也稱讚他是「詩人裏的一位道學家，並非只在道學家裏充個詩人」（《宋詩選注》）。

汴京即事二十首〔1〕（選二）

其五

聯翩漕舸入神州，梁主經營授宋休〔2〕。一自胡兒來飲馬，春波唯見斷冰流〔3〕。

其十七

梁園歌舞足風流，美酒如刀解斷愁〔4〕。憶得少年多樂事，夜深燈火上樊樓〔5〕。

〔注釋〕

〔1〕汴京：汴梁，又稱汴州，北宋都城，即今河南開封市。

〔2〕漕舸：運送糧物的官船。神州：指汴京。「梁主」句：說五代梁建爲京都的汴州傳到宋朝被斷送了。

〔3〕胡兒：指金兵。飲馬：這裡指攻佔。

〔4〕梁園：漢代名園，梁孝王所建，舊址在今開封東南，這裡代指汴京。「美酒」句：從李白《宣州謝朓樓餞別校書叔雲》「抽刀斷水水更流，舉杯澆愁愁更愁」句化出，反用其意。解：懂得。斷愁：斬斷煩愁。

〔5〕樊樓：北宋汴京著名酒樓，在東華門外，金明池邊。所在是當時汴京遊樂的中心。

〔品鑒〕

《汴京即事二十首》爲南渡後子翬追思北宋末汴京失陷前後歲月之作，堪稱詩史。這裡所選第五首用汴河今昔的變化，寫出了中原易主、汴京興廢的滄桑世事，表現了沉痛遺憾的感情；第十七首追憶淪陷前汴京繁華歌舞升平的景象，和少年遊冶飲宴的樂事，有風流雲散、盛時難再之感。方回評曰：「屏山《汴京紀事》絕句不減唐人。」（《瀛奎律髓彙評》卷三十二）然而歷史常常會驚人的重復。南渡後，作者所追懷的「梁園歌舞」變成了「西湖歌舞」，因而又有林升《題臨安邸》「直把杭州作汴州」的感慨。

胡銓　一首

胡銓（1102～1180）字邦衡，號澹庵。廬陵（今江西吉安）人。建炎二年（1128）進士甲科。紹興五年（1135），任樞密院編修官；八年，秦檜主對金和議，胡銓上疏力詆，乞斬秦檜以謝天下，又稱南宋爲「小朝廷」，貶昭州，再貶新州。後又因作詞有「譭謗」，徙吉陽軍編管。秦檜死，內移衡州安置。放逐流離，二十餘年，不改其志。孝宗時復奉議郎，知饒州，後以資政殿學士致仕，卒諡「忠簡」，有《澹庵集》一百卷。他是南宋反對和議力主抗金最著名的人物之一。金人聞其上疏事，歎爲「南朝有人」，王庭珪送詩稱他爲「天

下奇」（《宋人遺事彙編》卷十六）。胡銓久爲逐臣，然能究心經學，亦能詩詞。其詩自寫遭際，情感眞摯，言詞質樸，頗可觀。

貶朱崖，行臨高道中買愁村，古未有對，馬上口占〔1〕

北望長思聞喜縣，南來怕入買愁村〔2〕。區區萬里天涯路，野草荒煙正斷魂〔3〕。

〔注釋〕

〔1〕 朱崖：即珠崖，今廣東海口。臨高：今屬廣東省。買愁村：在臨高東南那盆嶺下。對：指「買愁村」的對句。口占：隨口成詩。

〔2〕 北望：一作「北往」。聞喜縣：今屬山西省。

〔3〕 區區：忠誠。《文選・古詩十九首。孟冬寒氣至》：「一心抱區區，懼君不省察」。

〔品鑒〕

紹興十八年，作者在新州貶所，作詞有「欲駕巾車歸去，有豺狼當轍」的話，被人告發，又遠徙吉陽軍編管，途經買愁村。這個有特殊意味的村名觸發作者詩情，遂口占一絕。首兩句以「聞喜縣」對「買愁村」，抒發了「北望」憂國之心和被逐「南來」的愁情。聞喜縣因漢武帝過此聞破南粵而得名，這裡用作對語，表現了作者熱望北上抗金成功之意；「買愁村」名則契合了去國逐臣的處境，並且自然引出後兩句寫實，把自己萬里流放的孤苦和悲涼盡情吐露出來。寄興深微，對仗工穩而又宛轉見意。

陳剛中　一首

陳剛中（生卒年不詳），字彥柔，閩清（今屬福建）人。高宗建炎二年（1128）進士，紹興中官太府寺丞，監登聞院。紹興八年（1138），胡銓因上書乞斬秦檜等被貶，剛中以啓事送行，謫知虔州安遠縣，卒於任。宋施德操《北窗炙輠錄》稱其「英傑俊偉人也」。

絕句〔1〕

客舍休悲柳色新，東西南北一般春。若知四海皆兄弟，何處相逢非故人〔2〕？

〔注釋〕

〔1〕本題一作《陽關詞》。

〔2〕四海皆兄弟：語本《論語・顏淵》：「四海之內，皆兄弟也。」四海，中
　　　國的四周。古代人以爲中國四面皆海，故言中國爲「四海之內」。

〔品鑒〕

　　唐代王維《送元十二使安西》詩，又名《渭城曲》《陽關曲》等，爲贈別
名篇，向來和者甚眾。但該詩結以「西出陽關無故人」畢竟有嫌消沉。故本
詩作翻案語，以儒者樂觀入世態度，寫志士昂揚精神，曠達情懷，給人以樂
觀向上的鼓舞，較「天下何人不識君」更覺可以信賴。但詩歌理不勝情，樂
不勝哀，故此詩雖別有佳處，自成一格，但是尚未能媲美王維、高適等送別
諸作。

岳飛　一首

　　岳飛（1103～1142）字鵬舉，相州湯陰（今屬河南）人。家貧力學，少有
大志，宣和間應募入伍，累立戰功，官至汴京留守司統制。南渡後，授少保，
河南北諸路招討使。治軍嚴明，所至秋毫無犯，世稱「岳家軍」。先後大敗金
兵於郾城、朱仙鎮，復鄭州、洛陽等地。但是由於高宗、秦檜等一意求和，
迫使退兵，使「十年之力，廢於一旦」（岳飛語）。岳飛還朝後即被削去兵權，
繼而以「莫須有」罪名被害於風波亭，成千古冤獄。寧宗時追贈鄂王。有
《岳忠武王集》。岳飛是中國歷史上的民族英雄，武功蓋世，又文采斐然。
雖然留下來的詩僅八首，並且都在戎馬倥傯中寫就，但清新流麗，頗見英
雄性情。

池州翠微亭〔1〕

經年塵土滿征衣，特特尋芳上翠微〔2〕。好水好山看不足，馬蹄催趁月
明歸。

〔注釋〕

〔1〕池州：今安徽貴池。翠微亭：在貴池南齊山頂，唐朝所建，在上可俯視
　　　清溪。

〔2〕經年：猶言多年。特特：馬蹄聲。

〔品鑒〕

作者是抗金名將，曾大書「還我河山」。這首詩從馬蹄聲寫上山，又從馬蹄聲寫下山，倉促的一遊，也顯出作者對祖國山河的愛戀。

陸游　十三首

陸游（1125～1210）字務觀，山陰（今浙江紹興）人。生於淮上之舟中。年十二，能詩文。高宗朝應進士試，以名列秦檜孫子秦塤前被黜。孝宗即位，賜進士出身。曾為夔州通判，後往南鄭，入四川宣撫使王炎軍幕，參贊軍務，籌劃進取中原。王炎被召歸，又入四川制置使范成大幕中任參議官。賓主相得，以文字交。游乃不拘禮法，人譏其頹放，因自號放翁。後轉官江西等地，紹熙元年（1190）遷禮部郎中，兼實錄檢討官。嘉泰二年（1202），權同修國史實錄院同修撰。三年，書成，升寶章閣待制，致仕，年七十九。卒於鄉，有《劍南詩稿》五十卷、《渭南文集》五十卷等。

陸游詩文詞兼工，尤長於詩。其論詩於江西派有所取捨，主張師法名家，博採眾長，更注重詩的內容，注重生活與詩的源流關係，如其有絕句云：「法不孤生自古同，癡人乃欲鏤虛空。君詩妙處吾能識，正在山程水驛中。」（《題廬陵蕭彥毓秀才詩卷後》）其創作早年學曾幾，自江西派入。曾有詩云：「憶在茶山（曾幾）聽說詩，親從夜半得玄機。」（《追懷曾文清公呈趙教授》）中年入蜀後，前線抗金的火熱生活推動他盡脫江西羈絆，而徹底面向生活，「詩情將略，一時才氣超然」（《漢宮春》），形成他雄渾蒼勁的獨特風格。晚年退隱之後，鄉居清寒，「身雜老農間」（《晚秋農家詩》），則更於雄勁處益以清新自然與平淡古樸，詩風又為之一變。陸游長壽的一生，創作勤奮。最愛詩，「無詩三日卻堪憂」，又曾自製詩題云《十年間兩坐斥，罪雖擢髮莫數，而詩為首，謂之嘲詠風月，既還山，遂以風月名小軒》。六十年中，揮毫不輟，留下了近萬首詩歌，「古來作詩之多，莫過於放翁」（《趙翼《甌北詩話》卷六）。

陸游詩境寬廣，幾無所不至。在他的眼裏，「村村皆畫本，處處有詩材」（《舟中作》），「詩思出門何處無？」（《病中絕句》）因而作品既多，題材格外廣泛。但他生於離亂，長期參與抗金軍務，「本意滅虜救山河」（《樓上醉書》），而末得一展其才，「蹭蹬乃去作詩人」（《初冬雜詠》）；又深於情，對於前夫人唐琬有終生不渝的愛情，這二者成為他終生的遺憾，激為不拘禮法的性格，並成為推動他文學創作的重要力量。因此他的詩中寫得最好的是愛國和愛情

題材的作品。晚年家居，農村題材的作品也別具一格。其愛國詩憂愁憂思，氣宇雄闊，慷慨激烈，梁啓超《讀陸放翁集》云：「集中什九從軍樂，亙古男兒一放翁。」其於詩諸體皆工，尤長於七律。近代舒位《瓶水齋詩話》云：「嘗論七律至少陵而始盛且備，爲一變；李義山瓣香於杜而易其面目，爲一變；至宋陸放翁，專工此體，而集其成，爲一變；凡三變，而他家爲此是體者，不能出其範圍矣。」

　　陸游詩名高當代，當時與尤（袤）、楊（萬里）、范（成大）並稱「中興四大詩人」，而陸游實遠在三家之上。劉克莊曰：「三百篇寂寂久，九千首句句新。譬宗門中初宗，自過江後一人。」（《題放翁像二首》）樓鑰曰：「四海詩名老放翁。」（《謝陸伯業通判示淮西小稿》）至費經虞則云：「放翁學杜學白，而尖新峭別，自成一體，有宋詩人無出其右。」（《雅倫》）也有論宋詩者以蘇（軾）、陸（游）並稱，趙翼甚至說「陸實勝於蘇也」（《甌北詩話》卷六）。這可能是過頭的話，但陸詩的成就確也非同尋常。只是他作詩太多了，有時不免率意，有些詩不免命意雷同，或用語重複，所以整體上還略遜蘇軾一籌。不過在中國詩歌史上，他仍可以說是少數的幾個大家之一。

遊山西村〔1〕

莫笑農家臘酒渾，豐年留客足雞豚〔2〕。山重水複疑無路，柳暗花明又一村。簫鼓追隨春社近，衣冠簡樸古風存〔3〕。從今若許閒乘月，拄杖無時夜叩門〔4〕。

〔注釋〕

〔1〕山西村：作者家鄉紹興鑒湖附近的一個村莊。

〔2〕臘酒：臘月裏釀造的酒。渾：渾濁。酒以清者爲好。足雞豚：菜肴很豐富。豚，小豬。

〔3〕簫鼓：吹打的樂器。春社：古代立春後祭祀土地神和谷神的日子。

〔4〕閒乘月：猶說月夜得閒。乘月，趁著月明之夜。無時：隨時。叩門：敲門。

〔品鑒〕

　　這是作者鄉居時去鄰村遊觀所作，詩中表現了對農民親切的感情。首兩句說在農民家裏做客，酒雖然不是上乘，但是豐收年成菜肴還是豐富的。三、四是名句，現在的讀者多欣賞它的理趣，其實作者始未及此，詩中只是寫「遊」

寫「村」，妙於點題。五、六句正面寫山西村春社將近的光景，和這裡人民衣著簡樸古風猶存的習俗，流露欣喜羨慕的心情。七、八句說遊罷而歸的興致：如果以後月夜得閒，將隨時叩門造訪。等於說這裡的人殷勤好客，風俗美好，令人留連難捨，但說得委婉。

黃州〔1〕

局促長悲類楚囚，遷流還歎學齊優〔2〕。江聲不盡英雄恨，天意無私草木秋。萬里羈愁添白髮，一帆寒日過黃州〔3〕。君看赤壁終陳跡，生子何須孫仲謀〔4〕。

〔注釋〕

〔1〕黃州：今湖北黃岡。

〔2〕局促：被束縛狀。楚囚：《左傳‧成公九年》記楚人鍾儀在與晉人作戰中被俘拘繫，稱楚囚。「遷流」句：說自己被差遣多地任職，像齊優那樣被送到這兒那兒，到處漂泊。齊優，齊國的女樂，即優伶。《史記‧孔子世家》載，齊國送女樂八十給魯國，魯君遂終日觀樂，不理政事。

〔3〕羈愁：為官不得意的愁情。

〔4〕赤壁：這裡指黃州赤壁，傳說中把這裡說成是漢末孫吳大敗曹兵的地方，蘇軾的《赤壁賦》也是指這裡。但是前人曾指出孫吳破曹的赤壁在湖北長江南岸的蒲圻。這裡用赤壁陳跡隱括當年東吳破曹事。「生子」句：赤壁戰前，曹操觀見孫吳軍容整肅，歎曰：「生子當如孫仲謀。」仲謀，孫權字。這句話承上句說現在再沒有赤壁之戰抗曹一類的事了，生了像孫權那樣的兒子也沒有用場，是牢騷語。

〔品鑒〕

這首詩作於乾道六年（1170）。當時作者途經黃州赴夔州通判任，去做一個「食之無味，棄之可惜」的小官，心中怏怏。首兩句便寫這種不得意的心情；三句隱括赤壁之戰的歷史人物，四句說人生一世如草木一秋的道理，並且點作詩的季候，引出五、六句寫一身漂泊的淒涼處境，有懷才不遇之意。七、八句伸足，以諷刺的口吻抒發了對朝廷一味屈辱求和的不滿，憤激之情，溢於言表。這不是一首普通嗟老歎卑的詩，其中心在於表達報國無門的憤懣之情。

劍門道中遇微雨〔1〕

衣上征塵雜酒痕，遠遊無處不消魂〔2〕。此身合是詩人未？細雨騎驢入劍門〔3〕。

〔注釋〕

〔1〕劍門：即劍門關，在四川省境內劍閣東北，是古代入川的要塞。

〔2〕消魂：猶言傷神，心情惆悵。

〔3〕合是：應該是。未：義同「否」。騎驢：唐代詩人孟浩然、李白、杜甫、李賀、賈島等都有騎驢作詩的故事，鄭綮甚至說「詩思在灞橋風雪中驢子背上」。這裡由自己「騎驢入劍門」想到唐人騎驢作詩，因而有上一句的疑問。

〔品鑒〕

　　乾道八年（1172）冬，作者由南鄭去成都范成大幕中任參議官，以驢代步，途經劍門遇微雨，作此詩。當時作者已久參軍幕，指望能收復中原，建功立業，卻不料今天被派到這兒，明天被派到那兒，身如轉蓬，事無一就，此間行思坐想騎驢入川，處處更像一個詩人——果然注定只是一個詩人的材料麼？作者以提問的形式嘲笑了自己，實際是對一味屈辱事敵，使包括自己在內的愛國志士不能一展懷抱的朝廷的不滿，飽含了憤激和辛酸。這種不滿作者在他處有更直接的表現，如《初冬雜詠》：「書生本欲輩莘渭，蹭蹬乃去作詩人。」楊大鶴《劍南詩鈔序》云：「知放翁之不爲詩人，乃可以論放翁之詩。」此更是把握這首詩中心的關鍵。本詩言近旨遠，寄興深沉，而又慷慨悲涼，風流蘊藉。陳衍評曰：「劍南七絕，宋人中最占上峰，此首又其最上峰者，直摩唐賢之壘。」（《石遺室詩話》卷二十七）

關山月〔1〕

和戎詔下十五年，將軍不戰空臨邊〔2〕。朱門沉沉按歌舞，廄馬肥死弓斷弦〔3〕。戍樓刁斗催落月，三十從軍今白髮〔4〕。笛裏誰知壯士心，沙頭空照征人骨〔5〕。中原干戈古亦聞，豈有逆胡傳子孫〔6〕？遺民忍死望恢復，幾處今宵垂淚痕〔7〕！

〔注釋〕

〔1〕關山月：樂府古題。

〔2〕和戎詔下：指宋孝宗隆興二年（1164）詔與金議和。和戎，本指與西北少數民族和平共處，這裡指對金屈辱求和的投降主張。

〔3〕朱門：紅漆的門，指大官僚的住宅。沉沉：深密貌。按歌舞：按著曲拍節奏歌舞。廄（jiù舊），馬棚。

〔4〕戍樓：邊防的崗樓。刁斗：軍中打更報時的用具。

〔5〕笛裏：笛聲裏。《關山月》本是笛奏曲。王昌齡《從軍行》：「更吹羌笛《關山月》，無那金閨萬里愁。」

〔6〕干戈：干與戈，均古代武器，代指戰爭。古亦聞：猶說古代也發生過。「豈有」句：承上句說哪裏有被「逆胡」長期佔領的時候。逆胡，對金人的蔑稱。傳子孫，金自立國進佔中原，至作者寫作此詩時，已傳四帝，故云。

〔7〕遺民：指金佔領區的中原人民。望恢復：盼望南宋北伐收復中原。

〔品鑑〕

淳熙四年（1177）春在成都作。本詩以樂府舊題寫時事，首聯總括多年來朝廷屈辱求和、邊將無恢復之舉的苟安狀況。三句深入寫「將軍不戰」卻終日很忙——歌舞飲宴，醉生夢死，結果則是四句所說戰馬徒然養肥而死、良弓日久朽爛斷弦。「戍樓」以下四句寫邊防兵士，他們空有壯志，而虛擲青春，坐老邊城，或身死沙原。以上八句寫前線帥老兵疲之狀。「中原」以下四句抒發對金人久占中原的感慨和對中原人民的同情，字底行間流露對時局的隱憂，對朝廷屈辱求和政策的不滿。詩風近唐人邊塞之作，但因為宋金對峙的形勢比唐代邊塞的情況更為嚴重，作者閱歷又深，所以描寫更為具體，感慨更為深切。

楚城〔1〕

江上荒城猿鳥悲，隔江便是屈原祠〔2〕。一千五百年間事，只有灘聲似舊時〔3〕。

〔注釋〕

〔1〕楚城：即楚王城，遺址在歸州（今湖北秭歸境內）長江南岸。

〔2〕屈原祠：楚王城對過長江北岸有屈原故宅，後人立為祠堂。

〔3〕一千五百年：從楚懷王到宋孝宗其間約數。

〔品鑒〕

　　作於淳熙五年五月。當時作者奉詔東歸，途經歸州，寫下了這首弔古之作。詩題作《楚城》，卻只是從「楚城」寫起，用「楚城」的荒蕪和只有猿鳥悲鳴，與隔江「屈原祠」的千古受人景仰相對，表示了對歷史上楚國興亡的看法和感慨。詩意大致說當年楚王一意屈事秦國，結果爲秦所滅，只成就了屈原一人忠君愛國的英名。一千五百年下來，當今的時局與歷史上是何等地相似啊！那爲屈原流怨漱恨的灘聲依舊，而當朝天子還如楚王一樣昏庸，不是又要重蹈楚國的覆轍、演出新的歷史悲劇嗎？這一點可以說是被陸游不幸而言中了。詩以古諷今，寫得極含蓄，又極深刻，是古代詠史的名作。

書憤

早歲那知世事艱，中原北望氣如山〔1〕。樓船夜雪瓜洲渡，鐵馬秋風大散關〔2〕。塞上長城空自許，鏡中衰鬢已先斑〔3〕。《出師》一表真名世，千載誰堪伯仲間〔4〕！

〔注釋〕

〔1〕「早歲」二句：說年輕時哪裏知道世間做事的艱難，北望恢復中原，總是信心十足，氣壯如山。

〔2〕「樓船」二句：指紹興三十一年（1161）冬，金主完顏亮南侵佔領瓜洲，準備渡江；南宋將士堅持抵抗，並由於金兵內訌殺死了完顏亮，取得了防守反擊的勝利，以及同年秋天，金兵從陝西入侵，宋軍經過激烈的爭奪，收復大散關之事。樓船，戰船。瓜洲，今江蘇揚州南面運河入長江口處，當時是軍事要地。鐵馬，披甲的戰馬。大散關，在今陝西寶雞西南大散嶺上，當時是軍事要塞。

〔3〕塞上長城：南朝劉宋名將檀道濟抗擊北魏有功，卻被宋文帝處死，臨刑時他憤然說：「乃壞汝萬里長城。」空自許：自以爲是萬里長城卻無可用處。

〔4〕《出師》一表：指諸葛亮《出師表》，中有「當獎帥三軍，北定中原」的話。名世：名傳後世。堪：可以。伯仲間：猶言相提並論。古代兄弟間排行老大爲伯，老二爲仲。

〔品鑒〕

　　這首詩作於淳熙十三年。這年作者已經六十二歲了，住在紹興家中，憶

往昔志在恢復，氣壯山河，歲月崢嶸。但是時移事遷，幾十年下來，將士無奮勇之地，山河無恢復之期，而人老焉將至，壯志成空，──怎麼能再有諸葛亮那樣「獎帥三軍，北定中原」的人物出現呢？詩中悲哀與忠憤之情，千載之下仍令人動容。清李慈銘曰：「全首渾成，風格高健，置之老杜集中直無愧色。」（《越縵堂詩話》）方東樹評此詩云：「妙在三四句兼寫景象，聲色動人。」（《昭昧詹言》卷二十）

臨安春雨初霽〔1〕

世味年來薄似紗，誰令騎馬客京華〔2〕。小樓一夜聽春雨，深巷明朝賣杏花。矮紙斜行閒作草，晴窗細乳戲分茶〔3〕。素衣莫起風塵歎，猶及清明可到家〔4〕。

〔注釋〕

〔1〕臨安：南宋都城，今浙江杭州市。霽（jì 計），雨後放晴。
〔2〕世味：世情。令：使。騎馬客京華：猶說在京做官。
〔3〕矮紙：短紙，即小幅的紙。閒作草：無事寫草書消遣。細乳：古人將茶餅研成細末加水煎來吃，細末煎後成泡沫浮於水面，如乳狀，故稱。分茶：宋代飲茶時的一種遊藝，今已失傳。
〔4〕「素衣」二句：說自己不久就要辭官回鄉，不必擔心京城官場的風氣會污染了自己的清白。素衣，這裡指白色的衣服，喻人格的清白。化用陸機《為顧彥先贈婦》詩：「京洛多風塵，素衣化為緇。」

〔品鑒〕

淳熙十三年作。這一年作者被任命為朝請大夫、權知嚴州（今浙江建德），奉召觀見孝宗，寓居臨安，寫下了這首詩。詩寫京城官場風氣的污濁和自己暫寓京師潔身自好的閒暇生活，表達了對官場庸俗的不滿和不肯同流合污的精神。首聯說京中世情澆薄，使人不耐，頷聯「小樓」二句寫臨安風俗，是膾炙人口的名句。據說當時傳入宮中，宋孝宗都很欣賞，可見它的雅俗共賞。但它在詩中首先是點出作者寓所毗鄰市井，一夜聽著淅淅瀝瀝的春雨，不能入睡。為什麼不能入睡？作者沒有說，大約是眼見官場的庸俗使他心緒不好，然而是無可奈何的事，只好由它去了，卻道一夜春雨，明天侵早，市井小巷裏一定會傳來叫賣杏花的聲音，──作者的心思就經由這「賣杏花」從官場

游移解脫了出來，五、六句寫閒居的情趣，表達潔身自好的志向。七、八句伸足，說不久歸田，再不必在這種庸俗的「世味」中受罪了。本篇可與《遊山西村》對看。

秋夜將曉，出籬門迎涼有感二首（其一）

三萬里河東入海，五千仞嶽上摩天〔1〕。遺民淚盡胡塵裏，南望王師又一年〔2〕。

〔注釋〕

〔1〕三萬里河：指黃河。黃河實際上沒有三萬里，這裡極言其長。五千仞嶽：指西嶽華山。仞，古代長度單位，五千仞約三四千丈，華山並沒有五千仞，這裡極言其高。摩天，碰到天。

〔2〕遺民：指當時金佔領區的宋朝百姓。胡塵：金兵鐵騎揚起的塵土。王師：王者之師，此指官軍，即南宋軍隊。

〔品鑒〕

　　作於光宗紹熙三年（1192）。當時作者六十八歲，賦閒家居，但仍不忘國事，特別是惦念北方淪陷於金佔領區的人民。本詩上聯極寫中原山河的壯麗，下聯極寫北方淪陷區人民的痛苦及其年年之希望總歸於失望。用山河的壯麗、人心思宋，對照宋室的孱弱、北上收復中原之無望，寄寓作者巨大的悲哀。詩境闊大，氣勢沉雄，感慨嗚咽，有悽楚之致。

十一月四日風雨大作二首（其二）

僵臥孤村不自哀，尚思為國戍輪臺〔1〕。夜闌臥聽風吹雨，鐵馬冰河入夢來〔2〕。

〔注釋〕

〔1〕戍輪臺：保衛邊疆。輪臺，今屬新疆，漢代曾在這裡駐軍。這裡泛指邊塞。

〔2〕夜闌：夜深。鐵馬：披著鐵甲的戰馬。冰河：北方冰凍的河。

〔品鑒〕

　　紹熙三年此日在紹興作。作者雖垂老賦閒家居，但仍然念念不忘恢復。當此風雨大作，僵臥孤村之際，他想到的不是個人晚景的難堪與淒涼，而是

國家危局，亦如風雨飄搖，自己當為它獻身戍邊；深夜聽著風聲雨聲，做夢也到了北伐前線，自己騎著戰馬跨越冰河去收復失地，——那是多麼令人振奮啊！然而是在夢中，現實卻只堪悲哀。這首詩又一次表現了作者愈老彌篤的愛國情懷，格調高亢，氣宇恢宏。但「臥」字重見，有欠錘鍊。

小舟遊近村，捨舟步歸四首（其四）

斜陽古柳趙家莊，負鼓盲翁正作場〔1〕。死後是非誰管得，滿村聽說蔡中郎〔2〕。

〔注釋〕

〔1〕趙家莊：作者故鄉即今浙江紹興的一個村莊。負鼓：背著鼓。盲翁：眼睛失明的老翁。作場：登場說唱。

〔2〕「死後」句：說死後別人說好說壞，自己是管不了的。蔡中郎：東漢文學家蔡邕，曾官左中郎將，故稱。當時說唱文學講他曾停妻再娶，其實是沒有的事。

〔品鑒〕

作於寧宗慶元元年（1195）。當時作者年逾七旬，閒居家鄉，常到附近村莊遊覽，這是他遊趙家莊所作。首句大處落墨寫趙家莊，拈出「斜陽古柳」，既見鄉莊的景致，又畫出下句盲翁作場的環境。「負鼓盲翁」與「斜陽古柳」作對，渾然若天成，有無限神韻。後兩句寫說唱的內容，與歷史上蔡邕的實際相對照，作者發出了「死後是非誰管得」的感慨，引人深思。

沈園二首〔1〕

城上斜陽畫角哀，沈園非復舊池臺〔2〕。傷心橋下春波綠，曾是驚鴻照影來〔3〕。

夢斷香銷四十年，沈園柳老不吹綿〔4〕。此身行作稽山土，猶弔遺蹤一泫然〔5〕！

〔注釋〕

〔1〕沈園：故址在今浙江紹興禹跡寺南，今已修復。

〔2〕畫角：古代一種繪有花紋用以警昏曉的軍樂器，形如竹筒，其聲淒厲。

〔3〕驚鴻：驚飛的鴻，比喻姿態優美的女子，這裡指作者已故的前妻唐氏。

〔4〕夢斷香銷：説舊日美好生活的消失和唐氏的去世。綿：這裡指柳綿，即柳絮。

〔5〕「此身」句：説自己快要死了。行，快要。稽山，會稽山，在紹興。泫然：流淚的樣子。

〔品鑒〕

　　陸游二十歲與唐琬結婚，夫妻和美。可是陸游的母親卻不喜歡唐氏，迫使離異了。唐琬改嫁趙士程，陸游也另娶，但二人都不忘舊情。紹興二十五年春末，陸游偶然遇唐琬於沈園，傷感之餘作《釵頭鳳》題壁，寫得極沉痛。唐琬亦有和作，不久便抑鬱而終。這兩首詩是慶元五年作者再訪沈園時所作，時距唐琬去世已四十餘年，詩人也已經七十五歲。可是我們從詩裡感到的作者對唐琬的感情，仍如初戀的真純和新豔，只是不勝哀戚之至。第一首回憶當年唐琬曾遊此園，用春波映驚鴻的比喻寫出了永存在自己心中的唐琬「翩若驚鴻」的美好形象；第二首直接抒發始終不渝的愛情和傷感，纏綿悱惻，極盡哀豔。陳衍評曰：「無此絕等傷心之事，亦無此絕等傷心之詩。就百年論，誰願有此事？就千秋論，不可無此詩。」（《宋詩精華錄》卷三）

示兒〔1〕

死去原知萬事空，但悲不見九州同。王師北定中原日，家祭無忘告乃翁〔2〕。

〔注釋〕

〔1〕示兒：給兒子看。

〔2〕王師：王者之師，此指官軍，即南宋的軍隊。北定中原：諸葛亮《出師表》中語。家祭：家中對先人的祭奠。乃翁：你的父親，這裡是作者自稱。

〔品鑒〕

　　作於嘉定二年（1210）。這一年除夕，作者以八十五歲高齡卒於鄉間，這是他臨終前所作的最後一首詩。上聯說自己知道一死之後，萬事皆空，一切都無意義，但癡心不改，唯一的恨事是不能見到國家統一。但他相信這一天終會到來，所以下聯特意囑咐兒子，到成功的一天於家祭時告訴他。此詩正如宗澤臨終三呼「渡河」，表現了南渡志士光復中原的強烈願望。但是，能否「北定中原」，關鍵還在朝廷。而後來南宋的朝廷更加昏弱，越發不敢想到北

伐，終至於「九州同」成了元人的天下，是作者臨終萬萬未曾想到的，兒孫們更無可告慰他那抱恨的亡靈了。

葉紹翁　二首

葉紹翁（生卒年不詳）字嗣宗，號靖逸。祖籍浦城（今屬福建），徙居龍泉（今屬浙江）。他的《四朝聞見錄》記事下及寧宗慶元（1195～1200）黨禁，可知寧宗時他還在世。他是著名學者眞德秀的朋友，曾與眞德秀私校殿試卷，應該做過朝官，卻沒有正面的記載。有《靖逸小集》。在南宋詩壇上，他被看作江湖詩派中人，擅長絕句，以敏銳的感觸寫平常景，往往意新語工，給人以異樣的感受。

遊園不值〔1〕

應憐屐齒印蒼苔，小扣柴扉久不開〔2〕。春色滿園關不住，一枝紅杏出牆來。

〔注釋〕

〔1〕不值：不遇，此指沒有遇上主人。

〔2〕憐：愛惜。屐齒：木鞋底的兩道高齒。印：雅言踐踏。小扣：輕輕地敲。柴扉：用竹木枝條做成的門。

〔品鑒〕

遊園乘興而來，遇巧主人不在，不得其門而入，一般說要敗興而歸。但是這位詩人卻猜想主人憐惜那園中的青苔，怕被屐齒踏傷了她，有意不使人遊園；又從那一枝紅杏出牆，看到主人禁閉春色不成，感到意外的喜悅。三、四是膾炙人口的名句，寫出了自然造化勝過人為的道理，或者還可以作別的解釋，意象鮮明，神韻飛動，可謂絕妙好辭。其實一篇俱佳，首句的設想就很出奇。如果園主人是《紅樓夢》中薛姨媽型的，讀了這第一句，一定會拿嗔林黛玉的話對他說：「你這個多心的，有這樣想，我就沒這樣心。」

夜書所見

蕭蕭梧葉送寒聲，江上秋風動客情〔1〕。知有兒童挑促織，夜深籬落一燈明〔2〕。

〔注釋〕

〔1〕客情：旅途的情懷，常指思歸之情。

〔2〕挑促織：捉蟋蟀。籬落：籬笆。一燈：兒童挑促織點的燈。姜夔詠蟋蟀的《齊天樂》詞也説：「笑籬落呼燈，世間兒女。」

〔品鑒〕

　　這首詩寫旅途見兒童夜間挑燈捉蟋蟀的情景，雖曰「書所見」，其實作者只是看到了燈火，「知有」是推斷之辭；詩的中心乃在抒發「客情」，「籬落一燈」只是印證了他的經驗。他因此油然想到家居的閒適、童年的無憂，對比這梧葉蕭蕭、秋風送寒的旅況，如何不更動「客情」呢。從若不相關處見眞意，從極細微處見深情，是這首詩突出的特點。

范成大　四首

　　范成大（1126～1193）字致能，自號石湖居士。吳郡（今江蘇蘇州）人。紹興二十四年（1154）進士。歷官正字、著作佐郎，除吏部郎官，起知處州，有政聲。又除禮部員外郎，兼崇政殿説書。後以起居郎假資政殿大學士充國信使使金，不辱使命而還，除中書舍人，官至參知政事，爲言者論罷。後起爲端明殿學士，紹熙三年（1192），加大學士。卒，有《石湖居士詩集》三十四卷，今存。

　　范成大是南宋著名詩人，當時與尤（袤）、楊（萬里）、陸（游）並稱「中興四大詩人」，後世則有人於兩宋把他和歐（陽修）、蘇（軾）、陸（游）並稱「大家」（袁枚《隨園詩話》卷三），足見其影響之大。范成大雖久歷官場，並且官做得很大，卻關心民瘼，寫了大量農村題材的詩，開拓了田園詩描寫的領域，形成了自己的風格，其中以《四時田園雜興六十首》最爲著名。另外與當時的許多作家一樣，他也寫了一些抗金愛國題材的詩，代表作就是他在使金途中所寫的七十二首絕句，總名爲《北徵集》。其詩師法廣泛，兼取眾長，風格多樣，尤以溫潤秀麗、生動靈活、清新平淺見長，大都精工，也偶有粗露的毛病，翁方綱所謂「體不高，神不遠耳」（《石洲詩話》卷四）。

催租行〔1〕

輸租得鈔官更催，踉蹡里正敲門來〔2〕。手持文書雜嗔喜〔3〕：「我亦來營醉歸耳！」床頭慳囊大如拳，撲破正有三百錢〔4〕：「不堪與君成一醉，聊復償君草鞋費〔5〕。」

〔注釋〕

〔1〕行：歌行，古代詩歌的一種體裁。

〔2〕「輸租」二句：說租賦已經繳納完畢，並且領到了憑據，但官府催租反面更凶了。鈔，戶鈔，宋代官府收取農民租賦收據。踉蹡，走路跌跌撞撞的樣子。里正，一里之長，如地保一類，古代農村基層應官差的人。

〔3〕文書：官府催繳租賦的文件。雜嗔喜：又怒又喜。營：謀求。

〔4〕慳囊：儲蓄零錢的陶罐，小口，易入難出，打破方能拿出錢來，故稱。而一般要等儲滿了才取出，故又稱「撲滿」。下句「撲破」就是打破的意思。

〔5〕不堪：不夠。聊復：姑且。草鞋費：買草鞋的錢，猶言跑腿錢。

〔品鑒〕

官府的租賦本來已經繳完了，但是巧立名目的榨取更多如牛毛。這首詩就畫出了宋代一個還不夠芝麻大的地方小頭目登門敲詐勒索的醜態，以及農戶不得不傾囊供奉他們的難境，寄寓了對封建官府及其地方爪牙搜刮民財的憤恨與對貧苦農民的同情。詩不作議論，只把「催租」之場景聲色畫出，就使讀者可笑、可恨、可悲，收到感人的藝術效果。

州橋〔1〕

州橋南北是天街，父老年年等駕回〔2〕。忍淚失聲詢使者：「幾時真有六軍來〔3〕？」

〔注釋〕

〔1〕州橋：在汴京（今河南開封）城內汴河上，又稱天漢橋。

〔2〕天街：即御路，汴京直通皇宮的大道。駕：指宋朝皇帝的車駕。

〔3〕失聲：不能控制而發出聲音。使者：南宋出使金國的人，這裡指作者自己。六軍：古時天子有六軍。這裡指南宋的軍隊。

〔品鑒〕

　　乾道六年（1170），范成大出使金國，途中作七絕七十二首，這是其中之一，前有小序云：「南望朱雀門，北望宣德樓，皆舊御路也。」詩的第一句就隱括小序的內容，把州橋與宋朝舊京的興廢聯繫起來，引出下句說汴京父老年年於此佇望宋帝歸來，卻從無消息。三、四句說自己行經州橋，父老忍淚失聲詢問云云，也基本是紀實的，從作者使金同時所作的《攬轡錄》中多次提到「中原父老見使者多揮涕」一類事，可得到印證；但是，有人認為，從當時政治情勢看，汴京父老公然在州橋上向南宋使者打探宋軍北伐的消息，似乎不大可能，而是作者為加強文學效果的虛擬。不過事之或無，而情所必有，所傳達中原人民望恢復的心理感情是真實的。清潘德輿《養一齋詩話》卷九說此詩「沉痛不可多讀，此則七絕至高之境，超大蘇（軾）而配老杜（甫）」，給予了很高的評價。

夏日田園雜興（其七）

畫出耘田夜績麻，村莊兒女各當家〔2〕。童孫未解供耕織，也傍桑陰學種瓜。

〔注釋〕

　〔1〕四時：四季。雜興：雜詠。
　〔2〕耘田：鋤地。績麻：緝麻線。當家：專心家業。

〔品鑒〕

　　這首詩寫夏季農民勞碌之狀：無論白天黑夜，村裏年輕人個頂個的都有自己的活幹；小孩子還不會幹農活，可是他們在桑樹蔭裏做的遊戲，也是模仿大人種瓜，真個是大人小孩都發動起來了。我們常常稱道的中國農民的勤勞，在這首小詩裏得到了極為生動地表現，同時也流露了作者對農民親熱的感情。全篇詩意渾厚有遠韻，結句平樸中有奇趣，是一首優秀的田園詩。

祭竈詞〔1〕

古傳臘月二十四，竈君朝天欲言事。雲車風馬少留連，家有杯盤豐典祀〔2〕。豬首爛熟雙魚鮮，豆沙甘鬆粉餌圓。男兒酌獻女兒避，酹酒燒錢

竈君喜〔3〕。婢子鬥爭君莫聞，貓狗觸穢君莫嗔〔4〕。送君醉飽歸天門，杓長杓短勿復云，乞取利市歸來分〔5〕。

〔注釋〕

〔1〕 祭竈：舊俗以農曆十二月（即臘月）二十四日爲竈神昇天日，當天或前一天設酒食祭送之。《東京夢華錄》卷十《十二月》：「二十四日交年……備酒果送神，燒合家替代錢紙，貼竈馬於竈上，以酒糟塗抹竈門，謂之醉司命。」就是説祭竈的風俗。

〔2〕 雲車風馬：竈君上天的車駕。少留連：逗留一會，享用祭祀。杯盤：代指酒菜。典祀：祭祀之禮。

〔3〕 酌獻：奉上祭物。酹（lei 淚）酒：灑酒於地以示祭奠。燒錢：焚燒紙錢。

〔4〕 莫聞：（當作）沒聽見。觸穢：這裡指在竈前弄髒穢之物。莫嗔：不要生氣。

〔5〕 杓長杓短：猶言是是非非。利市：吉利，引申爲好處。

〔品鑒〕

　　這首詩是《臘月村田樂府十首》之一，組詩前小引説：「其三《祭竈詞》：臘月二十四日夜祀竈，其説謂竈神翌日朝天，白一歲事，故前期禱之。」是一首風俗詩。從詩裏我們可以看到舊時祭竈，一家奉獻祭品、酹酒燒錢、禱告祈求的生動景象，以及人間敬畏神明的複雜心理。吾鄉舊時爲臘月二十三日祭竈，貼竈君神像（年畫），配以對聯曰「上天言好事，回宮降吉祥」，把祭竈的用心説得最明白。大致如人事的請酒，帶有行賄的性質。但是如《三國演義》中張飛所説「筵無好筵」，祭竈也有使詐的。范成大在現代的老鄉魯迅有《送竈日漫筆》一文，也説到紹興祭竈，有請竈君吃「膠牙餳」的，目的是「黏住他的牙，使他不能調嘴學舌，對玉帝説壞話」。看來老百姓對神也是軟硬兼使的。時移世變，祭竈的風俗已不容易見到了，這首詩就更增加了它的價值。

楊萬里　十五首

　　楊萬里（1127～1216）字廷秀，吉水（今屬江西）人。紹興二十四年（1154）進士，張浚勉以正心誠意，遂以「誠齋」爲號，學者稱誠齋先生。及浚爲相，薦爲知縣。後召爲國子博士，歷官太常博士、太常丞兼吏部侍右郎官，轉將

作少監，出知漳州，改常州。爲人剛直，歷仕高宗、光宗、孝宗、寧宗四朝，以寶謨閣學士致仕。卒贈光祿大夫，有《誠齋集》一百三十三卷，今存。

　　楊萬里理學經學都有成就，但以詩最擅盛名。在南宋詩壇上，楊萬里與陸游、范成大、尤袤並稱「中興四大詩人」。據說他一生作詩達兩萬餘首，現存也有四千餘首。其詩從江西派入，後學陳師道五律，又學王安石七絕，晚學唐人。終乃一切棄去，本呂本中所謂「活法」，「春花秋月冬冰雪，不聽陳言只聽天」（《送張文潛詩》），從心所欲，師法自然，「萬象畢來獻予詩材……渙然未覺作詩之難也」（《誠齋荊溪集序》）。理論上楊萬里認爲無事無物不可以入詩，但在創作實踐中比較社會與人，他更熱衷於自然萬物的反映。在對自然界萬事萬物觀察、描繪的廣泛與深刻上，他推進了中國古代詩歌的發展。

　　楊萬里思想敏銳，對自然萬物每能於人習焉不察處見出奇趣，又忠實於自己的眞切感受，以故作詩特別擅長於發現、捕捉自然界的生機、動態，寫似見未見、轉瞬即逝、變化無窮之象，於前人不到之處獨揮灑自如，妙擅勝場。他的詩每自出機杼，角度新穎，章法句式靈活，流轉自然，輕靈透脫，語言生動，最善於以俗語入詩，以爲新奇，造就詩境的一種「活精神」，所謂「活潑剌地人難及也」（劉祁《歸潛志》卷八引李屛山語），當時號爲「新體」，或稱「楊誠齋體」。其不足之處是作詩過於率意，取材過於瑣碎，詩料過於狹小，因而作品有時顯得「粗梗油滑」（（李慈銘《越縵堂日記》），意思太露太盡，無含蓄之美。楊萬里在南宋詩壇和後世都有很大影響。姜特立《謝楊誠齋惠長句》詩云：「今日詩壇誰是主，誠齋詩律正施行。」甚至陸游都說「我不如誠齋，此評天下同」（《謝王子林判院惠詩編》），足見其聲望之高。至清代袁枚還推崇備至，曰：「誠齋，一代作手，談何容易……其天才清妙，絕類太白，瑕瑜不掩，正是此公眞處。」（《隨園詩話》卷八）

過百家渡四絕句〔1〕

出得城來事事幽，涉湘半濟值漁舟〔2〕。也知漁父趁漁急，翻著春衫不裹頭〔3〕。

園花落盡路花開，白白紅紅各自媒〔4〕。莫問早行奇絕處，四方八面野香來。

柳子祠前春已殘，新晴特地卻春寒〔5〕。疏籬不與花爲護，只爲蛛絲作

網竿。

一晴一雨路乾濕，半淡半濃山疊重〔6〕。遠草平中見牛背，新秧疏處有人蹤。

〔注釋〕

〔1〕百家渡：在永州零陵（今屬湖南）湘江畔。

〔2〕湘：湘江。半濟：渡了一半，猶言在江心。值：遇上。

〔3〕趁：往，引申爲追。

〔4〕自媒：爲自己作媒嫁娶，這裡說路花炫耀自己，向人獻媚。

〔5〕柳子祠：奉祀柳宗元的祠堂。唐代柳宗元曾被貶爲永州司馬，後人立祠堂紀念他。

〔6〕乾濕：半乾半濕。

〔品鑒〕

　　這四首絕句作於隆興元年（1163）春，當時作者任永州零陵縣丞。四首詩都寫景物。第一首寫湘江半渡之地，漁父追捕魚群的一刻。作者只把漁父翻披了衣衫、顧不上裹頭寫出來，其搶捕之意就在不言中了；第二首寫園花落盡時節路邊的野花，誰都不起眼的，卻也有其動人之處；第三首寫殘春晴日稀疏的籬笆上的蜘蛛網，作者驚訝於籬笆本是爲護花而設，反倒成了蜘蛛結網的竿；第四首寫晴雨不定的天氣裏偶然所見，中心在於遠處草地裏由人放牧的牛和稻田缺苗處補插秧苗的人。四首詩所寫都是一般人身臨其境時很少注意的細枝末節，例如第一首寫漁父的妝束，不是細心人不易覺察；第三首換一位作家必是要對柳子祠發一番感慨，但楊萬里的眼光卻被蛛網吸引了。總之，作者刻意別出心裁，從人所忽略的常情常景尋出不平常的意義來，輕巧地加以表現，這就是他所謂的「活法」。

閒居初夏午睡起二絕句（其一）

梅子留酸軟齒牙，芭蕉分綠與窗紗〔1〕。日長睡起無情思，閒看兒童捉柳花〔2〕。

〔注釋〕

〔1〕分綠：這裡是說透過窗紗看芭蕉，感覺中窗紗也染上了芭蕉葉的綠色。

〔2〕柳花：柳絮。

〔品鑒〕

　　乾道二年（1166）吉水家中作（一說在零陵丞任上作）。詩寫「初夏午睡起」的所感所見：從睡前食梅子酸得醒來還覺牙齒是軟的，到透過窗紗看芭蕉的綠葉，繼而無動於衷地看兒童捕捉柳絮。凡物象皆點「初夏」二字，凡動作都突出一個「閒」字，淡泊透脫之至，讀者忘機。「分綠」的「分」字用得好，作者族弟楊炎正的《訴衷情》詞「分冷與紗窗」同一用法，未知是誰的發明，但是明顯地「分綠」意象更鮮明。末句從白居易《前日別柳枝絕句，夢得繼和，又復戲答》詩「誰能更學孩童戲，尋逐春風捉柳花」句化來，楊萬里自謂「工夫只在一『捉』字上」（周密《浩然齋雅談》卷中引）。

都下無憂館小樓春盡，旅懷二首〔1〕

病眼逢書不敢開，春泥謝客亦無來〔2〕。更無短計銷長日，且繞欄干一百回〔3〕。

不關老去願春遲，只恨春歸我未歸。最是楊花欺客子，向人一一作西飛〔4〕。

〔注釋〕

〔1〕都下：指南宋首都臨安（今杭州）城中。無憂館：作者給自己寓所起的名號。

〔2〕春泥謝客：猶言春泥代爲謝客，實際是因爲春雨，道路泥濘，客人也不便來了。

〔3〕短計：這裡指眼前之計，也就是臨時尋一個消遣的辦法。銷：銷磨。

〔4〕楊花：即柳絮。客子：旅居在外的人，作者自稱。作西飛：向西飛。作者是江西吉州人，在臨安的西方，楊花「作西飛」更增加作者未歸的傷感。

〔品鑒〕

　　這兩首詩作於乾道三年（1167），當時作者爲臨安府教授，住在都下無憂館。我們從寓所的命名已經可以感到，作者最不堪的正是這個「憂」字，所以特別標出它是沒有的，正應了那個「此地無銀三百兩」的笑話。然而詩人在詩中更容易說實話，這兩首詩就都是寫憂愁的。

　　第一首寫病目不能觀書又雨後泥濘無客來訪的百無聊賴。他曾經指望臨

時尋一個消遣的辦法打發「春盡」的這個「長日」，但是左思右想而無此「短計」，最後只好繞著欄干轉圈到一百回。「一百回」是誇張的話，作者不過是要把無聊之極的狀態全托出來，就像擺攤的漫天要價似的，一口咬定是轉了「一百回」，最挑剔的讀者恐也不能不承認這一句是神來之筆。

第二首承上一首客居的無聊寫思歸的煩惱。一、二句直道「未歸」之恨，但是比著春天說，願春天過得慢一點，並不是因爲它過得快人就老得快，而是因爲它回去了我卻沒有回（家）去；三、四句婉言由恨而惱，直斥楊花「西飛」欺人，實際楊花何曾欺人？不過詩人對楊花「西飛」由羨轉妒自生煩惱罷了。其實作者亦何曾眞心遷怒於楊花，不過拿楊花來做一番巧說，使之生動而已。

夏夜追涼〔1〕

夜熱依然午熱同，開門小立月明中〔2〕。竹深樹密蟲鳴處，時有微涼不是風。

〔注釋〕

〔1〕追涼：乘涼，猶言尋一個涼快的地方。

〔2〕小立：站一會。

〔品鑒〕

作於乾道五年。當時作者在吉水家中，夏日白天酷熱，夜間也不好過，詩的中心就刻畫「夏夜追涼」的過程和感受。結句最好，「不是風」三字又寫得最最好。陳衍老人評曰：「若將末三字掩了，必猜是甚麼風矣，豈知其不是哉。」其實三字的眞正好處，乃在寫出酷熱之中「微涼」未足卻暑，更盼起風的心理，可謂深婉。

小池

泉眼無聲惜細流，樹陰照水愛晴柔。小荷才露尖尖角，早有蜻蜓立上頭。

〔品鑒〕

這首詩作於淳熙三年（1176）。當時作者家居，小池當在園中或村頭，並不起眼的。這從詩中不甚著意於池的本身可以想知。詩人著意刻畫的是與池

相關的「小」字，乃是泉「小」（稱「眼」）、流「細」、荷「小」、角「尖尖」，並且「尖尖角」上頭立了一隻蜻蜓，就不僅「小」而且巧了。他眞是一個心細如髮手眼獨別的人，處處都體會到天趣，如「惜細流」「愛晴柔」；又處處點綴得透脫輕靈，如「尖尖角」上立一隻小小的蜻蜓。詩到這一種地步，正如微雕藝術的巧奪天工。

道旁小憩觀物化〔1〕

蝴蝶新生未解飛，鬚拳粉濕睡花枝〔2〕。後來借得東風力，不記如癡似醉時〔3〕。

〔注釋〕

〔1〕小憩：略事休息。

〔2〕未解飛：不會飛。鬚拳粉濕：被花的鬚瓣卷屈著，身上沾滿花粉。

〔3〕借得東風力：説蝴蝶可以乘風飛舞了。如癡似醉時：指物化新生懵懂的狀態。

〔品鑒〕

淳熙六年返吉水途中作。詩人坐觀物化，看得很細，寫得逼眞。第二句寫新生蝴蝶蜷伏之狀，與「早有晴蜓立上頭」同一筆致。不過本詩更多哲理：生不知死，死不知生；自在不成人，成人不自在，人類的類似困惑大約都可以與本詩的描寫聯繫起來思考。

插秧歌

田夫拋秧田婦接，小兒拔秧大兒插。笠是兜鍪蓑是甲，雨從頭上濕到胛〔1〕。喚渠朝餐歇半霎，低頭折腰只不答〔2〕。秧根未牢蒔未匝，照管鵝兒與雛鴨〔3〕。

〔注釋〕

〔1〕兜鍪（dōu 都 móu 謀）：頭盔，古代將士所戴。甲：古代將士護身的軍裝。胛：肩胛。

〔2〕渠：他。半霎：很短的時間。

〔3〕蒔（shí 示），栽插。匝（zā 劄），周遍。

〔品鑒〕

淳熙六年，作者回吉水，途經衢州遇雨，見農民插秧忙碌之狀，有感而作。詩寫一家人緊張插秧的情景，流露了對勞動者的讚美與同情。首聯寫一家四口緊張插秧的四種動作；頷聯寫插秧者的妝束，用雨具比戰具，強調了搶時插秧的緊張氣氛；五句應是田婦喚田夫早餐並略事休息，六句說田夫忙著插秧不作回答。「只不答」是一時顧不上答話，並非有意地不理會，所以七、八句應是田夫的答辭，大意說活還沒有干完，必「滅此朝餐」，你且回去喂鵝鴨吧。農夫想的做的不僅是插秧的「不違農時」，而且是「雞豚狗彘之畜，無失其時」，按孟子所說，這就應該「無饑矣」「穀不可勝食也」，「七十者可以食肉矣」（《孟子・梁惠王上》）。但是與范成大《催租行》對讀，就可以知道有「聖天子」在上，那是不可能的——所謂「四海無閒田，農夫猶餓死」。詩用當時口語，筆觸細緻靈活，刻畫鮮明，玲瓏透脫。

初入淮河四絕句

船離洪澤岸頭沙，人到淮河意不佳[1]。何必桑乾方是遠，中流以北即天涯[2]。

劉岳張韓宣國威，趙張二相築皇基[3]。長淮咫尺分南北，淚濕秋風欲怨誰[4]？

兩岸舟船各背馳，波痕交涉亦難為[5]。只餘鷗鷺無拘管，北去南來自在飛。

中原父老莫空談，逢著王人訴不堪[6]。卻是歸鴻不能語，一年一度到江南[7]。

〔注釋〕

〔1〕洪澤：洪澤湖，作者由湖中西北行入淮。

〔2〕桑乾：桑乾河，流經山西省北部和河北省西北部，是北京永定河上游地段，唐以前為邊遠地區。天涯：極遠處，這裡指邊塞。

〔3〕劉岳張韓：指抗金名將劉光世、岳飛、張俊、韓世忠。趙張：指趙鼎和張俊，高宗時都曾為相，力主抗金，重用韓、岳，保住了南宋的偏安。後來這些人除張俊諂事秦檜參與殺害岳飛陞官外，都被秦檜所害。

〔4〕咫尺：比喻距離很近。咫（zhǐ 紙），長度名，周制八寸。淚濕秋風：隱
　　言靖康之難北宋徽、欽二帝被擄不歸事。舊說《楚辭·九歌》中《湘君》
　　和《湘夫人》所寫湘君爲帝舜，湘夫人爲舜的兩個妃子。湘君「駕飛龍
　　兮北征」不歸，死葬蒼梧；湘夫人在江邊流淚佇望，時當「嫋嫋兮秋風，
　　洞庭波兮木葉下」。僧大訢《高尚書墨竹》詩：「蒼梧帝子秋風淚，翠袖
　　佳人日暮寒。」
〔5〕「波痕」句：承上句說南宋與金以淮河中流爲界，兩邊的船遠遠離開，
　　船行激起的水也不相波及。
〔6〕王人：這裡指南宋使金的官員。不堪：不能忍受，指金人統治下的處境。
〔7〕歸鴻：鴻，泛指大雁。古代有鴻雁傳書的傳說，這裡喻南宋使金回去的
　　人。當時南宋每年都要向金行賀禮納貢，故末句說「一年一度」。

〔品鑒〕

　　作於淳熙十六年冬。當時作者奉旨使金，由洪澤湖入淮河，越邊界線進
入金國。作爲力主抗金收復失地的南宋官員，楊萬里此際的心情是不能平靜
的，但是也沒有陸游那樣的激烈慷慨，他只是說「意不佳」，這就是第一首所
表現的那種遺憾的感情；第二首回憶南渡初諸將相的抗金業績，用「淚濕秋
風」的典故婉諷了後來朝廷所用非人，以致未能收復中原。這種怨思在當時
很普遍，例如陸游也曾寫詩說「公卿有黨排宗澤，帷幄無人用岳飛」（《讀〈攬
轡錄〉》）；第三首寫宋金淮河界上對立森嚴之狀；第四首寫中原父老向使者傾
訴淪陷之苦。據記載，當時金國限制宋使與中原百姓交往，「逢著王人訴不堪」
似不大可能。但是這首詩的中心卻是說中原父老說了等於白說，「王人」回朝
也「不能語」。因爲朝廷苟且偷安，報告中原父老盼望北伐，等於給他出難題，
沒有好結果的，所以起句就告誡「中原父老莫空談」。向來說此詩的以爲是寫
中原父老不如歸鴻能「一年一度到江南」，亦通。這四首詩總的風格是怨而不
怒，但是愛國的意志很堅定，情感很沉痛。清人潘定桂說：「試讀渡淮諸健句，
何曾一飯忘金堤？」（《讀楊誠齋詩集九首》之二）

尤袤　一首

　　尤袤（1127～1194）字延之，自號遂初居士。無錫（今屬江蘇）人。五歲
能詩文，人稱「奇童」，舉紹興十八年（1148）進士，授泰興令，有政聲。改
江陰學官，歷官至禮部侍郎兼侍讀。立朝直言敢諫，卻不曾受過大的挫折。

他是南宋著名的學問家，讀書多，學問淵博，人稱「尤書櫥」。又是著名藏書家、目錄學家，所著《遂初堂書目》是我國最早的書目專著。他的詩當時很有名，與楊萬里交往最密，與陸游、楊萬里、范成大並稱「中興四大詩人」。但是他的詩集早就散失了，後人輯為《梁溪遺稿》一卷。從今存作品看，他的成就不如其他三家。楊萬里說他詩風「平淡」（《千巖摘稿序》），「平淡」則自然，但有時流於枯槁。

淮民謠

東府買舟船，西府買器械〔1〕。問儂欲何為？團結山水寨〔2〕。寨長過我廬，意氣甚雄粗。青衫兩承局，暮夜連勾呼〔3〕。勾呼且未已，椎剝到雞豕〔4〕；供應稍不如，向前受笞棰。驅東復驅西，棄卻鋤與犁；無錢買刀劍，典盡渾家衣〔5〕。去年江南荒，趁熟過江北〔6〕；江北不可住，江南歸未得！父母生我時，教我學耕桑；不識官府嚴，安能事戎行〔7〕！執槍不解刺，執弓不能射；團結我何為，徒勞定無益。流離重流離，忍凍復忍饑；誰謂天地寬，一身無所依〔8〕！淮南喪亂後，安集亦未久〔9〕；死者積如麻，生者能幾口！荒村日西斜，破屋兩三家；撫摩力不給，將奈此擾何〔10〕！

〔注釋〕

〔1〕東府、西府：均指州縣，但非實指，句法猶如北朝民歌《木蘭詩》的「東市買駿馬，西市買鞍韉，南市買轡頭，北市買長鞭」。

〔2〕儂：我。團結：組織。山水寨：即寨兵，指當時抗金的地方武裝。

〔3〕「青衫」句：兩個穿黑衣的公差。青衫：黑色衣衫，當時衙役的公服。承局：即公差。

〔4〕椎剝：敲榨剝削。

〔5〕典：當，抵押物品換錢。渾家：稱妻子。

〔6〕趁熟：到收成好的地方去生活，即逃荒。

〔7〕安能：哪裏能。戎行（róng 榮 háng 航），軍隊。

〔8〕「誰謂」句：用孟郊《贈別崔純亮》「出門即有礙，誰謂天地寬」句意。

〔9〕安集：撫民安定。

〔10〕撫摩：撫慰、體恤。給（jǐ 脊），充足。

〔品鑒〕

　　這是尤袤的名作。當時金兵進犯揚州，作者任泰興縣（屬揚州）令，率軍民守城，使一城生靈得以保全；同時淮南地方官令置山水寨組織鄉勇抗金，本來是可取的措施，但是由於官府的腐敗和客觀上的諸多困難，結果徒然擾民，於事無補。這首詩就因哀憫淮南百姓爲組織山水寨所苦的狀況而作。詩首兩句從淮民四出購置舟船器械寫起，第三句設問，以下即「儂」的答辭。答辭可分三段：第一段「團結山水寨」以下至「典盡渾家衣」，寫淮民挨打受罵被敲剝罄盡，驅東驅西，棄卻農耕，至於典當妻子的衣服以購置刀劍；第二段從「去年江南荒」以下至「徒勞定無益」，從去年以來災荒伸足上段「無錢買刀劍」，從農民幼不知兵說「團結」之徒勞無益；第三段從「流離重流離」至篇末，概括淮民喪亂流離之苦，說官府既不能撫顧救濟這些百姓，又從而生事騷擾之，將如何是好。作者是主戰愛國的，同時關心社會的安定，體恤百姓的疾苦，對「團結山水寨」的徒然擾民表示不滿。在當時的情勢下，這是一種實事求是的態度。詩以敘事爲主，時雜議論，悲憤沉仄，情溢乎辭。

林升　一首

　　林升（生卒年不詳），孝宗淳熙時士人。餘無考。

題臨安邸〔1〕

山外青山樓外樓，西湖歌舞幾時休！暖風薰得遊人醉，直把杭州作汴州〔2〕。

〔注釋〕

〔1〕臨安：即今杭州，南宋都城。邸：旅舍。
〔2〕汴州：即汴梁，今河南開封市，北宋都城。

〔品鑒〕

　　這是作者僅存的一首詩，千百年膾炙人口，歷來講南宋覆亡歷史教訓的，往往要提到它。南宋覆亡的原因固然很多，但其中重要一點就是朝廷的苟安逸樂，不思進取。南渡的宋高宗本是一個儒弱無大志的人，加以秦檜的誘使，遂一心偷安，無意北伐，把臨安看成終老溫柔的所在。正如當時有余知閣者

（不詳其名）作《客臨安懷舊都》詩，末聯云：「漢家寬大風流在，老去西湖樂太平。」（《宋詩紀事》卷九十六）這首詩所諷刺的，正是當時朝野全不思汴京淪陷的教訓和北上收復中原的責任，醉生夢死，耽於逸樂的現實。用筆老辣，前三句把朝野酣嬉之態寫到淋漓盡致，結句只輕輕把「汴州」點出，即入骨三分。

蕭德藻　一首

蕭德藻（生卒年不詳）字東夫，閩清（今屬福建）人。紹興進士。曾為烏程令，後遂居烏程之屏山，自號千岩老人。又曾知峽州。他很賞識姜夔的才華，以侄女嫁之，並與之過往甚密。《白石詞》卷二《探春慢》序說「丙午冬，千岩老人約予過苕溪」，丙午是孝宗淳熙十三年（1186），那時他還在世。他曾跟曾幾學詩，楊萬里稱其詩「工致」，把他與陸游、尤袤、范成大並稱為「近世風騷四詩將」。但他去世早，集又不傳，後人便以楊萬里易之，稱「尤、楊、范、陸」。劉克莊說他作詩機杼與楊萬里同，才氣不如，「而思加苦」（《後村詩話》前集卷二）。方回卻說他如果不是早死，楊萬里也還遜他一籌（《瀛奎律髓》卷六）。他所存的作品都收在清人尤聰諧的《有不為齋隨筆》卷丁裏。

登岳陽樓〔1〕

不作蒼茫去，真成浪蕩遊〔2〕。三年夜郎客，一柂洞庭秋〔3〕。得句鷺飛處，看山天盡頭〔4〕。猶嫌未奇絕，更上岳陽樓〔5〕。

〔注釋〕

〔1〕岳陽樓：湖南岳陽城西門城樓，下臨洞庭湖。
〔2〕「不作」二句：說留戀洞庭之美，縱遊不去，簡直成為浪蕩子了。蒼茫：遠貌。浪蕩：這裡作漫遊解，用《古詩·青青河畔草》「蕩子行不歸」句意。
〔3〕夜郎：古國名。漢代為牂牁郡。舊地為今貴州西部及雲南東北部、四川南部一帶。作者曾在此漫游生活三年，然具體不祥。一柂：猶言一葉舟，即一隻小船。柂，船上控制方向的設置。
〔4〕「得句」句：用韋莊《題吉澗盧拾遺莊》「怪來馬上詩情好，點破青山白鷺飛」句意。
〔5〕「猶嫌」二句：用王之渙《登鸛雀樓》「欲窮千里目，更上一層樓」句意。

〔品鑒〕

　　登臨的題目一般重在寫登高所見，但這首詩一反眾作，前六句寫樓下所見所感，第七句一轉，詩意欲翻進一層，但是第八句寫到上樓，即戛然而止，給讀者留下想像的餘地。讀者當知樓下看到的已是如此之美，登樓所見的「奇絕」更非言語可以形容。語言清整，構想出奇。陳衍《宋詩精華錄》評云：「作者手筆，直兼長吉、東野、閬仙而有之，盧仝長短句不足況，宜誠齋之一見推許也。」

朱熹　三首

　　朱熹（1130～1200）字元晦，一字仲晦，號晦庵，又號晦翁，徽州婺源（今屬江西）人。生於尤溪（今屬福建），徙居建陽（今屬福建）考亭。紹興十八年（1148）進士。歷官同安縣主簿、知南康軍、提舉浙東茶鹽公事、知漳州、潭州等。寧宗朝，官至寶文閣待制兼侍講，居四十日被劾罷職。卒諡「文」，世稱朱文公。有《朱子大全文集》一百卷等。

　　朱熹是宋代著名的學者，經學、理學均有建樹，尤以理學為集大成，影響深遠。但在他生前學說曾被定為「偽學」遭禁，死後當局還不許士人參加他的葬禮。後來卻備極榮崇，理宗朝贈太師，追封徽國公，從祀孔子，擡到嚇人的地位，至於明清時弄八股的讀書人「非朱子之義不敢傳」。他以為作文害道，所以最反對作詩，但有時又自相矛盾地說「未覺詩情與道妨」（《次秀野韻》）。所以在講道學的同時，他還是以「不得已而言」為藉口寫了不少詩，數量甚至達一千二百餘首。其中有不少頭巾氣十足的「講義語錄」體作品，但更多的是寫景抒懷之作，意境清幽，思理淵妙，有「蕭散沖淡之趣」。錢鍾書說他是「道學家中間的大詩人」（《宋詩選注》）。

春日

勝日尋芳泗水濱，無邊光景一時新〔1〕。等閒識得春風面，萬紫千紅總是春〔2〕。

〔注釋〕

〔1〕勝日：節日或親朋相聚之日，這裡指春天晴好之日。尋芳：尋花，喻探求聖人之道。泗水濱：孔子故鄉曲阜在泗水之濱，這裡代指孔子。泗水：在今山東中部，流經曲阜。一時：當即、立刻。

〔2〕等閒：尋常、輕易。

〔品鑒〕

　　字面上這是一首寫踏青遊春的詩，實際是講道學的。理解它的關鍵只在「泗水濱」一詞，它代表了孔子和他的學說，宋儒把它稱爲「道學」。全詩乃是說：學習聖人之道，正如信步踏青來到郊外，無邊春光使人眼明心亮，頓覺新鮮。「一時新」的「新」，就是《大學》所說「親（新）民」「苟日新，日日新，又日新」的「新」；一旦悟得聖人的道理，則如從萬紫千紅可以很容易看到春風的面目一樣，你就可以從萬事萬物看到「道」無所不在，一切都是「道」的活潑生動的體現。前兩句說道學從窮理格物入手，後兩句說道學達到的格物致知的境界，也就是一旦豁然貫通的地步，全詩形象地概括喻明了理學的基本過程。講道學的詩而使人不覺理障，是朱熹此作的過人處。

觀書有感二首

半畝方塘一鑒開，天光雲影共徘徊〔1〕。問渠那得清如許，爲有源頭活水來〔2〕。

昨夜江邊春水生，蒙衝巨艦一毛輕〔3〕。向來枉費推移力，此日中流自在行。

〔注釋〕

〔1〕鑒：鏡子，喻池塘的水面。
〔2〕渠：它，指方塘。如許：如此、到這種程度。
〔3〕蒙衝：同「艨艟」，古代大型戰船。

〔品鑒〕

　　這兩首詩說讀書治學的道理。前一首用方塘作譬，寫方塘的清澈是因爲不斷有「源頭活水」來補充它，比喻說一個人的心能洞明世事，從容映照萬物，使物之表理精粗無不到，變化百態無不及，就要靠每天的學習；第二首以行船爲比，寫江水落潮的時候，費盡氣力也無法把巨艦推動，但是夜來春水驟至，把巨艦浮起來，像舉起一片羽毛，當日就能自由自在地在中流航行了，比喻說讀書窮理一旦豁然貫通的感受。朱熹的三傳弟子王柏說：「前首言日新之功，後首言力到之效。」這兩首詩也是以形象說理，雖然形象稍嫌單

薄，但是深致的理趣給人以有益的啓迪，所以是好詩。前一首甚至可以說是膾炙人口的。

劉過　二首

　　劉過（1154～1206）字改之，號龍洲道人。太和（今屬江西）人。曾入辛棄疾軍幕，又曾叩闕上書，終因疏放不得用，布衣終身，晚年寓居崑山而卒。有《龍洲集》十四卷、《龍洲詞》一卷，今存。

　　劉過才氣橫溢，一生漂泊，放浪江湖，在江湖詩派中爲前輩，卻沒有這派詩人作詩流連光景的習氣。他寫了許多風格豪放的憂傷國事的詩詞，是江湖詩派中最爲關心現實的一個，詩的成就也名列前茅。但是他的豪放時或流於粗率和直露，又有時愛發些迂腐的議論，都是明顯的毛病。

題謝耕道《一犁春雨圖》後〔1〕

阿耘無田食破硯，奉親日糴供朝飯〔2〕。有田正恐拙把犁，何得更爲畫圖看〔3〕？汝父名汝汝當知，有田無田未可期〔4〕。有田不耕汝懶病，無田畫田真畫餅〔5〕。畫田之外乃畫牛，捕捉風影何時休？頭上安頭入詩軸，全家不應猶食粥〔6〕。

〔注釋〕

〔1〕謝耕道：名耘，字耕道，天台人。繪有《犁春圖》，自號謝一犁。《一犁春雨圖》：或即《犁春圖》。

〔2〕食破硯：靠破硯臺吃飯，亦即筆墨爲生，在這個意義上硯常被稱爲硯田。本句從蘇軾《次韻孔毅父久旱已而甚雨》詩「我生無田食破硯」句化出。奉親：奉養父母。糴（dí 狄），買糧。

〔3〕「有田」二句：說有田還怕你不會扶犁耕地，何必又在圖上畫犁看呢？這兩句《宋詩紀事》卷五十八作「凝塵壁上掛瓶罌，寒日窗前照藜莧」。

〔4〕「汝父」二句：說你的父親給你名耘字耕道，不過是期望有田而已，實際有田無田並不可預料。名：一作「訓」。

〔5〕畫餅：畫餅充饑。

〔6〕「頭上」二句：說你畫田又畫牛，還把這畫有田和牛的畫寫入詩卷，全家就不應還是只喝粥度日了。頭上安頭：指上聯「畫田之外乃畫牛」的重複。入詩軸：寫進了詩卷。不應：是正話反說，實際是說「只應」。

〔品鑒〕

　　這是一首題畫詩，作者知人論畫，就畫面內容和畫家生活述事議論，以善意同情的態度調侃了謝耕道的丹青生涯，讚揚了他獻身繪畫的精神，婉轉表達了對藝術家生活困窮的不滿。全詩從「無田畫田」生發立意，寫了謝的窮困，讚揚了他酷愛藝術的獻身精神；九句以下由田及牛，由畫及詩，表現畫家而兼詩人的謝道耕才華橫溢，創作豐富，結末一語道斷，說他硯田耕耘的收穫只夠全家食粥，含蓄之意是做藝術家就活該受窮，是憤激的話。末句同時照應首聯的「日糴」——因爲錢少，每次只能買很少的米——這使我們想到清代大文學家兼畫家的曹雪芹也是「舉家食粥」來。大約古來弄丹青、好詩文的命運一般如此，後者的情況還要更糟糕。劉過也很窮，同病相憐，所以能夠作這樣的調侃，而調侃他人適足以自嘲，所以很見性情。

登多景樓〔1〕

壯觀東南二百州，景於多處最多愁〔2〕。江流千古英雄淚，山掩諸公富貴羞〔3〕。北固懷人頻對酒，中原在望莫登樓〔4〕。西風戰艦成何事，空送年年使客舟〔5〕。

〔注釋〕

〔1〕多景樓：在今鎮江北固山上甘露寺內，背山面江，曾鞏《甘露寺多景樓》：「欲收嘉景此樓中，徒倚欄干四望通。」

〔2〕東南二百州：宋代疆域號稱四百州，南渡後成了半壁江山，故有這樣說，實是感慨四百州只剩下了一半。「景於」句：承上說「多景」就把淪陷的那二百州也包括進去了，所以也就「多愁」。

〔3〕「山掩」句：說當年秦檜等一班主和的大臣死了，他們圖富貴求苟安的醜事也成了陳跡。

〔4〕「北固」句：梁武帝曾登北固山，稱爲京口壯觀，乃改稱北顧。這句話說想到梁武帝當年曾登此山北望，愈增惆悵，只得頻頻舉杯對飲澆愁。「中原」句：照應第二句，說登多景樓就可望見中原，令人不堪其憂，就不要登樓了。

〔5〕西風戰艦：指建炎四年（1130）韓世忠在北固山附近以水師破金兵事。成何事：（如今那些戰艦）做什麼事。「空使」句：說西風戰艦徒然方便了宋朝出使金國，年年送使者去納幣維和。

〔品鑒〕

　　多景樓是鎮江名勝，生當北宋盛時的曾鞏在樓上看到的是「雲亂水光浮紫翠，天含山氣入青紅。一川鐘唄淮南月，萬里帆檣海外風」（《甘露寺多景樓》）。但是到了劉過的時代，中原淪陷已半個多世紀，主和派以輸金納幣換取了富貴偷安，岳飛、韓世忠等抗金英雄的努力早被付之東流，恢復無望，當年大破金兵的西風戰艦，如今年年空送使者赴金乞和招辱，前後的對比是何等觸目驚心！本詩就表現了這一鮮明的時代特徵，作者的感情與其說是悲痛的，不如說是憤懣的。頷聯上句憤懣於韓、岳等人的英雄悲劇，下句憤懣於秦檜等姦臣誤國；尾聯隱有對南宋朝廷的諷刺。作者為這樣的時代感到悲哀，乃至發出「景於多處最多愁」的感慨、「中原在望莫登樓」的浩歎！激烈慷慨，嗚咽凄涼，令人感極而深思。

姜夔　六首

　　姜夔（1155～1221？）字堯章，號白石道人。鄱陽（今江西波陽）人。幼隨父宦遊漢陽。年三十餘，識蕭德藻於湖南。蕭很賞識他的文才，把侄女嫁他為妻，並介紹他去見楊萬里。楊一見稱其「文無所不工」（《齊東野語‧白石自述》）。後來陸續結交范成大、尤袤、辛棄疾等，成為當時有影響的文人。四十四歲得與禮部試，未中，遂絕意仕進，漂泊江湖，以布衣終。

　　姜夔多才多藝，兼工詩詞，精通音律，擅長書法，於詞造詣尤深。著有《白石詩集》等多種傳世。他的詩初學江西詩派，後學晚唐，楊萬里比他為晚唐的陸龜蒙，而清勁雅致或有過之。

契丹歌〔1〕

契丹家住雲沙中，氈車如水馬若龍〔2〕。春來草色一萬里，芍藥牡丹相間紅。大胡牽車小胡舞，彈胡琵琶調胡女〔3〕。一春浪蕩不歸家，自有穹廬障風雨〔4〕。平沙軟草天鵝肥，胡兒千騎曉打圍。皂旗低昂圍漸急，驚作羊角凌空飛〔5〕。海東健鶻健如許，韝上風生看一舉。萬里追奔未可知，劃見紛紛落毛羽〔6〕。平章俊味天下無，年年海上驅群胡。一鵝先得金百兩，天使走送賢王廬〔7〕。天鵝之飛鐵為翼，射生小兒空看得。腹中驚怪有新薑，元是江南經宿食〔8〕。

〔注釋〕

〔1〕契丹：古代北方少數民族之一，生活於遼河流域，五代時自立政權，後改國號爲遼，據燕雲（今遼寧與河北省北部）與宋對立。

〔2〕「耆車」句：說契丹人以車馬奔馳，絡繹不絕。耆車，堅車。

〔3〕大、小：均指年齡。

〔4〕「一春」二句：說契丹人不定居的游牧生活。浪蕩：這裡指漫遊。穹廬，氈張，即蒙古包。障，遮蔽。

〔5〕「平沙」四句：說契丹人拂曉圍獵天鵝之狀。皂旗，黑旗。羊角，盤旋而上的旋風，形容天鵝受驚急起高飛之狀。

〔6〕「海東」四句：說鷹搏天鵝之狀。海東健鶻：一種獵鷹，名海東青。鶻（hú 胡），一種猛禽。韝（gōu 溝），獵人用的一種臂套，供獵鷹立足。劃見，忽見。落羽毛：隱言鷹擊天鵝成功。

〔7〕「平章」四句：說天鵝肉味最佳，契丹人年年獵食，射得第一隻天鵝獻給國王，國王賞金百兩。平章：評論，這裡指品味。俊味，美味。天使，國王的使臣。走，跑。

〔8〕「天鵝」四句：說天鵝鐵翼高飛，不高明的射手拿它沒有辦法；天鵝飛得很快，一天就能飛到漠北，有時從腹中能剖出新鮮的蕣來，那是昨天在江南食的。

〔品鑒〕

這首詩題下原有注說：「都下聞蕭總管自說其風土如此。」都下即臨安；蕭總管即蕭鷓巴，原爲金將，降宋爲忠州團練使。姜夔在臨安聽蕭總管說契丹風俗，遂有了這首少見的關於契丹民族游牧生活的古體詩。全詩二十四句，四句一韻說一事。前四句大處落墨寫契丹人馳騁漠北及草原風光；「大胡」以下四句寫契丹人日常游牧生活和能歌善舞的民族性格；「平沙」句以下次第說圍獵事，表現契丹健兒矯健身手和尚武精神，是全詩的中心。意境雄闊，風格獷蕩，語言明快，流轉自然，有唐人邊塞詩遺韻。

過垂虹〔1〕

自作新詞韻最嬌，小紅低唱我吹簫〔2〕。曲終過盡松陵路，回首煙波十四橋〔3〕。

〔注釋〕

〔1〕垂虹：垂虹橋，北宋建，東西長千餘尺，前臨太湖，橫截松陵，爲三吳

　　絕景。此橋清代已廢，舊址在今江蘇吳縣。
〔2〕韻最嬌：音節最諧婉。
〔3〕松陵：吳江縣的別稱。

〔品鑒〕

　　范成大寓居石湖，有家妓小紅，色藝俱佳。紹熙二年（1191）底，姜夔往訪，自譜新曲爲范製《暗香》《疏影》二詞。范使小紅等二妓習唱，音節清婉。姜夔將歸吳興，范以小紅贈之。時當除夕大雪，一路上小紅低聲歌唱姜夔的新詞，姜夔吹簫伴奏，曲子唱完，船已經過了「橫截松陵」的垂虹橋，出了吳江地界；回首來路，那一座座畫橋在煙波縹緲中恍如仙境。本詩就是作者攜小紅歸吳興途中的寫實，幾百年來頗爲人傳誦，清末甚至有人圖畫之。今天的讀者若以政治或道德的標準評價它的內容，很容易一切抹殺了。但是買僕贈婢原是彼時風俗，姜夔不過是個窮途潦倒的文藝家，受人之賜，得了小紅這樣一位身處下賤而有藝術才華的女子，有理由感到高興——在小紅也未必就是更大的不幸。以作者詩中洋溢的愉悅滿足的情緒推想，他對小紅似有特殊的好感——「韻最嬌」的「嬌」字是下連著歌唱者的。

除夜自石湖歸苕溪十首（選四）〔1〕

　　其一

細草穿沙雪半銷，吳宮煙冷水迢迢〔2〕。梅花竹裏無人見，一夜吹香過石橋。

　　其四

千門列炬散林鴉，兒女相思未到家〔3〕。應是不眠非守歲，小窗春意入燈花〔4〕。

　　其七

笠澤茫茫雁影微，玉峰重疊護雲衣〔5〕。長橋寂寞春寒夜，只有詩人一舸歸〔6〕。

　　其九

少小知名翰墨場，十年心事只淒涼〔7〕。舊時曾作《梅花賦》，研墨於今

亦自香〔8〕。

〔注釋〕

〔1〕除夜：除夕，農曆年最後一天的夜晚。石湖：蘇州與吳江之間的風景區，范成大的別墅在那裡。苕溪：在今浙江省湖州境內，這裡指湖州，當時作者安家於此。

〔2〕吳宮：春秋時吳王宮，遺址在今蘇州市。迢迢：遙遠的樣子。

〔3〕千門：千家。炬：蠟燭。散林鴉：驚飛了林中的宿鴉。

〔4〕守歲：除夕經宵不眠，表示對舊年的惜別，謂之守歲。

〔5〕笠澤：太湖的別稱。「玉峰」句：說山峰為雲氣所繚繞。

〔6〕長橋：垂虹橋。舸（gě 葛），小船。

〔7〕翰墨場：猶說文壇。

〔8〕「舊時」二句：說過去曾經作《梅花賦》，自期立身像梅花那樣高潔，如今雖窮困潦倒，心志仍沒有任何改變。研墨，磨墨。

〔品鑒〕

本組詩與上選《過垂虹》同時作，楊萬里贊為「有裁雲縫月之妙思，敲金戛玉之奇聲」（陳振孫《直齋書錄解題》引）。這裡所選《其一》上聯首句點江南除夕春意，次句寫水路迢迢，「吳宮煙冷」，有蕭索落寞之致；下聯寫梅花，傲雪鬥寒是不必說的，作者只寫她隱居竹林而香飄寒夜，有孤高之氣。《其四》首句寫千家萬戶正在過年，二句以下寫想像中家人思念等待他忽然歸來之狀……實際是從寫家人的角度寫自己思歸的急切心情。《其七》寫是夜渡太湖所見，表露孤寂的心情。《其九》自傷身世，表明從來以梅花自期，雖孤窮寒窘如此，決不改其志，與《其一》對梅花的讚美相呼應。

韓淲　一首

韓淲（1160～1224）字仲止，一字子仲，號澗泉。信州上饒（今屬江西）人。以父蔭補官，清苦自持，以至「客至不能具胡床（椅子），只木杌子而已」；雅志不同俗，有官員吳某贈酒錢若干，拒之曰：「韓某一生不會受此錢。」（佚名《東南紀聞》）仕不久即歸。寧宗嘉定中，聞時局政事驚心，感疾以卒。與同時趙蕃（號章泉）俱有詩名，並稱「二泉」。有《澗泉集》二十卷。

風雨中誦潘邠老詩〔1〕

滿城風雨近重陽，獨上吳山看大江〔2〕。老眼昏花忘遠近，壯心軒豁任行藏〔3〕。從來野色供吟興，是處秋光合斷腸〔4〕。今古騷人乃如許，暮潮聲捲入蒼茫〔5〕。

〔注釋〕

〔1〕 潘邠老詩：即本詩首句。潘邠老，名大臨。齊安（一作黃崗）人。光宗朝前後在世。《冷齋夜話》卷四載，潘邠老工詩，然甚貧。謝無逸嘗從潘求近作，潘答書曰：「秋來景物，件件是佳句，恨爲俗氣所蔽翳。昨日閒臥，聞攪林風雨聲，欣然起，題其壁曰：『滿城風雨近重陽。』忽催租人至，遂敗意。止此一句奉寄。」聞者笑其迂闊。

〔2〕 吳山：俗名城隍山，又名胥山。在浙江杭州市西湖東南，下臨錢塘江。

〔3〕 軒豁：高闊開朗。行藏：指出仕和隱遁。

〔4〕 是處：處處。合：應該、應當。斷腸：形容慘愁之狀。

〔5〕 騷人：詩人。乃如許：就是這樣。

〔品鑒〕

當時續潘詩的很多。這首詩的卓越之處在於暗中扣緊催租阻詩的故事寫詩人的命運，一掃詩人常有的顧影自憐嗟老歎卑的措大習氣，雄辭壯語，豪放不羈，抒發了曠達軒豁激烈慷慨的情懷，表達了對今古詩人不幸命運的抗爭與同情。又全篇渾然，一氣流轉。首兩句寫實，詩人不爲愁羈，不爲俗累，遺世獨立的傲岸形象便躍然紙上。清許印芳云：「次句雄闊，是與首句相稱，恰似天生此語配合潘詩者。能續潘詩，全在此句接得好。」（《瀛奎律髓彙評》卷十二）中四句寫意，思致通脫，中懷灑落，「只用『野色』『秋光』映帶實景，便與前後消息相通。七句束住中四句，八句回應起二句，將全詩收入景中，有宕往不盡之致。得此一結，中四句虛處皆實，枯處皆潤。且措詞壯浪，仍與起句相稱，故佳。」

徐璣　一首

徐璣（1162～1214）字文淵，一字致中，號靈淵。永嘉（今浙江溫州）人。歷官建安主簿，龍游丞，武當、長泰令等。有《二薇亭集》。他與同鄉好友徐照字靈暉、翁卷字靈舒、趙師秀號靈秀皆工詩，學唐代姚合、賈島，共

同提倡一種清苦野逸、尖纖瘦淡的詩風，並稱「永嘉四靈」。當時江西派及理學詩雖已衰弊，卻仍然盛行，四靈的出現從積極方面說是對這兩派弊端的反動，在扭轉詩風方面有一定影響，嘉定以後，江湖派興起，「多四靈之徒也」（全祖望《宋詩紀事序》）「唐詩由此復行」（《永嘉縣志·徐璣傳》）。但「惜其立志未高而止於姚賈也」（范希文《對床夜語》），所以詩境不高。他們作詩的本事，似乎只在苦吟，雕琢字句，以細碎的題材表達小巧的意緒，斂約情性，因狹出奇，除少量作品「還有那麼一點點靈秀的意致」（錢鍾書《宋詩選注》），大都失之淺薄，總體上看起來，不過是宋詩衰落過程中的一縷回光而已。

黃碧 [1]

黃碧平沙岸，陂塘柳色春 [2]。水清知酒好，山瘦識民貧 [3]。雞犬田家靜，桑麻歲事新 [4]。相逢行路客，半是永嘉人。

〔注釋〕

〔1〕黃碧：地名，當在永嘉附近。
〔2〕陂塘：池塘。
〔3〕瘦：這裡指貧瘠。
〔4〕歲事：農事，一年的收成。

〔品鑒〕

這首詩刻畫黃碧這個小山村窮窘古樸的風俗，首兩句點山村座落、春令景致，蕭疏淡簡；二、三句舉因知果，水清山瘦，正見得酒好民貧，概括畫出山村清貧的風貌；五、六句具體寫農事，是上句「貧」字的發揮。以「靜」字寫雞犬，實際是折光「田家（村民）」貧賤不移。「新」字寫桑麻，實際是寫村民勤於「歲事（村民所事）」的生活追求，這兩句可以說是舊時農民精神狀態的寫照。尾聯不可作機械的理解，實際乃是說山村閉塞，過往多是當地人，而外來的很少，從而照應並加強上面所寫山村靜謐得近乎停滯的生活情調。四靈詩過重字句，往往忽略作品內容，而這一首立意用語都甚為工致。

趙師秀　二首

趙師秀（1170～1220）字紫芝，號靈秀。永嘉（今浙江溫州）人。宋宗室。紹熙元年（1190）進士，歷任上元主簿、江東從事、高安推官。一生窮困，

劉正之《送別趙紫芝》詩說他「錦囊千首不療饑，非詩窮人窮乃奇」。晚寓錢塘，卒。有《清苑齋詩集》一卷，今存。他在「四靈」中排在末位，成就卻是最高的一個，方回推他爲四靈之冠。其詩專以鍊句鍊字爲工，野逸清瘦，但是往往句好意淺，骨力單薄，方幅狹隘。他自己也承認「一篇幸止四十字，更增一字，吾未如之何矣」（劉克莊《野谷集序》）。

薛氏瓜廬 [1]

不作封侯念，悠然遠世紛 [2]。惟應種瓜事，猶被讀書分 [3]。野水多於地，春山半是雲 [4]。吾生嫌已老，學圃未如君 [5]。

〔注釋〕

〔1〕薛氏：名師石，字景石。永嘉人。隱居會昌湖西，名其居曰「瓜廬」，自號瓜廬翁。與「四靈」爲友，常相唱酬。

〔2〕封侯：指做官。這裡暗用了秦東陵侯召平隱居種瓜的故事（見《史記·蕭相國世家》），說薛氏是位高尚不仕的隱士。世紛：世事的紛擾。

〔3〕「惟應」二句：說薛氏只管種瓜，有時還要拿些時間來讀書。

〔4〕「野水」二句：說瓜廬附近積水的地方比無水的地方還多，遠處春山半在雲氣繚繞之中。

〔5〕學圃：學習種菜。《論語·子路》說孔子的學生樊遲請學圃，孔子說：「吾不如老圃。」

〔品鑒〕

　　這首詩寫薛氏隱居的生活，讚譽了他高尚的情操，恬淡的心境，以及種瓜讀書的淡泊情趣，流露了作者企羨的心情。舊時讀書做官，弄得好應是經世致用的正途。但是讀書與做官到底是兩碼事，讀書應是文明人生活的一種基本的需要，樂在其中，自然有得；只是爲了做官才讀書，就過於狹隘了。所以這裡稱道薛氏的種瓜讀書，對世間利欲薰心的書蟲來說，不啻一副清涼劑，雖然能有這樣一種恬退的心情並不容易，甚至不很現實，但讀書人有此一點清醒則是難得的。

約客

黃梅時節家家雨，青草池塘處處蛙 [1]。有約不來過夜半，閒敲棋子落

燈花〔2〕。

〔注釋〕

〔1〕黃梅二句：從呂本中《春晚郊居》「低迷簾幕家家雨，淡蕩園林處處風」，和黃庭堅《病起次韻和稚川進叔倡酬之什》「池塘夜雨聽蛙聲」化出。「四靈」和他們所開創的江湖詩派最反對江西詩派的「資書以爲詩」，但是自己亦未能免，並且一直拆借到江西詩派的宗主黃庭堅。這是證據之一，不過他化用得很好。

〔2〕「閒敲」句：從岑參《與獨漸道別長順兼呈嚴八侍御》「彈棋夜半燈花落」化出。

〔品鑒〕

詩題一作《有約》，又作《絕句》。江南梅子黃熟的時節，常常有一段較長的陰雨天氣，稱梅雨天。本詩所寫就是在這樣一個梅雨之夜，約客對弈，而客卻失約未至的期待心情。約客下棋本是閒情，久候不至則未免無聊，加以雨聲、蛙鳴，夜半的落寞孤獨，這無聊就進而至於煩悶，於是不自覺地拿起棋子在棋盤（或桌子）上敲擊，把油燈燃燒結成的燈花都震落了。詩是寫意的，但最後一句聲態並作，準確地傳達了約客不至久等無聊的心情，雖曾「資書」，卻是絕妙。

戴復古　三首

戴復古（1167～？）字式之。天台黃岩（今屬浙江）人。家於石屏山下，因號石屏。一生未仕，布衣終老於故鄉的委羽山，卒年約八十餘。有《石屏詩集》十卷，今存。

戴復古本爲農民，又幼孤失學，長而棄農學詩，遊閩、越、江、淮間，「凡喬嶽巨浸，靈洞珍苑，空洞絕特之觀，荒怪古僻之際，可以拓詩之景，助詩之奇者，周遭何啻數千萬里」（吳子良《石屏詩集序》）。又與社會各階層人廣泛交往，如四靈、林景熙、陸游等，一時作者，「凡以詩爲師友者何啻數十百人」（同上）。這樣的經歷，他自己有詩說「狂夫本是農家子，拋卻一犁遊四方」（《田園吟》）、「七十老翁頭雪白，落在江湖賣詩冊」（《市舶提舉》），又說「野人何得以詩鳴，落魄騎驢走帝京。白髮半頭驚歲月，虛名一日動公卿。」（《春日二首》）從而他的詩充滿民間的意識與江湖的氣息。

戴復古是江湖派的名家，論詩推崇「飄零憂國杜陵老，感寓傷時陳子昂」，認爲「錦囊言語雖奇絕，不是人間有用詩」（《論詩十絕》），又曰：「入妙文章本平淡，等閒言語變瑰奇」（《讀放翁先生劍南詩草》）所作以憂國傷時及自悲身世者爲多，嘗有詞自道曰：「夫詩者，皆吾儂平日、愁歡之聲。」（《泌園春・一曲狂歌》）往往悲憤激切，感慨深沉。其他題材之作則詩風清健，輕快自然。另外，用典少，語言質樸而有意味，也是他詩作的明顯特點，但是也時有粗率淺直的毛病。

淮村兵後

小桃無主自開花，煙草茫茫帶曉鴉。幾處敗垣圍故井，向來一一是人家〔1〕。

〔注釋〕

〔1〕敗垣：破敗的院牆。故井：舊井，廢棄不用的水井。

〔品鑒〕

南宋時，宋、金對峙以淮河爲界。金兵南下，首當其衝而被禍的是淮南一帶百姓。這首詩寫淮村兵禍後的情景，時間是春天，曉光下煙草茫茫，一株桃紅，數聲鴉鳴，那殘牆斷壁，廢井頹院，原來一一都是人家，而居民在兵火中都死亡或逃散了。他只把兵後淮村的敗象畫出，亂離之民的命運就可以想見了。詩的意境很悲涼，風格平淡，而讀者深味之則有驚心動魄之感。

江陰浮遠堂〔1〕

橫崗下瞰大江流，浮遠堂前萬里愁〔2〕。最苦無山遮望眼，淮南極目盡神州〔3〕。

〔注釋〕

〔1〕江陰：今屬江蘇。浮遠堂：在江陰城外君山上，北臨長江。
〔2〕橫崗：指君山。瞰：（kan 看），俯視。
〔3〕極目：盡目力所能及。神州：這裡指中原。

〔品鑒〕

本詩爲登臨之作。作者登君山浮遠堂望中原，傷中原淪陷，不忍望，又

不能不望；「最苦」兩字下得深沉，作者憂國傷時之心如畫如見。其實「淮南極目」並不能望見中原，詩人即興，卻可以這麼說。陳衍評此詩曰：「有氣概。」（《宋詩精華錄》卷四）

詰燕〔1〕

去年汝來巢我屋，梁間污泥高一尺。啄腥拋穢不汝厭，生長群雛我護惜〔2〕。家貧惠愛不及人，自謂於汝獨有力。不望汝如龍蛇銜寶珠，雀獻金環來報德〔3〕。春風期汝一相顧，對語茅簷慰岑寂〔4〕。如何今年來，於我絕蹤跡。一貪簾幕畫堂間，便視吾廬為棄物〔5〕。

〔注釋〕

〔1〕詰燕：問燕。

〔2〕啄腥拋穢：吃食蚊蟲，撒拋髒物。雛：這裡指幼燕。

〔3〕龍蛇銜寶珠：《淮南子‧覽冥訓》載，春秋時隋侯救了一條大蛇，後來得蛇銜珠以報。雀獻金環：梁吳均《續齊諧記》載，漢代楊寶九歲時救養了一隻黃雀，雀飛去後，夜有黃衣童子來贈白環四枚，祝他子孫潔白，位登三公，一如此環。

〔4〕期汝：盼你、指望你。岑寂：寂寞。

〔5〕簾幕畫堂：指富貴人家庭宇。

〔品鑒〕

這首詩借問燕表達了自己的愛心與孤獨，寄託對世間忘恩負義、貪圖富貴而趨炎附勢者的不滿和針砭。詩風渾厚，從容不迫，怨而不怒。又構思精巧：燕屬無心，作者有意；燕不可問，問燕實是問人，從而收致婉轉諷喻的效果。

高翥 二首

高翥（1170～1241）字九萬，號菊磵。餘姚（今屬浙江）人。布衣終身，浪跡江湖。有《菊磵小集》《信天巢遺稿》。他的詩多寫漂泊之感，也有刺世傷時之作，觀察細緻，構思新巧，風格清雋，語言樸素而富情韻，是江湖詩派比較有才情的作者，黃宗羲甚至推重他為「千年以來」餘姚人的「詩祖」，譚嗣同幼年讀了他的詩曾很受感動。

秋日

庭草銜秋自短長，悲蛩傳響答寒螿〔1〕。豆花似解通鄰好，引蔓殷勤遠過牆〔2〕。

〔注釋〕

〔1〕蛩（qióng 窮），蟋蟀。寒螿：入秋的蟬。螿（jiāng 江），蟬的一種。

〔2〕「豆花」二句：從范成大《四時田園雜興六首》之一「鄰家鞭筍過牆來」化出，後來趙與澇《花院》詩末聯「薔薇性野難拘束，卻過鄰家屋上紅」，又翻出新意。解，懂得。通鄰，鄰居和睦。

〔品鑒〕

　　這首小詩寫庭院秋景，起句說庭草參差，各含秋意；二句說蟋蟀悲鳴，在回答寒蟬的哀吟；三、四句寫豆花似乎也解人情，引蔓過牆，殷勤通好鄰家。全詩在蕭瑟的背景上，巧擬自然物的彼此慰籍相互關懷，進而與人類的感情相溝通，透顯出愛意，使人讀了有一種溫暖的感覺，與一般秋日題材之作常作悲音的情況殊異。

感懷

漂泊南州又過年，恰如杜子客鄜川〔1〕。酒堪度日難為醉，詩怕傷時未可傳〔2〕。店舍無煙兵火後，街坊有月試燈前。荒涼古驛聞吹笛，老淚縱橫落枕邊〔3〕。

〔注釋〕

〔1〕南州：江南某州，不詳。杜子客鄜川：天寶十五年（756）六月，杜甫避安史之攜家逃難，住在鄜州。鄜（fu 夫）川，即鄜州，舊治在今陝西省富縣。

〔2〕傷時：干礙時事。

〔3〕聞吹笛：指聽到幽怨的笛聲。王昌齡《從軍行》：「更吹羌笛關山月，無那金閨萬里愁。」

〔品鑒〕

　　這是一首寫亂離之苦的詩。詩人漂泊南州，欲借酒澆愁，而酒少不足以成醉；欲作詩遣懷，又怕傷時惹禍；兵火之餘，店鋪旅舍都遭劫停業了，居

民們驚魂未安，只在月明的晚上，才敢大著膽子點燈照明。這一切是作者住在一所荒涼的古驛站中所見，已使他十分傷感，卻又有笛聲嗚咽傳來，引起對家人的思念，他就禁不住老淚縱橫了。作者身罹其苦，有切膚之痛，體會真切，只是把實際的情景和真實感受寫出來，就能動人了。

陳起　一首

陳起（生卒年不詳）字宗之，號芸居。錢塘（今浙江杭州）人。寧宗、理宗朝前後在世。他是著名的書商，開書肆於臨安睦親坊，刻書賣書，也寫詩，有許多江湖詩人朋友。他先後編刻了《江湖集》《江湖前集》《江湖後集》等詩集傳世，宋詩「江湖派」從而得名。因此，他雖然不是宋代重要的詩人，卻是詩史上重要的人物。他有「秋雨梧桐皇子府，春風楊柳相公橋」的詩句，被人告發是譏刺史彌遠廢殺皇子而立理宗，因此被流配，《江湖集》被毀板，一些作者也被牽連。朝廷還因此下詔禁士大夫作詩，釀成著名的「江湖詩禍」。後來史彌遠死了，才解除此禁。據說他是個苦吟的詩人，詩風淡雅幽深，然而今存詩作很少，已不足以看出這樣的特點。

夜過西湖〔1〕

鵲巢猶掛三更月，漁板驚回一片鷗〔2〕。吟得詩成無筆寫，蘸他春水畫船頭。

〔注釋〕

〔1〕西湖：指杭州西湖。

〔2〕鵲巢：鳥窠，這是在高樹上的。漁板：漁人夜間捕魚、敲擊船板以驚魚入網的木板。

〔品鑒〕

詩寫夜過西湖，三更天的月亮照拂著樹間沉睡的鵲巢，漁人驅魚入網的漁板聲卻把湖中的一片宿鷗驚飛了。這情景就是詩，作者即興有作，卻無筆寫下來，不由得蘸起湖中春水，寫在船頭上。詩表現愜意的心情，更是興到成詩的例子。作者另有《秋懷》詩云：「又見街頭賣紫荚，老懷擾擾類催租。客來喜得吳江紙，欲得新吟一字無。」與此詩寫到的晴況正相反。

劉克莊　三首

　　劉克莊（1187～1269）字潛夫，自號後村居士。莆田（今屬福建）人。嘗受學於眞德秀。嘉定二年（1209）補將仕郎，後知建陽縣。因《落梅》詩及「未必朱三能主張，卻緣鄭五欠經綸」句，牽連江湖詩禍，放廢十年。理宗朝賜同進士出身，官至煥章閣學士致仕。有《後村先生大全集》一百九十六卷，今存。

　　劉克莊壽至八十多歲，作詩數千首，是江湖派中創作最豐、聲名最高的詩人，也是唯一做到高官的人。他論詩的觀點較爲全面，既注重內容與氣勢，又不忽視形式與技法；既推崇平淡自然，又講求下字清新，用事精巧，音節流麗；既不滿於四靈詩的小家數，又實際上受其影響很深。其詩即從「四靈」而入，後乃少變，學陸游、楊萬里，是個注重博採眾長的人。但他的才力似乎不及，故學放翁對偶工巧而氣格卑弱，學誠齋語句輕清而意亦淺露。方回謂「其病有三：曰巧，曰冗，曰俗，而格卑不與焉」（《瀛奎律髓彙評》卷三十四）。但他關心時事，有些感時刺世之作內容較有價值，風格亦較清新，錢鍾書說「頗有些靈活流動的作品」（《宋詩選注》）。

落梅

一片能教一斷腸，可堪平砌更堆牆〔1〕。飄如遷客來過嶺，墜似騷人去赴湘〔2〕。亂點莓苔多莫數，偶沾衣袖久猶香。東風謬掌花權柄，卻忌孤高不主張〔3〕。

〔注釋〕

〔1〕可堪：哪堪。平砌：鋪滿臺階。

〔2〕遷客來過嶺：被貶逐去嶺南。嶺，指五嶺。騷人去赴湘：用戰國楚大夫屈原自沉湘江而死事。

〔3〕「東風」二句：説東風有掌管百花的權力，本該護惜梅花，卻忌恨梅花的孤清高潔，不爲作主，任其飄落。謬，錯。主張，主宰。

〔品鑒〕

　　梅花開得早落得也早，春風到時，梅正凋落，似乎春風特別與梅花過不去，把梅花吹落了。這首詩從自然界的這一現象設想，由痛惜梅花的凋落，

進而致怨於東風，頗有新意。前六句刻畫「落梅」，極寫悲痛傷悼之意，但是顯得平弱。七、八句議論，全詩中心所在，也寫得最好。然而當時宰相史彌遠以爲這兩句譏己，遂入作者於江湖詩案，一貶十年。他因此到了「落梅」的地步，略不爲悔，後有《賀新郎‧宋庵訪梅》詞自嘲云：「老子平生無他過，爲梅花受取風流罪。」

戊辰即事〔1〕

詩人安得有青衫？今歲和戎百萬縑〔2〕。從此西湖休插柳，剩栽桑樹養吳蠶〔3〕。

〔注釋〕

〔1〕戊辰：即宋寧宗嘉定元年（1208）。這一年宋金嘉定和議成，改稱伯侄之國（宋稱金爲伯），歲納幣增至三十萬，另給「犒軍銀」三百萬兩。即事：因事、感事。

〔2〕和戎：與戎講和修好。戎：本指古代西北少數民族，這裡指金。縑（jiān 兼），雙絲的細絹。

〔3〕剩：多。吳蠶：泛指蠶絲業。吳，指蘇州，蘇州的蠶絲業很著名。

〔品鑒〕

嘉定和議成，南宋除遭受了更甚的奇恥大辱之外，還要拿更多的幣帛進貢金國，這些金錢財物的負擔就一一落到包括詩人在內的江南百姓身上。作者從「和戎百萬縑」想到詩人的「青衫」成了問題，卻從「安得有青衫」發問領起，一問一答，強調了「和戎」費用的巨大，鬱怒憤激之情溢於言表。接下來說臨安西湖改插柳爲栽桑，似在爲朝廷設想，其實是冷嘲熱諷，猶如說南宋屬地包括西湖，就什麼也不要栽種了，都栽桑養蠶供應那「和戎百萬縑」罷！南宋不少人因朝廷的腐敗而致怨西湖，此前林升《題臨安邸》已說到「西湖歌舞幾時休」，稍後有陳德武《水龍吟》甚至說要「力士推山，天吳移水」，把西湖插柳改爲栽桑，都極憤慨。然而本詩說西湖栽桑，卻是由憤慨而至於傷心的話。

國殤行〔1〕

官軍半夜血戰來，平明軍中收遺骸〔2〕。埋時先剝身上甲，標成叢冢高

崔嵬〔3〕。姓名虛掛陣亡籍，家寒無俸孤無澤〔4〕。嗚呼諸將官日穹，豈知萬鬼號陰風〔5〕？

〔注釋〕

〔1〕國殤：爲保衛祖國犧牲的人。

〔2〕遺骸：指留在戰場上的屍體。

〔3〕標成：這裡指堆墳爲標誌。叢冢：亂墳。崔嵬（wéi 偉）：高峻貌。

〔4〕虛掛：只是寫在上面，而無實際用處。籍：名冊。

〔5〕俸：官府的供給。孤：孤兒。澤：撫恤。

〔6〕穹（qióng 窮），高。

〔品鑒〕

　　這首詩寫抗金陣亡士兵的命運，一是「埋時先剝身上甲」，近乎對死者的掠奪，二是「家寒無俸孤無澤」，而「諸將」的官位卻一天天高起來，哪裏還管陣亡士兵的鬼魂在陰風中哭號呢！所謂「一將功成萬骨枯」，原是不得已的；但是成功諸將對冢中「萬骨」應該是這樣的嗎？這使活下來的士兵將作何感想？被迫向戰友「剝身上甲」時是何種心情？作者沒有說，然而這比較唐人寫戍卒之苦的已是很具體了。本詩觸及當時軍中的這一嚴重的問題，似未經人道過。

戴昺　一首

　　戴昺（生卒年不詳）字景屏，號東野。天台黃岩（今屬浙江）人。理宗紹定末（1233）在世。少工吟詠，爲族祖戴復古所稱。嘉定十二年（1219）進士，授贛州法曹參軍。嘗爲池州幕僚。有《東野農歌集》五卷。其詩清婉可諷。

有感

著身平地更多憂，一棹思為泛宅謀〔1〕。昨夜西風邊報急，防江也要釣魚舟〔2〕。

〔注釋〕

〔1〕著身：置身。

〔2〕一棹：猶說一隻小船。棹（zhào 趙），搖船的用具。泛宅：水上船居。
　　謀：打算。
〔3〕邊報：邊防傳來的警報。
〔4〕防江：江上設防備戰。

〔品鑒〕

　　這首詩寫詩人在陸地上種田日子過不下去了，打算駕一隻釣魚的小舟，
浮家泛宅，到湖上捕魚爲生也好；然而未及實行，西線報警說金國又舉兵南
下，需要加強江上防線，這隻釣魚的小舟也要被徵調去防江。一切落空，詩
人走投無路……作者從無路可逃這樣一個特殊的角度著筆，以小見大，畫出
了戰亂中平民的苦難。設想新奇、構思巧妙，可謂能詩。

方岳　二首

　　方岳（1199～1262）字巨山，自號秋崖。祁門（今屬安徽）人。理宗紹
定五年（1232）進士。曾爲趙葵參議官，移知南康軍，以事忤賈似道。後知
袁州，又忤丁大全，屢遭貶謫，終於罷歸，隱居鄉間而卒。有《秋崖先生小
稿》。

　　方岳在南宋末詩名頗著，論者說他才鋒凌厲，語或天出，差不多可以比
得上劉克莊。在詩歌創作上，取徑也與劉克莊相似，從江西派入，後來轉學
陸游、楊萬里等，著意於新巧對偶與清新風趣，往往刻意入妙，逸韻橫流，
更比劉克莊詩多一種平民意識與色彩。方回說他「不江西，不晚唐，自成一
家」（《瀛奎律髓彙評》卷二十七）。「不如意事常八九，可與人言無二三」（《別
子才懷司令》）一聯，就是他的名句。

行田〔1〕

屋頭烏臼午陰密，牛與牧童相對眠〔2〕。不是官中催稅急，十年前已學
耕田。

〔注釋〕
〔1〕行田：走在農田裏。
〔2〕烏臼：即烏桕，落葉樹，以烏鴉喜食其實得名。

〔品鑒〕

　　這首詩的前兩句寫宅邊農田的野樸，人畜一時安閒的愜意；三句一轉揭出官府對農民搜刮的厲害，四句表明對耕田羨而不敢爲的態度。詩的中心在第三句，而由作者的態度可以使我們推想到，官府急徵暴斂，農民也將棄田而去了，古代的大動亂往往就是這樣發生的，例子就是作者本朝的方臘起義。

山中

半塢幽深近物情，一筇老健愜山行〔1〕。月於水底見逾好，風打松邊過還清。鶴睡不驚舂藥臼，鳥啼時作讀書聲〔2〕。山翁兩手渾無用，只把犁鋤做太平〔3〕。

〔注釋〕

〔1〕半塢：三面環山的凹地。近物情：接近自然而得其情理。筇（qióng 窮），一種竹子，這裡指竹製的手杖。愜：愜意、喜歡。

〔2〕舂藥臼：搗製藥物的器皿。

〔3〕渾無用：完全沒有用處。做太平：做太平盛世的老百姓。

〔品鑒〕

　　這當是作者罷職家居時所作，寫隱居生活。首聯說住在深山易於明白自然之道，一身老健，拄杖山行，是很愉快的事。中間四句具體描繪自然風光及山中日常生活，可說是既美好又逍遙。尾聯說自己是無用之人，只能擺弄犁鋤，做太平盛世之民，是官場失意的牢騷話。詩歌中發這類牢騷的很常見，如陸游《小園》詩「行遍天涯千萬里，卻從鄰父學春耕」，辛棄疾《鷓鴣天》詞「卻將萬字平戎策，換得東家種樹書」，方岳這兩句較爲含蓄淡遠。

趙汝燧　二首

　　趙汝燧（1171～1245）字明翁，自號野谷。袁州宜春（今屬江西）人。宋太宗八世孫。嘉泰二年（1202）進士，官至刑部郎中，有《野谷詩集》。他是江湖派詩人，視野較爲寬闊，尤長於抒寫羈旅情懷、農事憂隱。詩兼眾體，風格豪放，筆致靈活。

憩農家〔1〕

似陰還似晴，好風弄輕柔。土膏春犁滑，竹深鳴禽幽〔2〕。農家頗瀟灑，虢虢清泉流。寋餘入茅簷，解帶為小留〔3〕。荊釵三兩婦，競將機杼投〔4〕。吹爐問官人：「肯吃村茶不？」群兒窗下讀，《千字文》《蒙求》〔5〕。余因拊其背：「勸汝早休休〔6〕。泓穎才識面，白盡少年頭〔7〕。耕食而鑿飲，胡不安箕裘〔8〕？」乃翁聽我言，急把書卷收〔9〕。遣兒出門去，一人一騎牛。

〔注釋〕

〔1〕憩（qì氣），休息。

〔2〕土膏：農田肥沃。滑：這裡指耕地顯得很輕快。

〔3〕寋（qiǎn檢）：語助詞，無義。余：我。解帶：解下衣帶，指休息。小留：短時間逗留。

〔4〕荊釵：用荊枝當髻釵，是舊時貧家婦女的裝束。投機杼：停下織機。杼（zhù柱），織布梭。

〔5〕《千字文》《蒙求》：均古代兒童啓蒙讀物。

〔6〕休休：猶言算了吧。

〔7〕泓：硯臺儲水的凹處，代指硯。穎：毛筆頭，代指筆。

〔8〕耕食而鑿飲：用《擊壤歌》「日出而作，日入而息。鑿井而飲，耕田而食，帝力於我何有哉」語意。這裡指務農爲生。胡不：爲什麼不。箕裘：《禮記·學記》：「良冶之子必學爲裘，良弓之子必學爲箕。」說兒子受父親的薰陶，必然學習並繼承父業。後因用指繼承家業。

〔9〕乃翁：你的父親。這裡實際是說其父。

〔品鑒〕

　　這首詩寫的是作者偶然在一農家茅舍小留吃茶，見群兒窗下讀書，便告以讀書不如種地的道理，一席話把老翁說得茅塞頓開，收了孩子們的書本，讓他們出門放牛去了。這幾乎可以肯定不是眞事，而是作者吐胸中塊磊的小說家言。他勸群兒言不由衷，卻是事出有因。在作者的時代，許多人白首窮經而一無所成；僥倖讀書做官的，又難免仕途坎坷，吃盡苦頭，末了便常常追悔當初錯走了讀書的路。《宋詩紀事》卷九十六太學生某《和張乖崖》詩云：「四窗滅盡讀書燈，窗外唯聞步鐸聲。辜負江山好風月，閒來此地趁虛名。」

宋代樂雷發有《烏烏歌》，起句云：「莫讀書！莫讀書！惠施五車今何如？」又有所謂「人生識字憂患始」「人生識字糊塗始」，古人這些悔恨感傷的話可作本詩的注腳。

隴首〔1〕

隴首多逢採桑女，荊釵蓬鬢短青裙〔2〕。齋鐘斷寺雞鳴午，吟杖穿山犬吠雲〔3〕。避石牛從斜路轉，作陂水從半溪分〔4〕。農家說縣催科急，留我茅簷看引文〔5〕。

〔注釋〕

〔1〕隴首：田邊地頭。

〔2〕荊釵：荊枝做的髻釵，貧家女子的飾物。

〔3〕「齋鐘」句：佛家以過午不食為齋，因稱正午為齋時，這句說寺院裏齋時的鐘聲已經敲過，近處傳來正午的雞叫聲。「吟杖」句：說扶杖而吟在山中穿行，引得狗向著雲彩吠叫。

〔4〕陂：這裡指池塘。

〔5〕催科：催租。引文：這裡指催租的文書。

〔品鑒〕

　　首兩句說隴首多採桑女子，荊釵布裙，蓬鬢不整，一副窮困忙碌之狀。中四句點時間，寫環境及一路山行所見，句法新奇，如不說石阻牛，而說牛「避石」；不說陂分水，而說水「作陂」，似牛、水都通性靈、解事情；七八句似兀然而至，其實與首聯照應，道出這山水優美的地方，農民卻在遭受官府勒索之苦，同時顯示農民的哀哀無告，逢著作者這樣一個不相干的人，也挽留他「看引文」，訴說自己的痛苦。所以全詩的中間兩聯不是無意義的，作者寫「我」「吟杖穿山」，無意於農事而被留，乃突出了農家無奈的處境，「有病亂投醫」般的焦灼心情。「縣（官）催科急」的程度，讀者就可想而知了。

利登　二首

　　利登（生卒年不詳）字履道，號碧澗。南城（今屬江西）人。理宗時人，工詩，屬江湖詩派，有《骰稿》一卷（見《宋百家詩存》）。亦能詞，清平可誦。

野農謠

去年陽春二月中，守令出郊親勸農〔1〕。紅雲一道擁歸騎，村村鏤榜黏春風〔2〕。行行蛇蚓字相續，野農不識何由讀〔3〕？唯聞是年秋，粒顆民不收。上堂對妻子，炊多羅少饑號啾。下堂見官吏，稅多輸少喧徵求〔4〕。呼官視田吏視釜，官去掉頭吏不顧〔5〕。內煎外迫兩無計，更以饑軀受笞箠〔6〕。古來丘壟幾多人，此日孱生豈難棄〔7〕？今年二月春，重見《勸農文》。我勤自鍾惰自釜，何用官司勸我氓〔8〕？農亦不必勸，文亦不必述。但願官民通有無，莫令租吏打門叫呼疾〔9〕。或言州家一年三百六十日，念及我農唯此日〔10〕。

〔注釋〕

〔1〕守令：太守，此指知州。勸農：勉勵農耕，古代地方官例行的公事。

〔2〕「紅雲」二句：說守令勸農已畢，前簇後擁紅旗招展地回去了，村村就都貼上了勸農文。鏤榜，木刻刊印的勸農告示。黏春風，猶說在春風裏。

〔3〕「行行」句：說字跡潦草，如蛇如蚓混亂不清。語本《晉書·王羲之傳》錄唐太宗文說人書法不工，「行行若縈春蚓，字字如綰秋蛇」。

〔4〕喧徵求：高聲索要。

〔5〕釜（fǔ 甫）：炊器。

〔6〕笞箠：泛說用鞭杖擊打。笞（chī 吃），用荊條、竹板打。

〔7〕「古來」二句：說自古以來人無不死，今日捨此殘生有什麼困難。丘壟，墳墓。孱（chán 蟬），弱。

〔8〕「我勤」二句：說種田是自己的事，勤勞就多收，懶惰就少收，哪裏用得著官府來勸我們呢？鍾、釜，均古代容器，十釜為一鍾。氓，農民。

〔9〕「但願」句：希望官府能體察民隱。

〔10〕或言：有人說。州家：知州。

〔品鑒〕

　　這是一首政治諷刺詩，詩中的知州大人年年「勸農」，只是做一個形式，他真正關心的是「稅多輸少喧徵求」；即使顆粒不收，他還是「徵求」不已，乃至鞭棒交加，逼農民於絕路。結末借「有人說」指出知州一年中想到農民的只有收稅這一天，作了辛辣的諷刺。這首詩為古代地方官寫照，揭露了他們所謂「為民父母」的虛偽，顯示了尖銳的官民對立。

次琬妹《月夕思親》之什〔1〕

緩作行程早作歸，倚門親語苦相思〔2〕。白頭親老今多病，不似當初別
汝時。

〔注釋〕

〔1〕次：次韻，和別人的詩並依原作用韻的次序而作。琬妹：作者之妹。什：
　　詩篇。

〔2〕倚門：盼望狀。多指父母望兒女歸來。

〔品鑒〕

　　琬妹寫了一首題爲《月夜思親》的詩，作者依韻和作。詩說二老雙親想
念女兒，只說想得苦，又身體多病，健康不如以往，就動人。這實抵一封家
書，紙短意長，至親不文，而骨肉親情，讀者當心有戚戚焉。

葉茵　二首

　　葉茵（生卒年不詳）字景文。笠澤（今江蘇吳江）人。金性堯《宋詩三
百首》考爲理宗時人。江湖派詩人，有《順適堂吟稿》。其他不詳。

香奩體五首〔1〕（選二）

其三

千里相思兩寂寥，東陽應減舊時腰〔2〕。書中喜有歸來字，攜傍紅窗把
筆描。

其五

倚樓目斷暮江邊，約定歸期夜不眠。香篆有煙燈有暈〔3〕，笑移針線向
床前〔4〕。

〔注釋〕

〔1〕香奩體：唐代韓偓有《香奩集》，多豔詩，後因稱此種風格的作品爲「香
　　奩體」，或稱「豔體」。香奩，婦女梳妝用的鏡匣。

〔2〕「東陽」句：《宋書・沈約傳》載，南朝梁沈約爲東陽太守，致書友人徐
　　勉，說自己老病消瘦，「革帶（腰帶）常移孔」，即腰圍減小。這裡用說
　　對方思念自己，想必比以往瘦了。

〔3〕「香篆」句：說香煙繚繞，燈燭明亮。香篆，香點燃後煙氣上升，繚繞
　　如篆文，故稱。暈，指燈光邊沿色澤模糊的部分。燈有暈，說燈很亮。
　　韓愈《宿龍宮灘》詩：「夢覺燈生暈。」
〔4〕「笑移」句：笑著向床上去縫補被褥。

〔品鑒〕

　　兩首詩都寫妻子思念丈夫。前一首上聯不說自己想念丈夫，卻推想丈夫
思念自己應減小了腰圍，大約她自己已是「衣帶漸寬」了。下聯說丈夫來信
說不久歸來，使她喜不自勝，讀罷仍不忍釋手，就在紅窗前用筆描這朝思暮
想的「歸來」二字。後一首上聯說約定當日到家，她就在江樓上佇望，一直
等到天黑還未見蹤影，只好回家去等。下聯說夜不能眠，燒香點燈，想到丈
夫就要到家，好開心，就拿了針線去床上縫補被褥。兩首詩都寫實，而且感
情真摯，豔體中屬較好之作。宋詩中寫閨情的作品不多，特別是當理宗朝大
力表彰理學的時候，能有這樣的詩，值得注意。

謝枋得　一首

　　謝枋得（1226～1289）字君直，號疊山，弋陽（今屬江西）人。寶右四
年（1256）進士。曾為江東提刑，江西招諭使等。宋末於弋陽起義兵抗元，
兵敗隱於福建建寧山中。元初屢拒徵聘，至不食而死。有《疊山集》。他是個
經學家，以愛國名節著稱，詩非所長。其詩重議論，重寄託，隨口而成，不
事雕飾，以枯淡之筆表現其宋遺民的故國舊君之思與民族氣節，亦頗有佳作。

武夷山中〔1〕

十年無夢得還家，獨立青峰野水涯。天地寂寥山雨歇，幾生修得到梅花
〔2〕。

〔注釋〕

〔1〕武夷山：在福建崇安西南。
〔2〕幾生修得：佛教說人生死輪迴不息，在世時積善修德到一定程度，來生
　　就可以超拔到更高的地步。這裡用說自己非常幸運。

〔品鑒〕

　　這是作者兵敗入閩輾轉至武夷山中所作。其時國破家亡，孑然一身，既

不降元，自分必死山中，根本不想到回家，故「十年無夢得還家」。而山中歲月，「獨立青峰野水涯」，無塵俗之染；當此山雨過後，天地寂寥，有梅花一株相伴，是幾生修得的好處！詩格高句響，表現了堅守愛國氣節的情懷。

周密　二首

周密（1232～1298）字公謹，自號草窗，又號萍州、蕭齋、弁陽嘯翁、四水潛夫等。濟南（今屬山東）人，後居吳興（今屬浙江）。曾為臨安府幕屬、義烏令。宋亡不仕，潛心輯錄國故文獻。著作豐富，有《草窗韻語》《齊東野語》《癸辛雜識》《武林舊事》等。他的詩學晚唐，特別受李賀的影響較大。尤工七絕，俏麗精整，如盆景然。

夜泊

月沉江路黑，傍岸已三更。知近人家宿，林西犬吠聲。

〔品鑒〕

寫夜泊，有聲有色，氣氛濃，又真切，夜航人最能體會。

野步

麥隴風來翠浪斜，草根沰水噪新蛙。羨他無事雙蝴蝶，爛醉東風野草花。

〔品鑒〕

寫春天散步田間所見，全詩皆景語，唯「羨他」二字明見作者性情——一種對自由浪漫生活的渴望。

文天祥　二首

文天祥（1236～1283）字履善，一字宋瑞，自號文山。吉州廬陵（今江西吉安）人。寶祐四年（1256）進士第一（即狀元）。度宗朝，累遷直學士院，知贛州。元兵渡江，曾知臨安府，後除右丞相兼樞密使。出使元軍，被拘，後從京口逃脫，奉益王於福州，封信國公。景炎三年（1278）被俘於海豐五坡嶺，元人誘降，作《過零丁洋》以明志。後解至大都（今北京），元世祖欲使之降，又拒絕；囚兩年，從容就義於大都柴市。有《指南錄》《指南後錄》《吟嘯集》等。

　　文天祥是中國歷史上著名的民族英雄，也是宋末最有成就的文學家。這除了他個人秉賦的原因外，更是時代的感召和造就。他的生活與文學創作可以元兵渡江破臨安爲界，分爲前後兩個時期。前期生活與一般士大夫無異，詩文也成就不高，只有少數作品流露對時局的擔憂；但在起兵勤王之後，他的詩、文、詞均有驚世之作。詩學杜甫，憂國憂民，壯懷激烈，痛哭呻吟，而又風骨凜然，有鮮明的紀實性和強烈的愛國主義精神，於陸游可謂後勁。而宋末詩風卑弱，無以振起，《四庫總目提要・文山集》曰：「及文天祥留意杜詩，所作頓去當時之凡陋。觀《指南前後錄》可見，不獨忠義貫於一時，亦斯文間氣之發見也。」於南宋詩壇可謂一光輝的總結。

過零丁洋〔1〕

辛苦遭逢起一經，干戈落落四周星〔2〕。山河破碎風飄絮，身世浮沉雨打萍。惶恐灘頭說惶恐，零丁洋裏歎零丁〔3〕。人生自古誰無死，留取丹心照汗青〔4〕。

〔注釋〕

〔1〕零丁洋：今廣東中山南邊的海面。
〔2〕起一經：指由科舉出仕。一經：一種經書。宋代科舉考試考生都要考自己專習的一種經書，這詩裏故以「一經」代指科舉考試。干戈：干與戈，均古代武器，代指戰爭。落落：多貌。一作「寥落」。四周星：即四年。作者從德祐元年（1275）起兵抗元，至祥興元年（1278）不幸被俘，前後共四個年頭，故云。
〔3〕惶恐灘：在今江西萬安，贛江十八灘，以此處最險惡。景炎二年，文天祥兵敗，全家大部被俘，僅得與母親和長子經由惶恐灘退逃汀州。
〔4〕丹心：紅心、忠心。汗青：代指史冊。古代紙發明以前，在竹簡上書寫，先用火將竹簡烤幹水分（即使出「汗」），然後刮去竹青部分，以便往上寫字並防蛀，故稱汗青，並用指史書等著作。

〔品鑒〕

　　祥興二年，元軍攻崖山，文天祥被押解同行，途中過零丁洋作此詩。當時元軍都元帥張弘範一再迫他招降宋將張世傑，他便拿這首詩給張弘範看，張看後只好作罷。詩的前六句回顧出仕以來經歷，有壯志未酬、孤苦無告之意。尾聯是千古名句，說人無不死，但求死得光明正大，爲國盡忠，丹心照

耀史冊。全詩蒼涼悲壯，表現了堅韌不拔、視死如歸的愛國主義精神。作者另有《正氣歌》，進一步把自己的浩然正氣和孤忠愛國之心表現得淋漓盡致。

金陵驛〔1〕

草合離宮轉夕暉，孤雲漂泊復何依〔2〕。山河風景元無異，城郭人民半已非〔3〕。滿地蘆花和我老，舊家燕子傍誰飛〔4〕？從今別卻江南路，化作啼鵑帶血歸〔5〕。

〔注釋〕

〔1〕 金陵：今江蘇南京。驛：驛站，古代政府公差人員途中休息的旅店。

〔2〕 草合：長滿了草。離宮：行宮，皇帝外出的臨時住所。孤云：作者自喻。

〔3〕 山河句：《世說新語‧言語》載，東晉時，一些南渡士大夫曾在建康（即金陵）的新亭宴會，座間周顗歎曰：「風景不殊，正自有山河之異。」這裡化用此語。元，同「原」。「城郭」句：《搜神後記》卷一載，漢朝丁令威成仙後，化鶴歸來，從空中作人言曰：「去家千年今始歸，城郭猶是人民非。」，本此。兩句說全部的國土都一樣地淪陷於元人，百姓也半數歸順，成了元朝的臣民。

〔4〕 舊家燕子：用唐劉禹錫《烏衣巷》詩「舊時王謝堂前燕，飛入尋常百姓家」句意。

〔5〕 路：一作「日」。啼鵑帶血：相傳古代蜀王杜宇，號望帝，自以德薄亡去，化爲啼血的杜鵑，是不忘故國的象徵。

〔品鑒〕

　　祥興二年，文天祥被俘後押解北上，途經金陵作此詩。此時宋朝已亡，恢復無望，詩中家國之悲，身世之痛，哀怨淒涼。結句從容言殉國之志，視死如歸，而終不忘故國。

汪元量　三首

　　汪元量（1241～？）字大有，自號水雲子，又號江南倦客。錢塘（今浙江杭州）人，一說吳縣（今江蘇蘇州）人。他是南宋宮廷的琴師。宋亡，隨宋恭帝及三宮被擄北上至燕京（今北京）。在燕京，他曾去獄中探視文天祥，紀以詩，天祥爲之序。恭帝被遷上都（今屬內蒙古），元量隨行，後仍歸燕京，乞元世祖許以道士身份南歸。至元二十六年（1289）春抵錢塘，後遊湘、蜀

等地，不知所終。有說大約卒於元延祐四年（1317）以後。有《湖山類稿》《水雲集》。

汪元量雖然只是一個藝人，但供奉朝廷的經歷並後來隨三宮北上，使他能親見親聞南宋亡國前後帝、后、宮人的事蹟，及臨安北上一路殘破的情景，加以強烈的愛國心和較高的藝術才華，他的詩便在宋末獨樹一幟。其最突出的特點是記宋亡「一代之顛末」（《續資治通鑑》語），具有高度的紀實性，許多內容可補史書之闕；另外，其詩爲亡國之音，幽憂沉痛，悽楚蒼涼，因被人稱爲「宋亡之詩史」（李鶴田《湖山類稿跋》）。但其詩模擬色彩較重，氣格亦弱，故有似於杜詩，而終不如杜詩。

醉歌十首（其五）〔1〕

亂點連聲殺六更，熒熒庭燎待天明〔2〕。侍臣已寫歸降表，臣妾僉名謝道清〔3〕。

〔注釋〕

〔1〕醉歌：當取醉酒消愁之義。
〔2〕亂點連聲：指戰鼓聲亂雜打更聲，不斷傳來。六更：宋代宮中打更與民間五更不同，共打六次，第六次打更開宮門早朝。庭燎：庭中照明的火炬。
〔4〕臣妾：古代婦女對君主自稱。僉：通「簽」。謝道清：即謝太后，恭帝的祖母。因恭帝年幼，她當時以太皇太后的身份主理朝政，故由她簽署降表。

〔品鑒〕

這組詩共十首，本首直書其事，記元兵破臨安，朝廷無所作爲，只在宮中坐以待斃，還沒等外面戰事見出分曉，謝太后已經簽署了降表。結句說謝太后簽名自稱「臣妾」，是紀實。但是按照「爲尊者諱」的規矩，作者對謝太后不應直書其名，更不應把她自稱「臣妾」的醜揭出來，這樣寫見出作者對謝太后主降的不滿。

湖州歌九十八首〔1〕（選二）

其五

一掬吳山在眼中，樓臺累累間青紅〔2〕。錦帆後夜煙江上，手抱琵琶憶故宮〔3〕。

　　其六

北望燕雲不盡頭，大江東去水悠悠〔4〕。夕陽一片寒鴉外，目斷東西四
百州〔5〕。

〔注釋〕

〔1〕湖州：今屬浙江。德祐二年（1276）二月，元統帥伯顏引軍進屯湖州，
　　　派人到臨安逼取降表，宋亡，所以作者把「湖州」作爲題目。

〔2〕一掬：一捧。吳山：又名胥山，在今杭州市。

〔3〕錦帆：錦製船帆。隋煬帝下揚州，曾以錦作船帆，這裡用指宮人隨宋三
　　　宮被擄北上乘坐的船。

〔4〕燕雲：指山西及河北北部地方，北宋時亦未入中原政權版圖，在南宋人
　　　看來更是遙遠，所以説「不盡頭」。

〔5〕四百州：北宋時疆域號稱四百州。

〔品鑒〕

　　《湖州歌》共九十八首，從元軍進逼臨安宋朝滅亡，一直寫到宋三宮被
擄北上抵燕，比較具體而又多方面地記述了有關歷史事實，哀怨沉痛，內容
豐富，是汪詩最重要之作。這裡選的第五首，寫被擄北上將離臨安之際的感
慨。詩說吳山一掬，樓臺層疊，青紅相間，此刻雖仍在目中，而已經付之他
人；這一切，後夜錦帆北去，煙波江上，自己手抱琵琶，只是思念中的「故
宮」了，而自己又如何能忘記呢！第六首說北去船上所見：北望燕雲，目盡
天際；長江東去，水流悠悠。夕陽西下，寒鴉投林；騁目東西，宋朝天下，
四百州郡，盡歸別姓，此愁不得如「一江春水向東流」乎！詩境有似於李煜
歸宋後的詞，雖然作者只是一個琴師。

林景熙　一首

　　林景熙（1242～1310）字德陽，號霽山。平陽（今屬浙江）人。咸淳七
年（1271）進士。爲泉州教授，後任從政郎。宋亡不仕，隱於鄉，教授生徒
以終。有《白石樵唱》。他是南宋著名的遺民，元軍發宋陵，他與謝翱等謀葬
宋帝的骸骨於蘭亭。其詩以感傷時事抒寫忠義者爲多，也有的詠物以寄託故
國之思，有的歌頌民族英雄，都有較強的紀實性。《宋詩鈔》小序稱其「大概
悽愴故舊之作，與謝翱相表裏。翱詩奇崛，熙詩幽宛」。

山窗新糊有故朝封事稿，閱之有感〔1〕

偶伴孤雲宿嶺東，四山欲雪地爐紅。何人一紙防秋疏，卻與山窗障北風〔2〕。

〔注釋〕

〔1〕故朝：指宋朝，作者寫此詩時宋已亡，故稱。封事：密封的奏章。

〔2〕防秋疏：防禦北方游牧民族軍隊秋季南侵的奏疏，即題中所說的「封事稿」。

〔品鑒〕

　　這是偶而看到故宋防北兵南下的奏疏成了遮擋北風的窗紙所作的詩。作者從一紙變遷，看一代興亡，寫滄桑之感，可謂善於以小見大。

謝翱　一首

　　謝翱（1249～1295）字皋羽。長溪（今屬福建）人，徙居浦城（今屬福建）。宋末試進士不第。元兵南下，他率鄉兵投文天祥軍抗元，授諮議參軍。宋亡後流亡浙東。文天祥殉國，他嘗登西臺哭奠，作《西臺慟哭記》。卒於杭州。有《晞髮集》十卷，今存。他是南宋著名的遺民詩人，偏於苦吟一路，詩風奇峭，論者比之李賀。《四庫總目提要》稱其「詩文桀驁有奇氣，而節概亦卓然可觀」。

過杭州故宮二首〔1〕（其二）

紫雲樓閣宴流霞，今日淒涼佛子家〔2〕。殘照下山花霧散，萬年枝上掛袈裟〔3〕。

〔注釋〕

〔1〕杭州故宮：南宋滅亡後在臨安的舊宮。

〔2〕紫云：舊說象徵祥瑞的雲氣。樓閣：泛指杭州故宮。流霞：仙酒名，泛指美酒。佛子家：佛寺。佛子：指僧人。

〔3〕萬年枝：即冬青樹。袈裟：僧衣。

〔品鑒〕

　　這是憑弔南宋故宮之作。作者以當年紅塵最勝地的一代皇宮與當下成為諸法皆空的佛寺相對照，寫盡一代興亡的感慨，也寫盡了人事盛衰的悲涼，二十八字直是一篇《紅樓夢》。或云末句有所指，其實還是空諸所有的好。

遼 詩

趙延壽　一首

　　趙延壽（？～948），五代常山（今河北正定）人。本姓劉，後爲趙德鈞養子，改姓趙。少美貌，好書史，能詩文，後唐明宗以女妻之，拜駙馬都尉，樞密使。後兵敗降遼，封燕王。遼滅晉，延壽爲先鋒，以軍功封魏王，官至大丞相、中京留守。遼代詩人本就很少，其中漢族作者更少，趙延壽是當時少數的漢族詩人之一，但僅存詩一首，見《太平廣記》卷二○○。

失題

黃沙風卷半空拋，雲動陰山雪滿郊〔1〕。探水人回移帳就，射雕箭落著弓抄〔2〕。鳥逢霜果饑還啄，馬渡冰河渴自跑。占得高原肥草地，夜深生火折林梢。

〔注釋〕

〔1〕陰山：山名，在内蒙古自治區中部。

〔2〕移帳就：游牧民族以帳篷爲屋，不時遷徙，逐水草而居。抄：接取。

〔品鑒〕

　　《太平廣記》引《趙延壽傳》載「延壽將家子，幼習武略，即戎之暇，時復以篇什爲意，亦甚有雅致。嘗在虜廷賦詩」云云，即此詩。這首詩寫北地風光，契丹民族游牧射獵生活，不用漢典不加雕飾，全用白描自然而然，

粗獷生新，而無中原農耕地區詩歌常見的熟軟之氣，故「南人聞者，往往傳之」。

耶律弘基　一首

耶律弘基（1032～1101），又名洪基，字涅鄰，契丹名查剌，即遼道宗。興宗長子，重熙二十四年乙未（1055）繼位，改元清寧，在位四十六年。好漢文化，習儒學，通音律，善書畫，多作詩賦，常以詩賜臣下，與臣下有「詩友」之交。其著作編有《清寧集》，已佚。詩歌存世僅一首。

題李儼《黃菊賦》[1]

昨日得卿《黃菊賦》，碎剪金英填作句[2]。袖中猶覺有餘香，冷落西風吹不去[3]。

〔注釋〕

〔1〕李儼：字若思，《遼史》稱耶律儼。析津（今北京大興）人。道宗末官至知樞密院事，封越國公。

〔2〕金英：稱菊花。

〔3〕袖中：古人衣袖寬大，書簡文稿等常置袖中，以便觀覽或出示。

〔品鑒〕

侯延慶《退雅齋聞錄》記此詩云：「（李處能）謂（劉）遠曰：『本朝道宗皇帝好文，先人（指李儼）昔荷寵異，嘗於九日進《菊花賦》，次日賜詩批答一絕句云……」即此詩。這是一首評論李儼《黃菊賦》的絕句，用心不在稱美菊花，而在於稱美賦菊之文。作者不從一般文章做法去說，而是別闢蹊徑，從賦之藝術魅力去說，稱讚其句句是菊，通體菊香沁人，即使「冷落西風」也吹她不去，可謂狀難寫之景如在目前，含不盡之意在於言外。讀者如對金菊，心馳而神往，也許會想到後來李清照的詞：「東籬把酒黃昏後，有暗香盈袖」（《醉花陰·薄霧濃雲愁永晝》）。

蕭觀音　二首

蕭觀音（1040～1975），樞密使蕭惠之女。道宗封燕趙國王時納為妃，清

寧元年（1055）冊封，號懿德皇后。因宮廷傾軋，被誣與伶官私通賜死。據王鼎《焚椒錄》記載，蕭氏姿容冠絕，工詩能書，善談論，好音樂，能自製歌詞，彈箏與琵琶尤爲當時第一，是位有才情、有個性、有見識的女子。今存詩十餘首，風格多樣。其有關國事及契丹民族生活者，雄放豪邁，粗獷野逸，論者稱其爲遼代詩人之冠。

伏虎林應制〔1〕

威風萬里壓南邦，東去能翻鴨綠江〔2〕。靈怪大千都破膽，哪教猛虎不投降〔3〕！

〔注釋〕

〔1〕伏虎林：據《遼史·營衛志》，林在永州西北五十里。永州爲契丹部族發祥地，位今內蒙古西拉木倫河與老哈河合流處。應制：奉旨屬文賦詩。

〔2〕南邦：指當時的宋朝。鴨綠江：在中國與朝鮮（遼時稱高麗）的邊界。高麗當時爲遼的屬國。

〔3〕大千：即大千世界。

〔品鑒〕

《焚椒錄》載，蕭觀音被冊立皇后的第二年八月，十七歲，隨道宗出獵，至伏虎林，奉旨賦詩，口占一絕，即此詩。當時道宗大喜，出示群臣，曰：「皇后可謂女中才子。」我們讀了，也不能不承認作者才思的敏捷；更會驚奇於她一個女子，能有如此雄闊心胸，過人膽勇，絕大氣概。觀其賦狩獵而不滯於狩獵，墨灑淋漓如狂飆般強烈的政治意識，除了契丹民族尚武的精神之外，簡直還可以說有一代雄主般的帝王氣概，只可惜她在那個時代是位女子，又命運如此悲慘。

懷古

宮中只數趙家妝，敗雨殘雲誤漢王〔1〕。惟有知情一片月，曾窺飛燕入昭陽〔2〕。

〔注釋〕

〔1〕趙家妝：趙飛燕的妝束。趙飛燕，漢成帝宮人，後立爲皇后，她的妹妹

趙合德也冊封爲昭儀，姊妹專寵多年。敗雨殘云：飛燕姐妹均無子，爲
了固寵，乃與宮奴私通，又導成帝縱慾，以致暴亡。漢王：指漢成帝。
〔2〕昭陽：漢成帝所築宮名，飛燕未爲皇后時與合德居此。

〔品鑒〕

　　此詩來歷甚奇。據《焚椒錄》載，道宗常出獵，蕭后憂其貽誤政事和恐
遭不測，乃上《諫獵疏》。道宗不聽，並因此疏遠蕭后。蕭后無奈，又作《迴
心院詞》十闋，命樂官趙惟一演奏，指望能感動道宗迴心轉意。樞密使耶律
乙辛與蕭家有怨，使人作《十香詞》，賺取蕭后手抄之跡，用作誣陷蕭后與趙
惟一私通的證據。蕭后不知，手書《十香詞》後，又書一絕，即此詩。這首
詩本是對《十香詞》所下的針砭，詩中對趙飛燕姊妹「誤漢王」的行爲進行
了斥責，表現了作者的史識，更表現了她身爲皇后自警與自律的意識。可謂
意思深厚，含蓄委婉，誠宮詞佳作，詠史妙品。但是這首詩卻成了耶律乙辛
陷害她的進一步的「證據」。當時耶律乙辛持此獻給道宗，說《十香詞》是蕭
后自紀與趙惟一私通，最後此詩中暗藏「趙惟一」三字便是證明。於是趙惟
一滿門抄斬，蕭觀音被迫自盡。直到後來耶律乙辛奸黨敗露被誅，蕭后的冤
案才得到洗雪。這首詩的代價眞是太大了。

金　詩

宇文虛中　二首

　　宇文虛中（1079～1146）字叔通。成都（今屬四川）人。北宋大觀三年（1109）進士，歷官州縣，政和五年（1115）入為起居舍人，國史院編修官。建炎二年（1128）自薦充國使使金，被拘羈雲中，守節不屈。後以未能完成「祈請二帝」還朝的使命，才勉強接受金人官爵，累官翰林學士知制誥，封河內郡開國公，尊為「國師」，曾為金國制定官制禮儀。但他的留金非出本心，雖在金備受尊崇，仍念念不忘宋室，曾以自己的地位促成南北講和，終至於熙宗皇統六年（1146）密謀挾宋欽宗趙桓南歸，事泄被殺。他是個有骨氣、有膽識、有魄力和苦心孤詣的人，但當時南宋方面的人還誤解他。直到南宋淳熙六年（1179），宋廷才以其死忠，贈開府儀同三司，諡肅愍，賜廟「仁勇」。

　　清莊仲方《金文雅序》云：「金初無文字也，自太祖得遼人韓昉而言始文；太宗入宋汴州，取經籍圖書，宋宇文虛中、張斛、蔡松年、高士談輩後先歸之，而文字煨興，然猶借才異代也。」宇文虛中就是金初「借才異代」時期對金文學做出過重要貢獻的人之一。趙秉文稱其為「本朝百餘年間，以文章見稱者」。有文集行世，已佚。他的詩在宋朝時已經頗有名氣，仕金後更被尊為詩壇的盟主。但他作為由宋入金的人，還不能說已經寫出了真正的「金詩」。他的詩作實際是一個身在金國而心在宋室的人的呻吟，充滿去國懷鄉的哀愁與感傷，雖辭氣不乏慷慨，而語意悲涼，內蘊感份。《中州集》收其詩五十首，薛瑞兆等《全金詩》收五十三首，大都為留金時所作。

闕題三首（其一）

滿腹詩書漫古今，頻年流落易傷心〔1〕。南冠終日囚軍府，北雁何時到上林〔2〕？開口摧頹空抱樸，脅臂奔走尚腰金〔3〕。莫邪利劍今安在？不斬姦邪恨最深〔4〕！

〔注釋〕

〔1〕漫古今：枉談古今。漫，枉然，徒然。頻年：多年。

〔2〕「南冠」二句：本指南方的帽子，這裡稱囚犯。《左傳・成公九年》載，晉國之君問鄭人所獻戴著帽子的楚國俘虜說「南冠者誰」，後因稱囚徒爲「南冠」。這裡爲作者自指。北雁，北方的大雁。上林，上林苑，漢代皇家名苑。漢代蘇武出使匈奴被扣留十九年，後以書信繫於南去的雁足，雁至上林被兵士射落，漢朝才知道蘇武的情況，使人與匈奴交涉，蘇武始得歸漢。二句表達獄中懷念故國之情。

〔3〕摧頹：失意的樣子。抱樸：心懷純樸。脅臂：聳起臂膀，諂媚的樣子。腰金：腰掛金印，指當上高官。

〔4〕莫邪：古代名劍。

〔品鑒〕

　　本詩陳衍《金詩紀事》題爲《在金日作三首》，都是作者留金而尚未做官時所作。這裡所選爲第一首，詩中表現了作者囚徒生活的痛苦和盼望歸宋的急切心情，以及作者對南宋朝廷政治黑暗的強烈不滿。這二者內在是有矛盾的，加以其他的原因，後來他暫時留在了金國，然而最後還是死於密謀挾欽宗歸宋不成，可知他在這首詩中所表現的忠於宋朝的初心未變。詩風沉鬱悲切，作者彷彿被痛苦淹沒了，一面無奈地呻吟，一面又咬牙切齒地恨，是很令人同情的。

題平遼碑〔1〕

十丈豐碑勢倚空，風雲猶憶下遼東〔2〕。百年功業秦皇帝，一代文章太史公〔3〕。石斷雲鱗秋雨後，苔封鼇背夕陽中〔4〕。行人立馬空惆悵，禾黍離離滿故宮〔5〕。

〔注釋〕

〔1〕本詩見陳衍《金詩紀事》，《中州集》《全金詩》均未收。平遼碑：金於

公元 1125 年滅遼，立碑紀事。據《金詩紀事》引《春明夢餘錄》載：「平
遼碑立燕都豐宜門外。」

〔2〕下遼東：遼國初興，太祖阿保機曾由遼東大舉南侵幽、燕地區，奠定立
國基礎

〔3〕秦皇帝：指秦始皇。太史公：指漢代史學家司馬遷。這兩句說歷史的功
績要靠史書記載。

〔4〕石斷：指碑身經久毀壞。鼉：駝碑的石龜。

〔5〕「禾黍」句：《詩經・王風・黍離》：「彼黍離離，彼稷之苗。」《毛詩序》
以爲是周大夫在周亡後憑弔周朝故宮的詩，此用其意。

〔品鑒〕

　　此詩由平遼碑的高聳，遼國的興亡，聯想歷代王朝的更替，其「百年功
業」，除卻載諸史書，包括「十丈豐碑」與巍巍宮殿，都不是永久的證明，從
而對人在歷史上的權勢欲望作了深刻的嘲諷，感慨也很深沉。寫法上以蒼涼
蕭瑟之景，負載愴然幽遠之思以行，氣象衰颯，情味悠長。就本是歌功頌德
的豐碑題此種情調的詩，可以見出作者不凡的見識和不羈的性格。

劉迎　一首

　　劉迎（？～1180）字無黨，號無諍居士。東萊（今山東掖縣）人。大定
十四年（1174）進士，除王府記室，改太子司經。深得顯宗親重，但他卻在一
次從駕出行的途中不幸以疾去世。有詩文集《山林長語》，今佚。《中州集》
錄其詩七十五首，薛瑞兆等《全金詩》收七十八首。

　　劉迎是金中期重要作家，屬於在金國生長起來的一代詩人。當南北講和，
中國北方號稱「小堯舜」的金世宗大定年間，文壇上多的是歌詠升平，吟風
弄月，獨劉迎能以敏銳的感觸，寫民生憂隱，國事危機，所以明胡應麟《詩
藪》稱他「差有老成意」。其詩學黃山谷、東坡，尤擅七古。清人陶玉禾稱：
「金詩推劉迎、李汾，而迎七古尤擅場，蒼茫樸直中語，皆有關係，不爲苟
作，其氣骨固絕高也。」（《金詩選》）他的詩對於金詩風格的形成有一定作用。

莫州道中〔1〕

楓林葉葉墮霜紅，天末晴容一鏡空〔2〕。野闊微聞鳥烏樂，草寒時見馬
牛風〔3〕。人生險阻艱難裏，世事悲歌感慨中。白髮孀親倚門處，夢魂

千里付歸鴻〔4〕。

〔注釋〕

〔1〕莫州：州名，舊治在今河北省任丘縣。

〔2〕天末：天際。晴容：晴天之容色。

〔3〕馬牛風：即風馬牛，語出《左傳‧僖公四年》「風馬牛不相及」。此指馬牛等牲畜雄雌相誘。

〔4〕孀親：寡母。

〔品鑒〕

　　前四句寫大自然肅殺之氣及動物生存繁衍之難，後四句抒發旅途漂泊之感及思鄉念母之情。全詩情調用今天的話說是感覺活得很累，亟需回到生活的港灣休憩，恢復一下已經倦怠的心情和疲憊的生命力。詩情景交融，和諧的意境中透出沉重、悲涼和無奈，而結末仍歸於人生的一點寄託，透顯出溫馨。

党懷英　一首

　　党懷英（1134～1211）字世傑，號竹溪。祖籍馮翊（今陝西省大荔縣），北宋太尉党進十一代孫。其父官泰安並卒於任所，懷英遂留居為泰安人。少年穎悟，曾與辛棄疾同學於劉岩老（劉瞻）門下。大定十年（1170）進士，歷任莒州軍事判官、汝陰縣令等，官至翰林學士承旨，同修《遼史》。年七十八歲，卒於家。有《竹溪集》。《中州集》錄其詩六十五首，薛瑞兆等《全金詩》收六十八首。

　　党懷英多才多藝，文章書法當時第一，又詩詞俱精，為金源中葉一代文壇盟主。同時趙秉文稱其「詩似陶（淵明）謝（靈運），奄有魏晉」（元好問《中州集》引）。其詩意趣超然，清寂幽獨，淡泊蕭遠，雖內容上與現實較為疏離，但精整細膩，表現出漢文化對金詩浸潤的影響與金詩成熟的特點。

夜發蔡口〔1〕

落霞墜秋水，浮光照舡明〔2〕。孤程發晚泊，倦楫搖天星〔3〕。藹藹野煙合，翛翛水風生〔4〕。遠浦浩渺莽，微波澹彭觥〔5〕。畸鳥有時起，幽蟲亦宵征〔6〕。懷役歎獨邁，感物傷旅情〔7〕。夜久月窺席，慷慨心未平。

〔注釋〕

〔1〕蔡口：地名，在今河南項城縣北十餘里，爲潁水與蔡水交匯處。

〔2〕舡（chuán 傳）：船。

〔3〕孤程：獨自旅行。楫：船槳。

〔4〕翛翛（xiāo 肖）：微風吹動貌。

〔5〕澹：淡然，輕微。彭觥（gōng 公）：象聲，形容水拍船聲。

〔6〕宵征：夜行。

〔7〕邁：往。

〔品鑒〕

　　這首詩寫孤身行役的感受，意緒幽獨，韻味感傷，刻畫細緻，情景生動，風格似拙而實工，有南朝謝靈運之風。但有謝詩之拙樸而無其渾成，能夠看出精心錘鍊的痕跡，顯示了注重追求形式美的意向。

王庭筠　一首

　　王庭筠（1151～1202）字子端，號雪溪。熊岳（今遼寧蓋平縣）人。出身渤海望族，文學世家。父王遵古官至翰林直學士，世稱「遼東夫子」。庭筠幼承家學，七歲能詩，十一歲能賦，大定十六年（1176）進士，初授承事郎，官至翰林修撰。曾長期隱居黃華山（在今河南林縣境內），因自號黃華山主。原有文集四十卷，今佚。近人輯有《黃華集》，其中詩有四十四首，《中州集》收二十八首，薛瑞兆等《全金詩》收四十四首。

　　王庭筠爲一時名士，學識精博，名重當時，詩文書畫，俱稱名家。趙秉文比之爲「李白一杯人影月，鄭虔三絕畫詩書。」（《滏水文集》卷七《寄王學士子端》）元好問也推崇他「詩文有師法，高出時輩之右」（《中州集》卷三《王庭筠小傳》）。其詩學黃庭堅，晚年詩律深嚴，七言長篇，以造語奇險見稱；又其詩多即景抒懷，寫景如畫，意緒幽獨，情韻蕭遠，有散淡之致。

河陰道中二首〔1〕（其一）

梨葉成陰杏子青，榴花相映可憐生〔2〕。林深不見人家住，道上唯聞打麥聲。

〔注釋〕

〔1〕河陰：舊縣名，治在今河南滎陽東北。

〔2〕可憐：可愛。生：語助詞，無義。

〔品鑒〕

這首絕句寫行路所見鄉村夏初的景色，有聲有色，生意盎然，流露舒心愉悅的感受，而情趣仍然是清幽的。

趙秉文 一首

趙秉文（1159～1232）字周臣，號閑閑。磁州滏陽（今河北磁縣）人。大定二十五年（1185）進士。明昌六年（1195）授應奉翰林文字，同知制誥，官至禮部尚書。他歷仕五朝，官至六卿，學識淵博，詩文字畫，名高當代，黨懷英之後，執文柄近三十年，歸然一代文宗。著作豐富，有《閑閑老人滏水文集》三十卷，薛瑞兆等《全金詩》錄六百四十四首。

趙秉文詩多寫自然景物，多和作與擬前人之作，然能風格多樣，兼長眾體。元好問曰：「大概公之……七言長詩筆勢縱放，不拘一律。律詩壯麗，小詩精絕，多以近體爲之。至五言大詩，則沉鬱頓挫學阮嗣宗，眞淳簡淡學陶淵明。」（《中州集》卷三《趙秉文小傳》）其寂然幽遠、清雅古淡之趣，體現了金中葉詩歌發展的趨向。

春遊

無數飛花送小舟，蜻蜓款立釣絲頭〔1〕。一溪春水關何事，皺作風前萬疊愁〔2〕。

〔注釋〕

〔1〕款立：款款而立，從容舒展的樣子。釣絲頭：魚竿繫釣絲的地方。

〔2〕「一溪」二句：宋馬令《南唐書》載：「元宗（李璟）樂府辭云：『小樓吹徹玉笙寒』，（馮）延巳有『風乍起，吹皺一池春水』之句，皆爲警策。元宗嘗戲延巳：『吹皺一池春水，干卿何事？』延巳曰：『未如陛下「小樓吹徹玉笙寒。」』元宗悅。」本此化出。

〔品鑒〕

這首詩寫釣舟出遊所見春天的景象，雖點化前人句入詩，而新巧有加，趣意生機盎然，讀者渾然不覺，唯見春之婉變多態，輕盈美麗，此可謂善學江西者也。

趙渢　一首

趙渢（？～約 1196）字文孺，號黃山。東平（今屬山東）人。大定二十二年（1182）進士，授襄城令；明昌末，官至禮部郎中。書法名重一時，與党懷英並稱「党趙」。詩亦有重名，趙秉文論當時「詩最稱趙文孺渢」。有《黃山集》，今佚。《中州集》收其詩三十首，薛瑞兆等《全金詩》收三十三首。性沖淡，詩學陶淵明、王績，多寫山水林壑與田園風光，逸韻絕塵，平和淡遠，讀者忘機。

新涼

頗覺小眠快，便知秋意真。清風論世舊，老圃得時新〔1〕。移竹觀君子，翻書訪古人〔2〕。可人陶靖節，隨意葛天民〔3〕。

〔注釋〕

〔1〕老圃：種菜的老農。時新：趕鮮的蔬菜。

〔2〕移竹：靠近竹。君子：古代以竹與松樹、梅花比君子，稱「歲寒三友」。

〔3〕可人：可意之人。陶靖節：即東晉詩人陶淵明號靖節先生。葛天民：即葛天氏之民。葛天氏，傳說中遠古部落，其樂為三人操牛尾，投足而歌。

〔品鑒〕

這首詩寫入秋的感覺，閒淡清雅的生活與恬靜的心境，透露超塵脫俗，返樸歸真，以身心自由解放為歸的願望。風格拙樸，意韻高古。語辭妥貼清整，中四句尤屬對工切。

完顏璹　二首

完顏璹（1172～1232），本名壽孫，金世宗之孫，賜名璹，字仲實，一字子瑜。自號樗軒居士。哀宗時封密國公。多才藝，而不得重用，乃日以學問文學為業，對漢文化有很高造詣。他雖貴為王公，居常卻如一介老儒，蕭然一室，琴書滿案。工草書，善畫，與趙秉文、楊雲翼、元好問等唱和，詩詞負盛名。元好問贊為「百年以來宗室中第一流人也」（《中州集》卷五）。有《如庵小稿》，今佚。《中州集》錄其詩四十一首，薛瑞兆等《全金詩》錄四十四首。其詩多寫山水遊觀，風物賞會，平居雅趣，有隨緣忘機之想，淡泊自如之意，蕭散野逸，時見悲涼，堪稱金代女真族詩人之冠。

城西

雁帶邊聲遠，牛橫廢壘長。人居似河朔，岡勢接滎陽〔1〕。禾短新村墅，沙平古戰場。悠然望西北，暮色起悲涼。

〔注釋〕

〔1〕河朔：泛指黃河以北地區。滎陽：今屬河南。

〔品鑒〕

　　這首詩寫城西是古戰場，至今也還很不景氣，因此想到邊境正在開戰，更對這裡的未來有了隱憂，從而向西北望去，連暮色都顯得悲涼了。全詩表現對國事民生的憂慮，意境遼闊，含蓄蘊藉，蕭然有遠韻，末句結以「悲涼」，讀者當亦覺悲涼。

思歸

四時唯覺漏聲長，幾度吟殘蠟燼釭〔1〕。驚夢故人風動竹，催春羯鼓雨敲窗〔2〕。新詩淡似鵝黃酒，歸思濃如鴨綠江〔3〕。遙想翠雲亭下水，滿陂青草鷺鷥雙〔4〕。

〔注釋〕

〔1〕四時：這裡指一天的朝、晝、夕、晚。漏聲：漏壺滴水之聲。漏壺為古代計時器，滴水時間長表示夜深。釭：燈盞。
〔2〕「驚夢」句：說夢見故人，卻被風吹竹聲驚醒了。「催春」句：說雨打在窗上猶如催春的鼓點。羯（jié 結）鼓：古代羯族的樂器，桶狀，兩端蒙以獸皮為鼓面，以二錘敲擊，其聲急促。
〔3〕鵝黃酒：一種濃度不高的酒，其色嫩黃，故稱。鴨綠江：水名，在今中國與朝鮮交界處。
〔4〕翠雲亭：不詳，應是作者家居地的建築。陂：池塘的岸。

〔品鑒〕

　　這首詩刻畫歸思。歸思是無形的，作者用眾多景象襯托出之：首聯寫夜不能寐，頷聯寫夢不能安，頸聯及尾聯寫白晝更是想得厲害，詩情都淡薄了，滿腦子都是家鄉的風物。這樣就狀難寫之景如在目前了。頷聯費經營，頸聯佳，屬對工切，意象鮮明，使一篇增色。

王若虛　二首

王若虛（1174～1243）字從之，號慵夫，又號滹南遺老。藁城（今屬河北）人。承安二年（1197）進士，歷官縣令、國史院修撰官、左司諫等，終翰林直學士。金亡不仕，居鄉十餘年卒。有《滹南遺老集》四十六卷，今存，中有詩四十首。薛瑞兆等《全金詩》收四十二首。

王若虛是金代著名的文學批評家和詩人，所著《滹南詩話》在詩論史上有較重要地位。其論詩強調求眞，主張「自得」，反對雕琢，提倡「自然之趣」，推崇白居易和蘇軾，力詆黃庭堅「奪胎換骨」「點鐵成金」之說。雖然其對黃庭堅詩的評價不無偏頗，但是他是有爲而發，對於救正當時文壇李純甫等雕琢刻鏤、務爲險奇的文風有良好作用。其詩學白居易，流暢自然，以平淡之筆抒寫性靈，往往內容充實而且感人，但有好發議論的毛病。

感懷

枉卻全家仰此身，書生哪是治生人〔1〕？百憂耿耿填此胸，強作歡顏慰老親〔2〕。

〔注釋〕

〔1〕治生：料理生計。
〔2〕耿耿：心中不能寧貼的樣子。

〔品鑒〕

金代自宣宗朝高琪執政，擢用胥吏，裁抑士大夫，文人即使做官的，一般政治上頗受壓抑，經濟上也不致大富，甚至許多文人士大夫常時清貧，王若虛就是如此。這首詩寫出了他對自己作爲「書生」生活狀況的不滿，痛苦呻吟，深切感人，由此知元代「九儒十丐」之序，非一朝一夕之漸。

還家五首（其一）

日日他鄉恨不歸，歸來老淚更沾衣。傷心何啻遼東鶴，不但人非物亦非〔1〕。

〔注釋〕

〔1〕傷心二句：《搜神後記》載，漢代遼東人丁令威學道成仙後，化鶴還鄉，

作人言曰：「有鳥有鳥丁令威，去家千年今始歸。城郭如故人民非，何不學仙冢纍纍？」本此。

〔品鑒〕

這組詩是金亡後作者重返故鄉所作。本首上聯由常情「恨不歸」說到歸來更恨，下聯言使人傷心者不僅是「人非」而且「物亦非」，都翻進一層，故能深沉。

馮延登　一首

馮延登（1175～1232）字子駿（一說子俊），號橫溪翁。吉州吉鄉（今山西省吉縣）人。承安二年（1197）進士，曾任軍事判官、縣令等，官至吏部侍郎、權刑部尚書。曾充國使使元被羈囚二年釋歸，金亡後又被元兵所執，義不受辱，投井而死。有《橫溪翁集》，已佚。延登於學長於《易》《左傳》，詩文皆有律度。為文苦思，尚奇；詩亦新巧可稱。《中州集》錄其詩十七首，薛瑞兆等《全金詩》收十九首。

郾城道中〔1〕

北風滲澹揚沙塵，郾西三日無行人。十村九村雞犬靜，高田下田狐兔馴。昨朝屏息過溪口，知有白額藏深榛〔2〕。赤子弄兵更可惻，路旁僵屍衣血新〔3〕。野叟傴僂行拾薪，欲語辟易如驚麇〔4〕。瘦梅疏竹未慰眼，只有清淚沾衣襟〔5〕。

〔注釋〕

〔1〕郾城：今屬河南。
〔2〕白額：指老虎。榛：此指叢生的草木。
〔3〕赤子弄兵：老百姓去打仗。《漢書·龔遂傳》：「故使陛下赤子，盜弄陛下之兵於潢池中耳。」辟易：退避。麇：即獐，似鹿而小，性膽怯。

〔品鑒〕

這首詩寫戰爭給郾西社會造成的巨大破壞，給人民帶來的深重災難和痛苦。這種痛苦不僅是肉體的毀滅或折磨，拾薪老叟的辟易也使人看到精神上的殘害與創傷，作者對之寄予深切的同情。因是寫親身的閱歷，本詩有很強的紀實性，又寫得生動具體，句句沉痛，感人至深。

李純甫　一首

　　李純甫（1177～1223）字之純，號屏山居士。弘州襄陰（今河北陽原）
人。承安二年（1197）進士。金章宗南征，純甫上萬言策，獲薦入翰林，官至
尚書左司都事。純甫幼穎悟，少有大志，又登第早，自負才氣，以孔明自許。
中年度其道不行，乃縱酒自放，晚年好佛，而一生肆力於文學，加以曾經連
知貢舉，一時人才多得其薦拔，故影響之大，號爲「當世龍門」。劉祁云：「南
渡後文風一變，文多學奇古，詩多學風雅，由趙閒閒、李屏山倡之。」（《歸
潛志》）

　　李純甫文學以散文較爲著稱，詩與李獻能、李汾號稱「三李」，也有一定
成就。其論詩不喜師法，力主創新，提倡風雅，對匡正當時浮豔文風有過好
的作用；但務爲奇峭險怪，也帶來新的弊端，爲王若虛所力詆。其詩佳者清
峻典雅，較有氣格。《中州集》錄二十九首，薛瑞兆等《全金詩》收三十三
首。

子端山水同裕之賦〔1〕

遼鶴歸來萬事空，人間無地著詩翁〔2〕。**只留海嶽樓中景，長在經營慘
淡中**〔3〕。

〔注釋〕

〔1〕此是作者與元好問同題王庭筠山水畫的唱和詩。子端：詩人、畫家王庭
　　筠字。裕之：詩人元好問字。

〔2〕「遼鶴」句：《搜神後記》載，漢代遼東人丁令威學道成仙後，化鶴還鄉，
　　作人言曰：「有鳥有鳥丁令威，去家千年今始歸。城郭如故人民非，何
　　不學仙冢纍纍？」本此。著：住，容納。詩翁：當指王庭筠。

〔3〕海嶽樓：在福建泉州。

〔品鑒〕

　　這是一首題畫詩。作者沒有就畫論畫，而是通過題畫對畫家、詩人同時
也是自己的命運一吐其傷感。整首詩的意思若曰：世事滄桑，只堪絕望，人
間無可駐足，唯有苦心作一幅海嶽樓的圖畫權作安身之計了。詩意境開闊，
落想奇特，內蘊沉痛，而以委婉出之，誠絕句佳作。

秦略　一首

　　秦略（1161～1227）字簡夫，自號西溪老人。陵川（今山西省東南部）人。少舉進士不第，即以詩爲業。其詩錘鍊精整而不見雕琢之跡，往往有自得之趣，頗爲人稱道。原有集，已佚，《中州集》錄其詩十三首，薛瑞兆等《全金詩》收十四首。

悼亡〔1〕

自古生離足感傷，爭教死別便相忘。荒陂何處墳三尺？老眼他鄉淚數行〔2〕。多事春風吹夢散，無情寒月照更長。還家恰是新寒節，忍見堂空紙掛牆〔3〕！

〔注釋〕

〔1〕悼亡：自晉潘岳寫《悼亡》詩後，這個題目就專用爲悼念亡妻了。
〔2〕荒陂：荒涼不平之地。
〔3〕新寒節：寒食節，即清明節，古來有這一天掃墓祭祀亡人的風俗。堂空：婉言妻子已經不在人世。紙掛牆：靈堂牆上懸掛的亡人畫像及其他祭奠用字幅。

〔品鑒〕

　　這首詩語言平淡，若不經意，而字句工穩，意味深長，如自肺腑流出，自然眞切，沉痛感人。元好問曰：「《悼亡》一詩，高出時輩，殆荊公所謂『看似尋常最奇崛，成如容易卻艱辛』者耶？」（《中州集》）

王郁　一首

　　王郁（1204～1233），一名青雄，字飛伯。大興（今屬北京）人。少居釣臺讀書，正大五年（1228）入南京（今河南開封），爲趙秉文、雷淵稱賞，遂以詩名動京師。然而科舉不利，乃寄情山水，放懷詩歌，一時名流皆敬重。元好問有詩讚曰：「王郎少年詩境新，氣象慘淡含古春。筆頭仙語復鬼語，只有溫李無他人。」（《黃金行》）後爲亂兵所殺，才三十歲。《中州集》錄其詩十二首，薛瑞兆等《全金詩》同。

折楊柳〔1〕

長安二月多綠楊，遠信未到龍庭旁〔2〕。佳人中夜抱影坐，風窗泠泠愁思長。青天無雲一鏡潔，萬戶千門音響絕〔3〕。何人橫笛在高樓，玉龍叫徹春江月〔4〕。

〔注釋〕

〔1〕折楊柳：漢樂府《橫吹曲》名，古辭已亡，後人擬作，多爲傷春別離之辭。

〔2〕龍庭：古地名。地在今蒙古人民共和國鄂爾渾河西側的和碩柴達木湖附近。這裡泛指塞北。

〔3〕一鏡：指明月。

〔4〕玉龍：笛名。春江月：樂府古曲名，即《春江花月夜》。

〔品鑒〕

這首詩七言八句，寫閨婦夜半思念戍邊丈夫的春愁。前四句正面著墨，後半從側面烘托。全詩較少刻畫，重在寫意，筆致空靈，意境清峻，情味淒涼。結末寫靜夜聞笛，尤爲餘味悠長，得唐人遺意。

元好問　十一首

元好問（1190～1257）字裕之，自號遺山山人，世稱元遺山。太原秀容（今山西忻縣）人。祖系出北魏拓跋氏，改姓元。其父元德明有詩名。好問幼承家學，七歲能詩，有神童之稱。早年先後師事路鐸、郝天挺；二十三歲遊京師，趙秉文方爲文壇盟主，一見其文而稱之曰：「少陵以來無此作也。」由是知名，人稱「元才子」。興定五年（1221）進士，任國史院編修官，後出爲鎮平等地縣令，繼而還朝爲吏部主事、左司都事、左司員外郎等。金亡被俘，後釋歸故鄉，隱居著書以終。著作豐富，有《元遺山詩文集》《元遺山樂府》及所編金詩總集《中州集》等傳世。另有金國史書《壬辰雜編》，已佚。薛瑞兆等《全金詩》收其詩一千三百八十三首。

元好問是金末乃至金元一代最重要的作家。徐世隆《遺山先生文集序》云：「金百年以來，得文派之正而主盟一時者……北渡則遺山先生一人而已。」他是當時著名的學者，於文學則詩、文、詞兼擅，特別是詩與詩論方面，他不僅是金元一代大家，而且在中國詩史及文學批評史上也堪稱大家。

元好問論詩主「風雅」之正和「以誠為本」；提倡「中正和平」「美教化」；重視生活，反對模擬；力主「天然」，反對侈靡；提倡高雅，反對險怪；推崇豪壯，反對纖弱。推重唐詩，最重杜詩。他曾精心研究杜詩，著有《杜詩學》；但在詩歌理論上，他最重要的著作是《論詩絕句三十首》。這組論詩，不僅在詩論和詩史的研究上有精到的見解，而且發展了我國傳統「論詩絕句」的詩論形式，在詩論史上有重要地位。

元好問詩歌方面最重要的成就還在創作。趙翼云：「遺山生長雲朔，其天稟本多豪健英傑之氣，又值金源亡國，以宗社丘墟之感，發為慷慨悲歌，有不求工而自工者。此固地為之也，時為之也。」（《甌北詩話》卷八）元好問詩歌內容博大精深，廣泛而深刻地反映了他所處時代尖銳而複雜的階級矛盾與民族矛盾，尤以寫於金亡前後的「紀亂詩」，「感時觸事，聲淚俱下，千載後猶使讀者低徊不能置」（《甌北詩話》卷八），最為上乘，足稱「詩史」。其詩豪情壯概，壯色沉聲，有似杜甫之沉鬱頓挫，又可見李白之浪漫飄逸，蘇軾之豪放淋漓，不主一家，而能兼收並蓄，鎔鑄成自家面目。李調元曰：「元遺山詩精深老健，魄力沉雄，直接李杜，能並駕者寥寥。」（《雨村詩話》）其詩諸體皆工，胡應麟稱其「五言高古沉鬱，七言樂府不用古題，特出新意。歌謠慷慨，挾幽、并之氣，蔚為一代宗工」（《詩藪》），而尤以七古、七律最為擅長。陶玉禾則謂「其獨絕處正如長江大河，渾浩流轉，曲折變化，惟意所及。律句格法嚴密，而縱橫灑落，絕去雕飾，有龍跳虎臥之觀。不特獨步兩朝（引者按：指金、元），即在唐宋間亦足自樹一幟」（《金詩選》）。

并州少年行 [1]

北風動地起，天際浮雲多。登高一長嘯，六龍忽蹉跎 [2]。我欲橫江鬥蛟鼉，萬駕迸進陽侯波 [3]。或當大獵燕趙間，黃羆朱豹皆遮羅 [4]。男兒萬馬隨撝呵，朝發細柳暮朝那，掃雲黑山布陽和 [5]；歸來明堂見天子，黃金橫帶冠峨峨 [6]。人生只作張騫傅介子，遠勝僵死空山阿 [7]。君不見并州少年夜枕戈，破屋耿耿天垂河，欲眠不眠淚滂沱 [8]。著鞭忽見劉越石，拔劍起舞雞鳴歌，東方未明兮奈夜何 [9]！

〔注釋〕

〔1〕并州：今山西太原。行：歌行，古代詩歌的一種體裁。

〔2〕六龍：指太陽。傳說太陽神乘坐六條龍所駕的車。蹉跎（cuō 搓 tuó 駝）：
　　失足跌倒。

〔3〕蛟鼉（tuó 駝）：蛟龍和揚子鰐。弩：強弓。迸進：突然發射。陽侯：傳
　　說中水神，能掀起大浪。

〔4〕燕趙：燕國和趙國，均春秋古國，約當今河北北部、遼寧西部及河北西
　　南、山西中部地區。黃羆（pí 皮）：熊的一種，又名棕熊或人熊。遮羅：
　　網羅。

〔5〕撝（huī 揮）呵：指揮、呵斥。細柳：地名，在今陝西咸陽西南，漢代
　　名將周亞夫曾駐軍於此。朝那：漢代爲防備匈奴所置縣名，地在今甘肅
　　省平涼縣西北。黑山：地名，在今陝西省榆林縣西南，唐代裴行儉曾於
　　此大敗突厥。陽和：光明、溫暖。

〔6〕明堂：古代帝王舉行大典的地方，此指朝廷。黃金橫帶：象徵說封侯。
　　黃金，這裡指金印。橫帶，繫在腰帶上。峨峨：高聳貌。

〔7〕張騫：西漢人，曾兩度出使西域。傅介子：西漢人，曾遠赴樓蘭刺殺樓
　　蘭王。這兩個人都因功封侯。山阿：山丘。

〔8〕枕戈：「枕戈待旦」的略語，出《晉書・劉琨傳》：「吾枕戈待旦，志梟
　　逆虜。」謂殺敵報國心切，一刻不懈。耿耿：微明貌。滂沱：雨多的樣
　　子，這裡說淚如雨下。

〔9〕著鞭：東晉劉琨與祖逖爲少年友，後同爲將，銳意北伐，奮勇爭先。劉
　　琨常說：「恐祖生先我著鞭。」著，着。「拔劍」句：據說祖逖與劉琨同
　　宿，半夜聽到雞叫，就推醒劉琨起來舞劍。「東方」句：說天不明則沒
　　有辦法，寓生不逢時之意。

〔品鑒〕

　　這首詩是元好問青年時的作品，詩中并州少年的形象實際是作者自況，
藉以抒發立功報國、大有作爲的理想，但結末流露了懷才不遇的痛苦與失望。
詩氣豪邁慷慨，情感奔放，悲壯蒼涼，若不能已，是他七言歌行的代表作之一。

山居雜詩六首（其一）

瘦竹藤斜掛，幽花草亂生。林高風有態，苔滑水無聲。

〔品鑒〕

　　二十字，寫盡山居風景幽絕，有楚楚動人之致。末二句尤佳，體物獨到，
思入微茫。

潁亭留別〔1〕

故人重分攜，臨流駐歸駕〔2〕。乾坤展清眺，萬景若相借〔3〕。北風三日雪，太素秉元化〔4〕。九山鬱崢嶸，了不受陵跨〔5〕。寒波淡淡起，白鳥悠悠下。懷歸人自急，物態本閑暇。壺觴負吟嘯，塵土足悲吒〔6〕。回首亭中人，平林澹如畫〔7〕。

〔注釋〕

〔1〕題下原有注：「同李治仁卿、張肅子敬、王元亮子正，分韻得『畫』字。」
潁亭：當爲潁水之濱某亭，金詩中常提到它。

〔2〕分攜：分手、離別。歸駕：回去的車馬。

〔3〕清眺：一望清明無礙。相借：此説互相映襯。

〔4〕太素：形成天地萬物的基本元素。元化：自然變化。

〔5〕九山：説法不一，這裡泛指九州之名山。陵跨：欺凌踐踏，這裡指風雪侵凌。

〔6〕壺觴：酒壺與酒杯。吟嘯：吟詩唱歌。悲吒：悲涼感慨。

〔7〕亭中人：指爲作者送行的李治等人。

〔品鑒〕

這首詩自寫歸心之急迫，與故人別離之傷感。首二句入題，一起有風度。三、四句一轉，乾坤以下四句寫天、地，大筆勾勒，氣勢磅礴，有崛強崢嶸之意。「寒波」二句寫風物。全詩一氣流轉，曲折變化，格調高古，風致淡遠。王國維最賞識此作，《人間詞話》舉「寒波」二句爲他所謂「無我之境」的典範，曰：「無我之境，以物觀物，故不知何者爲我，何者爲物。」這個思想也許正得自本詩「懷歸人自急，物態本閑暇」二句的啓發。

歧陽三首〔1〕（其二）

百二關河草不橫，十年戎馬暗秦京〔2〕。歧陽西望無來信，隴水東流聞哭聲〔3〕。野蔓有情縈戰骨，殘陽何意照空城！從誰細向蒼蒼問，爭遣蚩尤作五兵〔4〕。

〔注釋〕

〔1〕歧陽：又稱歧州，在今陝西省鳳翔縣。金哀宗正大八年（1231），蒙古兵破鳳翔，時元好問任南陽縣令，聞訊，感而作此詩。

〔2〕百二關河：說秦地山河之險固。《史記·高祖本紀》：「秦，形勝之國，帶山河之險，隔懸千里，持戟百萬，秦得百二焉。」裴駰《集解》引蘇林曰：「秦地險固，二萬人當諸侯百萬人也。」本此。草不橫：沒有（因軍隊行走）橫倒的草，婉言金國邊防鬆弛。十年：自金興定五年（1221）蒙古兵進攻陝北，至此時攻下鳳翔，正是十年。秦京：本指秦國都城咸陽，這裡指關中一帶地區。

〔3〕「歧陽」句：杜甫《喜達行在所》詩：「西憶歧陽信，無人遂卻回。」本此化出。隴水句：古樂府《隴頭歌辭》：「隴頭流水，鳴聲嗚咽；遙望秦川，心肝斷絕。」本此，說逃難百姓的哭聲。隴水，指渭水，流經甘肅省隴西、隴城等地，經鳳翔向東入黃河。

〔4〕蒼蒼：天的顏色，代指天。蚩尤：傳說中上古部落首領，據《史記·五帝本紀》，他曾與黃帝戰於涿鹿，爲黃帝所擒。五兵：五種兵器，即矛、戟、鉞、盾、弓矢，相傳爲蚩尤所作。

〔品鑒〕

此詩寫蒙古軍陷鳳翔的慘象，雖爲想像之辭，但空中傳色，大筆寫意，情境逼眞，不啻親歷。更可貴的，此詩情極慘烈，而意極沉雄；雖痛恨於屠殺者，但更致慨於戰爭，表現反戰與愛好和平的意向，有深沉的歷史感，這在古人是難得的。頸聯佳，景中情，景中意，如白雲出岫，悠然韻遠，並啓尾聯議論。趙翼評元好問詩曰：「七言律則更沉摯悲涼，自成聲調。唐以來律詩之可歌可泣者，少陵十數聯外，絕無嗣響，遺山則往往有之。」（《甌北詩話》）此聯即是。

風雨停舟圖

老木高風作意狂，青山和雨入微茫。畫圖喚起扁舟夢，一夜江聲撼客床。

〔品鑒〕

這是一首題畫詩。前兩句記畫面，後兩句寫觀感。不說畫如何逼眞動人，只說看畫以後，整夜夢中都在江水激蕩的船上，從而極巧妙地稱讚了畫的感人藝術魅力。此詩以構想勝，語言也自然生動，形容得出，故爲佳作。

西園〔1〕

西園老樹搖清秋，畫船載酒芳華遊〔2〕。登山臨水祛煩憂，物色無端生

暮愁〔3〕。百年此地斾車發，易水迢迢雁行沒〔4〕。梁門回望繡成堆，滿面黃沙哭燕月〔5〕。熒熒一炬殊可憐，膏血再變為灰煙〔6〕。富貴已經春夢後，典刑猶見靖康前〔7〕。當時三山初奏功，三山宮闕雲錦重〔8〕。璧月瓊枝春色裏，畫欄桂樹雨聲中〔9〕。秋山秋水今猶昔，漠漠荒煙送斜日。銅人攜出露盤來，人生無情淚沾臆〔10〕。麗川亭上看年芳，更為清歌盡此觴〔11〕。千古是非同一笑，不須作賦擬阿房〔12〕。

〔注釋〕

〔1〕 本詩下有作者自注：「興定庚辰八月作。」興定庚辰即金宣宗興定四年（1220），時作者三十一歲。西園：北宋時汴京名園，北宋滅亡時被毀。後來汴京成為金國的京城，西園被修復。作者來遊此園，遙想北宋興亡，感慨而有此詩。

〔2〕 芳華遊：在花木叢中游覽。

〔3〕 祛：驅除。物色：風物、景色。

〔4〕 「百年」二句：指宋亡時徽、欽二帝被擄北上事。百年，宋徽、欽二帝被擄北上在靖康二年（1127），下至作者寫此詩的興定四年（1220），將近百年。斾車，氈車，以氈覆蓋作篷之車，金人多用，這裡指囚車。易水，在今河北省西部，由汴京去燕京須經過易水。雁行，成隊飛行的大雁，喻押送徽、欽二帝北行的隊伍。

〔5〕 梁門：汴京的城門。汴京在戰國時稱大梁，故云。繡成堆：指汴京的宮殿、花木等，遠望如同一堆錦繡。語出杜牧《過華清宮絕句》：「長安回望繡成堆，山頂千門次第開。」

〔6〕 「熒熒」二句：指金人於宣和七年（1125）和靖康元年（1126）先後兩次焚毀汴京及西園。

〔7〕 春夢：趙令畤《侯鯖錄》載，蘇軾貶海南，遇一老婦對他說：「內翰昔日富貴，一場春夢。」這裡用指汴京的繁華已經成為過去。典刑：即典型。這裡指西園殘存的景觀。

〔8〕 三山：指宋徽宗時所築名園艮嶽。此園北宋亡時被毀，《愚見紀忘》：「艮嶽舊址無存久矣，問之皆曰三山兒坡是也。」初奏功：指艮嶽落成。

〔9〕 璧月瓊枝、畫欄桂樹：形容三山宮闕的豪華富麗。前者本陳後主《春江花月夜》詩：「璧月夜夜滿，瓊樹朝朝新。」後者出李賀《金銅仙人辭漢歌》：「畫欄桂樹懸秋香，三十六宮土花碧。」

〔10〕「銅人」句：事本李賀《金銅仙人辭漢歌序》載，漢武帝以銅作仙人承

露盤，魏代漢以後，魏明帝詔遷銅人至魏都鄴城，銅人臨載時落淚。「人生」句：自杜甫《哀江頭》詩「人生有情淚沾臆」句化出。兩句說亡國之痛。

〔11〕麗川亭：西園中亭名。年芳：應時的鮮花。

〔12〕作賦擬阿房：阿房，秦朝宮殿，項羽滅秦後焚毀。唐代杜牧曾作《阿房宮賦》揭示秦亡的教訓。

〔品鑒〕

　　這首詩寫遊西園故址以及於北宋亡國的教訓。首二句點題；三、四句轉換自然；「百年」以下八句，寫徽、欽二帝被擄北上及西園兩度被毀；「當時」以下四句寫西園當年勝景；「秋山」以下四句感慨興亡；「麗川」以下四句照應開篇，對「千古是非」付之一笑，故爲曠達，實際有無可奈何的悲哀。全詩表現了深沉的歷史意識，寫法上跌宕迴環，搖曳多姿，層折深入，又色彩豔麗，使事精當，讀來覺情味雋永，有一唱三歎之致。

西樓曲〔1〕

遊絲落絮春漫漫，西樓曉晴花作團。樓中少婦弄瑤瑟，一曲未終坐長歎〔2〕。去年與郎西入關，春風浩蕩隨金鞍〔3〕。今年匹馬妾東還，零落芙蓉秋水寒〔4〕。並刀不剪東流水，湘竹年年淚痕紫〔5〕。海枯石爛兩鴛鴦，只合雙飛便雙死。重城車馬紅塵起，乾鵲無端為誰喜〔6〕？鏡中獨語人不知，欲插花枝淚如洗。

〔注釋〕

〔1〕西樓曲：南朝樂府《雜曲歌辭》有《西洲曲》，寫女子對情人的思念。此詩仿《西洲曲》，寫一位少婦思念她戰死的丈夫。

〔2〕瑤瑟：飾以美玉的瑟。瑟，一種撥絃樂器。

〔3〕關：潼關，古秦國通中原的重要關口。在金國都城汴京之西，當時爲防禦蒙古入侵的軍事要塞。金鞍：華貴的馬具，這裡代指戰馬。

〔4〕芙蓉：荷花。

〔5〕「並刀」句：並刀，并州的剪刀，以鋒利著稱。并州，今山西太原。李煜詞《烏夜啼·無言獨上高樓》：「剪不斷，理還亂，是離愁。」又《虞美人·春花愁月何時了》：「問君能有幾多愁，恰似一江春水向東流。」本此化出。湘竹句：傳說舜死於蒼梧，他的兩個妃子娥皇與女英痛哭不

已，淚灑在竹上，成紫色斑紋，稱斑竹，或稱湘妃竹。事本此。

〔6〕重城：古代大城市有內城和外城，稱重城。這裡指汴京。乾鵲：《埤雅》：「鵲取木杪枝，不取墮地枝，名乾鵲。」《西京雜記》：「乾鵲噪，行人至。」

〔品鑒〕

這首詩寫戰爭使一位少婦失去了丈夫的悲劇和春日孀居的憂愁。首二句寫春景，點「西樓」，爲全詩布色。三、四句轉折入題。「去年」以下四句爲回憶之辭，對其悲劇的過程不作正面描繪，而以「西入」「東還」的強烈對比隱括出之。「並刀」以下四句正面寫愁，「重城」以下至篇末四句側面寫愁。全詩起落無跡，若忽然而來，忽然而去，有飄逸之致；中間述事抒情，如斗折蛇行，往復回還，又如遊龍戲珠，手法變幻。一個痛苦無告又孤獨無助的閨中孀婦形象，便在這精工的描繪中躍然紙上，非大手筆不能爲。

橫波亭〔1〕

孤亭突兀插飛流，氣壓元龍百尺樓〔2〕。萬里風濤接瀛海，千年豪傑壯山丘〔3〕。疏星淡月魚龍夜，老木清霜鴻雁秋〔4〕。倚劍長歌一杯酒，浮雲西北是神州〔5〕。

〔注釋〕

〔1〕原詩題下注：「爲青口帥賦。」青口帥，移剌瑗，本名黏合，字廷玉，契丹人，世襲猛安（即千戶，又稱千夫長），曾爲青口鎮統帥，爲作者友人。青口鎮在今江蘇省贛榆縣東南海州灣內。橫波亭：在贛榆縣南河邊，面臨黃海。

〔2〕元龍百尺樓：三國魏人陳登，字元龍，官至伏波將軍。據《三國志・魏書・陳登傳》載，許汜不滿於陳登，對劉備說「陳元龍湖海之士，豪氣不除」，自己曾去拜見他，「元龍無客主之意，久不相與語，自上大床臥，使客臥下床」。劉備說：「……今天下大亂……君求田問舍，言無可採，是元龍所諱也，何緣當與君語？如小人（劉備自稱），欲臥百尺樓上，臥君於地，何但上下床之間耶？」事本此。

〔3〕瀛海：大海，此指黃海。

〔4〕魚龍夜、鴻雁秋：自杜甫《秦川》詩「水落魚龍夜，山空鳥鼠秋」聯化出。杜甫詩中「魚龍」指今汧水，以出陝西省隴縣小龍山，又產五色魚，

故又名魚龍水，或魚龍川，見《水經・渭水注》。但這裡「魚龍」當指
橫波亭下的南河。

〔5〕「倚劍」二句：曹丕《雜詩》之二：「西北有浮雲，亭亭如車蓋。」阮籍
《詠懷》之十二：「危冠切浮雲，長劍出天外。」又，辛棄疾《水龍吟・
過南劍雙溪樓》詞「舉頭西北浮雲，倚天萬里須長劍」等，二句由此化
出。當時蒙古軍已破中都（今北京），入潼關，故曰「浮雲西北」。神州，
這裡指中原。作者另有《八聲甘州》詞云：「百年來，神州萬里，望浮
雲，西北淚沾襟。」可與本詩末句相參觀。

〔品鑒〕

這首詩詠橫波亭，但作者屬意在青口帥移剌瑗。詩以屹立中流的橫波亭
作比，以三國豪士陳元龍為襯托，激勵移剌瑗挾「萬里風濤」之氣概，成「千
年豪傑」之事業，「倚劍長歌」，掃蕩西北之「浮雲」，光復已淪陷於蒙古軍佔
領的「神州」。作者對移剌瑗的殷切期望，表現了強烈的愛國主義精神。詩風
豪放，氣韻沉雄，骨力勁健，屬對工整。頸聯尤清峻，於杜甫幾可謂青出於
藍而勝於藍矣。

論詩絕句三十首（選二）

其四

一語天然萬古新，豪華落盡見真淳。南窗白日曦皇上，未害淵明是晉人
〔1〕。

其六

心畫心聲總失真，文章寧復見為人〔2〕？高情千古《閑居賦》，爭信安仁
拜路塵〔3〕。

〔注釋〕

〔1〕曦皇上：即曦皇上人，即上古之人。曦皇，即伏羲，傳說中天帝之一。
語出陶淵明《與子儼等疏》：「常言五六月中，北窗下臥，遇涼風暫至，
自謂是曦皇上人。」淵明：即陶淵明，一名潛，字元亮。東晉大詩人。

〔2〕心聲心畫：揚雄《法言・問神》：「故言，心聲也；書，心畫也。聲畫形，
君子小人見矣。」

〔3〕「高情」二句：《晉書・潘岳傳》：「字安仁……性輕躁，趨世利。與石崇

等詔事賈謐，每侯其出，與崇則望塵而拜……既仕官不達，乃作《閑居賦》。」《閑居賦》稱道「絕意於榮辱之事」，故曰「高情」。

〔品鑒〕

《論詩絕句三十首》是元好問二十八歲時所作，但已經表現了卓越的見識與成熟的詩學思想。這裡所選二首，《其四》是稱讚陶淵明的，說晉時詩人大都追求詞藻華麗，而陶淵明獨尚自然本色，亦何害其為晉人。這首詩表現了作者崇尚「天然」與「真淳」的詩學思想。《其六》批評晉代詩人潘岳為文與為人不符，說他作賦「高情千古」，道貌岸然，為人則望塵而迎拜權奸。這裡就提出一個問題，即是否一定「文如其人」呢？看來未必。這在當時是作者的一個發現。

論詩三首（其三）

暈碧裁紅點綴勻，一回拈出一回新〔1〕。鴛鴦繡了從教看，莫把金針度與人〔2〕。

〔注釋〕

〔1〕暈：本指日、月周圍的彩色光環，這裡作動詞用，指繪畫中的塗染。
〔2〕從教看：讓人隨便看。「繡了」，一作「繡出」。金針度與人：馮翊（一說嚴子休）《桂苑叢談・采娘》載，有女名采娘，七夕乞巧，織女授以金針，囑其七日內不語，便能大巧。采娘違命，頓失金針，自己也變成了男子。後以「金針度人」稱傳授秘法。

〔品鑒〕

這首詩用繡花比喻教人作詩，說明只可把好詩讓人閱讀揣摩，使之感悟為詩之道，而不可以教人現成的詩法（即金針）。從學詩的方面說，要想學會作詩，去研讀成功的作品（繡好的鴛鴦）就行了。結末二句常為人引用，卻往往用說只賣產品不賣技術的意思，與作者本意就大有出入了。

段克己　一首

段克己（1196～1254）字復之，號遁庵先生，別號菊莊。絳州稷山（今屬山西）人。與弟段成己，少以文章擅名。興定三年（1219）遊汴京，趙秉文方主文壇，一見譽為「二妙」，大書「雙飛」二字名其里。正大七年（1230）

進士。入元不仕，兄弟相攜避地龍門山中，結社賦詩，優游林泉二十餘年，時人稱「儒林標榜」，所作詩詞合編爲《二妙集》，今存。薛瑞兆等編《全金詩》收其詩一百一十七首。其詩風格清新剛健，「其有感於興亡之詩，則陶之達、杜之憂，蓋兼而有之」（吳澄《二妙集序》）。

癸卯中秋之夕，與諸君會飲山中，感時懷舊，情見乎辭〔1〕

少年著意仿中秋，手卷珠簾上玉鈎〔2〕。明月欲上海波闊，瑞光萬丈東南浮〔3〕。樓高一望八千里，翠色一點認瀛洲〔4〕。桂華徘徊初泛灧，冷溢杯盤河漢流〔5〕。一時賓客盡豪逸，擁鼻不作商聲謳〔6〕。無何陵谷忽遷變，殺氣黯慘纏九州〔7〕。生民冤血流未盡，白骨堆積如山丘。比來幾見中秋月，悲風鬼哭聲啾啾。遺黎縱復脫刀几，憂思離散誰與鳩〔8〕。回思少年事，刺促生百憂〔9〕。良辰不可再，尊酒空相對。明月恨更多，故使浮雲礙。照見古人多少愁，懶與今人照興廢。今人古人俱可憐，百年忽忽如流川。三軍鞍馬閒未得，鏡中不覺摧朱顏。我欲排雲叫閶闔，再拜玉皇香案前〔10〕：不求羽化爲飛仙，不願雙持將相權〔11〕；願天早賜太平福，年年人月長團圓。

〔注釋〕
〔1〕癸卯：蒙古乃馬眞後二年（1243），時金亡已十年。癸卯，一作「癸丑」。
〔2〕著意：特意。仿中秋：説少年意氣，不是中秋，見到明月也仿作中秋節飲宴賞月。
〔3〕瑞光：此指月光。
〔4〕瀛洲：傳説中海上仙山。
〔5〕桂華：傳説月中有桂樹，所以稱月光爲桂華。冷溢杯盤：月亮發出冷光。杯盤，喻月亮。河漢：銀河。
〔6〕擁鼻：即擁鼻吟，古代吟詩的一種形式。《晉書・謝安傳》：「安本能爲洛下書生詠，有鼻疾，故其音濁，名流愛其詠而弗能及，或手掩鼻以傚之。」本此。商聲：悲聲。謳：歌唱。
〔7〕無何：不久。陵谷忽遷變：指蒙古滅金的事變。《詩・小雅・十月之交》：「高岸爲谷，深谷爲陵。」本喻君子居下位，小人居上位，後用作喻世事變遷。九州：泛指中國。

〔8〕遺黎：劫後餘生的百姓。刀几：刀和砧板，喻受宰割。鳩：《爾雅‧釋詁》：「鳩，聚也。」此指親人團聚。

〔9〕剌促：忙迫、勞碌。

〔10〕閶闔：傳說中天門。玉皇：傳說中天帝。

〔11〕羽化：道教稱成仙為羽化。

〔品鑒〕

　　本詩為中秋抒懷，通過今昔中秋的對比，表達了對蒙古軍入侵破壞和平安定生活、造成中原社會與人民巨大災難的強烈憤恨與悲痛，對人民的苦難寄予了深切同情，並衷心祝願、虔誠祈禱再造和平安定的生活。全詩以中秋月為線索，是向來中秋詩的傳統。其不同於一般中秋詩的地方，是以「感時懷舊」為中心，寫和平生活之浪漫、美好，戰爭之殘酷、恐怖，抒發國破家亡之悵恨，世事百憂之愁煩，良時不再之傷感；結末普渡眾生般的博大情懷，尤足動人；加以筆致騰挪，流麗跌宕，詞鋒俊爽，豪逸蒼涼，乃所以為佳作。金詩中不多見，古來中秋詩中亦不多見。

（初稿於 1995 年，後多次修訂，據管士光、
杜貴晨選注《唐宋詩選》太白文藝出版社 2004 年版收錄）

後　記

　　本稿初應袁濟喜學兄約成於 1995 年 1 月，後多次修訂。茲據管士光、杜貴晨《唐宋詩選》太白文藝出版社 2004 年版「宋詩」部分收錄，有進一步訂正。值此單冊問世之際，謹向袁濟喜教授致以衷心感謝！李小芹老師參與本卷初校，亦一併致謝！